D

Daniel Glattauer

Theo

Antworten aus dem Kinderzimmer

Deuticke

Die Geschichten des dreijährigen Theo sind 1997 unter dem Titel »Theo und der Rest der Welt« erstmals erschienen, die jährlichen Porträts waren in der Tageszeitung *Der Standard* erstmals zu lesen.

1 2 3 4 5 14 13 12 11 10

ISBN 978-3-552-06140-8

Satz: Eva Kaltenbrunner-Dorfinger, Wien
Druck und Bindung: CPI – Ebner & Spiegel, Ulm
Printed in Germany

Theo

Antworten aus dem
Kinderzimmer

Oktober 1994

Als ich Theo kennenlernte, war er ein außergewöhnlich kleiner Mensch. Er lag im Brutkasten, maß 47,5 Zentimeter Länge und behauptete 2570 Gramm Körpergewicht. Neugeborener ging es nicht. Er war seiner geplanten Gegenwärtigkeit im Lichte der Welt stolze dreißig Tage voraus. (Ein Vorsprung, den er bis heute nicht eingebüßt haben sollte.) Die Miniaugenlider waren zugeklappt. Der Mund hatte die Ausprägung und die Form eines Gedankenstrichs. Theo tat nur das Notwendigste, das er zum Leben brauchte (Luft holen), aber dies auf eine bewundernswert friedvolle Weise, in einer Gelassenheit, von der sich so mancher ordentlich etwas abschneiden könnte. Theos Anblick löste heftige Reaktionen rund um die Glasglocke aus. Wer ihn so sah, konnte gar nicht anders, als sich zu überlegen, was aus ihm einmal werden würde.

Einer von denen, die so dachten, war ich. Und ich hatte dabei einen schriftstellerischen Hintergedanken, der sogleich in den Vordergrund drängte und rasch den ganzen Kopf besetzte: Wie wäre es, einen Menschen zu beschreiben, der gerade erst begonnen hatte, ein solcher zu sein? Und ein Jahr später wieder, da wäre er dann schon wirklich wer. Und ein Jahr später wieder, da wäre er doppelt so alt wie der, der er gerade noch war. Und ein Jahr später wieder. Und wieder. Und immer wieder. Jedes Jahr. Meine Leser dürften stellvertretend für die Weltöffentlichkeit am Werdegang eines Neugeborenen Anteil nehmen, dabei zusehen, wie sich sein Ich entfaltet, wohin es ihn treibt, was ihn prägt, was er erlebt, was ihn beschäftigt, was er erzählt, wie er auf dem Bestehenden aufbaut und sich dennoch immer neu erfindet, wie er mit jedem Einzelnen von uns um die Wette reift und altert. Er soll es sein, der für uns die Jahresringe zeichnet. Er soll es sein, der für uns die Vergänglichkeit misst. Er hilft dem Lauf der Zeit auf die Sprünge, macht ihm Beine, stellt ihm sein Schuhwerk zur Verfügung.

Da lag er nun friedlich im Brutkasten. Theo, mein Neffe, mein Auserkorener, mein Held, mein Opfer, Instrument meines schriftstellerischen Ehrgeizes. Das Projekt konnte beginnen. Ach ja, eine 47,5 Zentimeter kleine Kleinigkeit war dabei wohl noch zu berücksichtigen: er! Er musste sich dafür hergeben. Er musste mitspielen. Ich brauchte sein Einverständnis. Ich brauchte sein Jawort. »Theo, ich bin's, dein Onkel«, flüsterte ich ihm durch die Glaswand zu. »Nur eine kleine Frage: Lässt du dich von mir jährlich porträtieren?« – Keine Regung, kein Signal. »Theo, wenn du dagegen bist, öffne die Augen. Wenn du dabei bist, dann lass sie zu.« Ich wartete drei Minuten. Die Antwort war eindeutig.

Theo ist hier

Theo sucht. Er weiß zwar noch nicht, wonach, aber er spürt, dass es irgendwo mehr gibt als … Als was eigentlich? Theo kennt sich noch nicht aus. Er ist ziemlich neu hier. Wo eigentlich?
Die Schwangerschaft war angenehm. Dass Theo dabei herauskommen würde, wusste damals noch niemand. Für ihn war es beruhigend, eine Ärztin als Mama rundherum zu haben. Einmal, es muss im fünften Monat gewesen sein, flog er nach Griechenland. Dort blieb er drei Wochen. Dann flog er wieder zurück. War nicht so aufregend.
Theo ist ein Wunschkind. Zum Geburtstag wünschte er sich den 25. Oktober. Eigentlich hätte er erst viereinhalb Wochen später zur Welt kommen sollen. Überraschung!
Mamas Blutbild war schlecht. Theo hatte sich unkonventionell schräg in der Plazenta plaziert und Druck gemacht. Dienstag früh war es so weit. Der Operationstisch in der Wiener Semmelweis-Klinik war saukalt. Aber das berührte Theo nicht.
»Kaiserschnitt« klingt so, als würde die Sache wehtun. In Wirklichkeit hätte es Theo gar nicht besser erwischen können. Charakterbildung kann nicht früh genug beginnen: Theo, der Unerpressbare, von Geburt an offen für einschneidende Erlebnisse. Auch körperlich ist es die bessere Loslösung. Man ist nicht so ver-

knautscht und verdrückt. Mama braucht sich nicht zu beschweren. Sie stand ohnehin unter Vollnarkose.
Papa stand außerhalb des Brutkastens und winkte. Er wog bei der Geburt 72 Kilogramm und war 1,76 Meter groß. (Theo 2570 Gramm bei 47,5 Zentimetern.) Papa ist Psychologe. Er glaubte, Theo in die Arme nehmen zu müssen, noch ehe er wusste, wie.
Mittlerweile ist das alles Routine. Rührend besorgt sind sie. Papa macht das volle Programm mit. Er ist der Typ, der Theo sogar stillen würde, wenn das technisch irgendwie einrichtbar wäre.
Theo wurde übrigens nicht bestimmt, sondern gewählt. Er verdankt sich der Fachliteratur »800 Vornamen von A bis Z«. Dort stand er unter »T«. Wäre er ein Mädchen geworden, so hätte er wahrscheinlich Oskara geheißen. Vielleicht wurde er deshalb ein Bub.
Die Verwandten und Bekannten hatten von »Theo« vehement abgeraten. Sie forderten (in Sprechchören): Lukas. Das stimulierte die Eltern. Und sie sollten recht behalten. Die, die vor der Geburt die Nase gerümpft und ein entsetztes »Theeeo? Wirklich?« ausgestoßen hatten, hört man jetzt »Theeeo! Da is er ja, na freilich, na so ein Süßer, der Theeeo!« jubeln.
Wem »Theo« zu wenig ist, der darf auch »Spatz« sagen, wie Mama es manchmal tut. Theos echter Kosename ist »Bebeto«. Dazu gibt es eine kleine Geschichte. (Erwachsene erzählen sich gerne kleine Geschichten über Babys.) Im fünften Monat war eine Fußballweltmeisterschaft, unter anderem im Fernsehen. Da hat ein ge-

wisser Bebeto aus Brasilien ein Tor geschossen. (Oder hat er danebengeschossen?) Jedenfalls glaubte Mama im selben Moment ein leichtes Kitzeln im Bauch gespürt zu haben. Theo hat offensichtlich auf Bebeto reagiert.

Solche Geschichten entwickeln sich. Wenn Theo erwachsen ist, wird es heißen, er hätte Mama bei Bebetos Torschuss einen kräftigen Fußtritt, einen echten »Spitz«, in den Bauch versetzt. Man stelle sich vor, aus Theo wird einmal ein berühmter Fußballer: Die »Bebeto«-Story aus der Schwangerschaft würde gewiss ausufern. Kein Sportreporter, der Theo im Mutterbauch nicht schon erste Fallrückzieher trainieren und Eckbälle getreten haben ließe. Und der offizielle Grund für die Frühgeburt würde lauten: Freiluft-Kicker Theo hatte die Bedingungen in der Halle endgültig satt.

Theo wird wahrscheinlich kein Fußballer. Er wird Arzt oder Psychologe oder weder noch. Er darf alles werden. Er muss nur glücklich dabei sein. Papa würde Theo (und somit sich selbst) wünschen, dass er ein Denker wird. Er dürfte sich dabei ruhig (fast) so viel Zeit lassen wie Papa. Mama wäre es wichtig, dass sich Theo bei den praktischen Dingen im Leben zurechtfindet. Er soll mutig, entschlossen und zielstrebig sein. Gut verdienen darf er auch.

Beide wünschen ihm Toleranz gegenüber Andersdenkenden, Offenheit gegenüber Fremden und ein Herz für die Schwachen. Er soll viel Geduld haben, aufrichtig sein und über sich selbst lachen können. Anerziehen kann man ihm nichts von alledem. Nur vorleben. Die Chancen stehen gut.

Im Jahr 2000, wenn Theo die erste Klasse Volksschule besucht – sollte eine solche dann noch existieren –, wird er eine Riesen-Schultüte tragen – sollten solche dann noch produziert werden. Er wird wahrscheinlich blond sein, sollten ihm ernsthaft einmal Haare wachsen. Es wird Buben mit dünneren Nasen und schmäleren Lippen als den seinen geben.

Theos Augen dürften groß werden und hellblau bleiben. Körpertyp: ziemlich athletisch (behauptet die Mama). Schuhgröße: 44 aufwärts. (Der Fußabdruck des Neugeborenen kann an Propheten nicht spurlos vorübergehen.)

Nach fast zwei Monaten auf der Welt, einem verfrühten und einem regulären, ist Theo jedenfalls reif für den ersten Titel. Er ist ein »Easy Baby«. Er gibt, den Umständen entsprechend, ziemlich klare Botschaften von sich, macht keine Geheimnisse daraus, wie er sich gerade fühlt und was er gerade will. Viel kann es ohnehin nicht sein: Entweder ihn drückt ein – Buh (sagt man bei Babys). Oder er ist müde. Dafür bleibt ihm allerdings nicht allzu viel Zeit. Derzeit verschläft er 16 von 24 Stunden.

Oder er ist hungrig. Theo konsumiert vier- bis fünfmal täglich. Es sind dies zweifellos die Höhepunkte seines Neugeborenen-Daseins. Meistens übertreibt er es mit der Menge. Sein Standpunkt: Lieber sich fünfmal übergeben als einmal hungrig zu Bett gehen. Da-

für spart er sich viele dieser ungustiösen Rülpsgeräusche.
Zu geregelten Mahlzeiten hat er sich noch nicht durchgerungen. Am Anfang glaubte er, Milch fließt automatisch in seinen Mund, wann immer er die Unterlippe nach vorne wölbt. Dann kam er dahinter, dass da schon ein festes Etwas im Mund sein muss, ohne das sich keine Flüssigkeit gewinnen lässt.
In der Abgeschiedenheit des Gitterbetts spielen sich mitunter dramatische Szenen ab: Theo saugend auf der Suche nach dem Gegenstand, der Milch hergibt. Alle Kopfpolsterzipfel sind bereits hoffnungslos ausgelutscht. Immer wieder geraten ihm die eigenen Finger in den Mund. Sie fühlen sich jedes Mal vielversprechend an, sodass Theo unermüdlich dran saugt, bis sein Kopf rot wird.
Wenn sich dann noch immer kein Tropfen Milch gelöst hat, beginnt sich Theos Gesicht in Kummerfalten zu legen. Und es überkommen ihn immer heftigere Schübe von Unlust und Zweifel. Erst nur an der Tauglichkeit der Milchzufuhr, dann an der gesamten Existenz. Denn ohne Milch ist das Leben freudlos. Es tut richtig weh. Und Theo wünscht sich augenblicklich wieder in den für seine funktionierende Nahversorgung so beispielhaften Mutterbauch zurück.
Am Höhepunkt seines erbärmlichen Zustands besinnt er sich, ein »Easy Baby« zu sein, und beschließt, seine Verzweiflung der Außenwelt mit Pieps- oder Krächzgeräuschen, je nach Stimmpotenzial, kundzu-

tun. Gleich darauf erscheint eine der beiden zuständigen schemenhaften Gestalten. Ist es Mama, gibt es sofort Milch. Ist es Papa, verzögert sich die Sache noch ein bisschen. Zum Glück hat Papa Lippen. An denen saugt sich Theo noch einmal beherzt fest – entweder im Glauben, er habe den Vorratsspeicher endlich gefunden, oder schlicht, um die Wartezeit zu überbrücken.

Optisch ist Theo noch nicht auf der Höhe. Seine Blicke finden nirgendwo Halt. Glaubt er, etwas erkannt zu haben, ist es auch schon wieder weg. Dann blendet er sich aus und klappt die Augen zu. Groß bleiben sie nur, wenn er sein Lieblingsbild studiert. Es besteht aus horizontalen schwarzen Stäben. Die verfolgt er mit stiller Andacht und Faszination der Reihe nach von unten nach oben. Wenn er am Ende eines Stabes angelangt ist, wirkt er meist ein wenig traurig. Entweder bedauert er die Vergänglichkeit, oder er hätte sich eine Pointe erwartet. Auf halber Höhe des vierten Stabes schläft er meistens ein.

Menschliche Gesichter findet er eher uninteressant. Sein Lieblingsporträt könnte das Phantombild eines Räubers sein. Aus der Kombination der beiden bevorzugten Zeichnungen (Gitterstäbe und Phantombild) lassen sich erste Rückschlüsse auf ein künftiges Hauptinteressensgebiet Theos ziehen.

Die Gerüche, die von Theo ausgehen, sind babygerecht. Er selbst kann sich (damit) ganz gut riechen. Meistens überwiegt die Duftnote der Körpercreme,

manchmal setzt sich das Säuerliche von Milchresten in Mund und Rachen durch. Am Abend, nach dem Genuss von zwei Vitamintropfen gegen Rachitis, schwingt er eine leichte Alkoholfahne. An seine Umwelt stellt er geruchlich noch wenig Ansprüche.
Auf Musik kann er verzichten. Bei Frank Sinatra beginnt er zu gähnen. Das Glockenspiel eines Nilpferd-Mobiles über seinem Bett versetzt ihn in Furcht und Unruhe. Baby-Rasseln nerven ihn. Am friedlichsten stimmt ihn noch der elektrische Summton des Milch-Abpumpgeräts.

Theo lebt sich langsam ein

Wie es Theo geht? Danke, er kann nicht klagen. Die Umstände passen. Viel Freizeit. Wenig Stress. Gepflegtes Äußeres. Gesunder Schlaf. Geregelte Mahlzeiten. – Leider nur knausrige vier am Tag. Das kann auf Dauer nicht genügen. Da wird Theo mit seinen Verköstigern einmal ein ernstes Wort reden müssen. Eines von neun, die er bereits aussprechen kann.
Ein turbulentes Jahr ist vergangen, seit wir von Theo, dem Neugeborenen, erzählt haben. Theo nützt die Zeit. Er entwickelt sich. Er hat im Jahr fünf vor 2000 um ein Vielfaches mehr vom Leben gelernt als wir. Bei ihm bildet sich soeben das Urvertrauen. Er wird es gut gebrauchen können.
Wer Theo ist? Ein Baby. Irgendeines, möchte man meinen. Aber das ist ein Irrtum. Kein Baby ist irgendeines. Theo schon gar nicht. Er ist so besonders, wie jene ihn finden, an denen er reift. Die finden ihn ganz besonders. Das macht ihn ganz besonders.
Momentan ist Theo besonders fixiert. Nach vierzehn Monaten auf der Welt ist er auf den Geschmack gekommen. Essen, das allein schon ist es, wofür es sich lohnt, täglich aufzuwachen. Und zwar möglichst früh, um nichts aus der Küche zu versäumen.
Theo isst alles. Er unterscheidet dabei Grundnahrung von Feinkost. Gerichte der ersten Gruppe kommen von alleine auf ihn zu (er muss nur den Mund aufma-

chen). Um die Beschaffung der zweiten hat er sich selbst zu kümmern. Automatisch treffen ein: Milch im Morgengrauen, Marmeladebrot zum Frühstück, Hipp zu Mittag, Banane zur Jause, Brei oder Müsli in den Abendstunden.
Das ist freilich nur Theos Notprogramm, die eiserne Ration, der Überlebensbissen, den ihm keiner nimmt. Vorrang genießen die jeweiligen Menüs der Mitmenschen, imposant allein schon durch ihre gewaltigen Ausmaße auf den Tellern. Erwachsenen-Schnitzel – das sind Geräte. Würstel – treten nie allein auf, immer paarweise. Spaghetti Carbonara – Berge hoch drei.
Theos Problem: Er kann nicht zuschauen, wenn andere essen. Also mischt er mit. Also macht er sich bemerkbar. Also macht er: »Mmmm.« Es ist dies sein erster stimmkräftiger Durchbruch des Urvertrauens. Denn was mit »Mmmm« bezeichnet wird, ist von Theo so gut wie gegessen und schmeckt daher schon im Voraus exzellent. (Erwachsene neigen aus unerklärlichen Gründen dazu, »Mmmm« erst am Ende einer Mahlzeit von sich zu geben.)
Das Zeremoniell ist einfach: Theo erkennt die Umrisse von etwas Essbarem, fixiert es mit dem Blick, damit es nicht flüchten kann, lehnt sich gelassen zurück und hebt und senkt rhythmisch seine Mundwinkel (um schon einmal im Geiste vorzukosten). Höchste Zeit für ein erstes hingebungsvolles »Mmmm«. Dezentes Öffnen des Mundes. Augen leicht zukneifen, um den Genuss zu erhöhen. Schon liegt das Ding auf der Zunge.

Der Rest des Verspeisens ist Routine. Bei jedem weiteren »Mmmm« wiederholt sich der Vorgang. An starken Tagen bringt es Theo auf gut hundert »Mmmm«. Die Gefahr des Missbrauchs ist gering. Kommt irrtümlich ein unerwünschter Bissen auf ihn zu, ist dieser mit einem kurzen »Wäää« mühelos abzuwenden. Bei großem Heißhunger, oder wenn die Alten wieder einmal auf der Leitung stehen, beschließt Theo spontan, die Sache selbst in die Hand zu nehmen. Aus traditionellen Gründen streckt er das eben Ergriffene dann einem der ausgebildeten Fütterer entgegen und macht genussvoll »Mmmm«. Dieser kleine Umweg garantiert einen sicheren Landeanflug des Bissens in den Mund.

Theo kann übrigens nicht nur essen. Er kann auch reden. Er spricht fließend: »Mama« (jede Frau). »Papa« (jeder Mann). »Dada« (jeder Gegenstand, sofern man ihn nicht essen kann, sonst hätte ihn Theo mit »Mmmm« bezeichnet). »Pupa« (Puppe, Stofftier). »Baba« (keine Bedeutung, steht für Theos spontane Lust, irgendwas zu sagen). »Hauhau« (auf die Frage: »Wie macht der Hund?«). »Tata« (auf die Frage: »Wie macht die Uhr?«).

Theos Eltern legen Wert auf die Feststellung, dass ihr Burli noch nie in seinem Leben »Auto« über die Lippen gebracht hat, obwohl ihm Motorengeräusche durchaus nachahmenswert erscheinen. (»Wie macht ein Auto?« – »Brrr.«)

Sein erstes Wort war »Bär« und galt – tatsächlich – seinem Stoffbären. Theos bisher größte verbale Leistung liegt in der Benennung der hauseigenen Pfeffermühle (»Fefamü«). Noch weiß er nicht, was dieses faszinierende Ding von sich gibt. Auf die Frage: »Wie macht die Pfeffermühle?« schwankt er zwischen »Hauhau« und »Tata«.

Theo kann übrigens nicht nur essen und reden. Er kann auch spielen. Dazu braucht er (unter anderem) Spielzeug – die Summe aller greifbaren, aber ungenießbaren Dinge, die sie einem nicht gleich wieder wegnehmen. Da wäre einmal der Holzwagen, eine Art Güterzug. Die Güter sind Ringe, die man auf das Dach stecken kann. Theos Problem: Er kriegt sie nicht mehr runter, denn da müsste er die Schwerkraft besiegen. Stecken alle Ringe auf dem Dach, scheint das Spiel beendet. Theo bleibt nichts übrig, als eine schreckliche Zugkatastrophe herbeizuführen, infolge derer die Ringe wieder frei herumrollen.

Derzeit sehr beliebt: ein Holzkasten mit drei Öffnungen, in die Kugeln, Drei- und Vierecke einzuwerfen sind. Die Hinterlist: Jede Form geht nur durch je eine Öffnung. Theos erbitterter Ehrgeiz besteht darin, alle Formen durch das Kugelloch zu bringen. Gelingt nur in 33,3 Prozent aller Fälle.

Theo ist kein Märtyrer. Bevor sein gesunder Zorn in Depression übergeht, modifiziert er das Spiel. Er vergrößert die Öffnung durch Abnehmen des Deckels und wirft alle Formen – durchaus erfolgreich – in den Kasten.

Sein Lieblingsspiel heißt »Geben und Nehmen«. Er

spielt es, abgesehen von schlaf- oder essensbedingten Pausen, täglich durchgehend. Das Reizvolle daran ist, dass Erwachsene mitspielen müssen, ob sie wollen oder nicht.

Das Spiel wird mit »Da!« eingeleitet. Bei »Geben« hält Theo dem Partner einen Gegenstand seiner Wahl (Schuh, Gabel, Pfeffermühle) entgegen. Bei »Nehmen« fordert er die sofortige Rückgabe. Die Güter sind variabel, die Zahl der gegenseitigen Aushändigungen ist unbegrenzt. Theo »gibt und nimmt« bis zur vollkommenen Erschöpfung.

In diesem Zusammenhang fällt des Öfteren das Wort »danke«, bruchstückhaft – Theo sagt »ang«. Da für ihn das Schöne am Geben das anschließende Wiederbekommen ist, bedankt er sich bereits anlässlich seiner Überreichung. Im Augenblick der Rückgewinnung kann er sich vor Freude nicht mehr halten und bricht offen in Heiterkeitsstürme aus.

Das Wort »bitte« verwendet Theo übrigens nicht. Erstens kann er noch kein »I«. Zweitens fehlt jede Veranlassung. Mit »bitte« ist derzeit nichts zu erreichen. Die meisten Wünsche werden ohnehin erfüllt, die muss er nicht erst mühsam einfordern. Und manch faszinierendes Ding (Glühbirne, Bierglas, Schere) ist offensichtlich unerreichbar, damit muss er leben, da könnte er »bitte« schreien, bis er blau wird.

Wir sind mit Theos Spielen noch nicht fertig. Denn der Haushalt führt auch eine Stereoanlage, welche auf dem Kriechweg bequem zu erreichen ist. Theos Faszination gilt den Knöpfen, konkreter: zwei Knöpfen. Sie unterscheiden sich von den vielen reizlosen dadurch, dass sie mit »Nein!« bezeichnet werden. Und das ist auch schon der Spaß daran: Will man Papa und Mama »Nein!« sagen hören, muss man nur an einem dieser beiden Knöpfe drehen. (Der eine verstellt den Sender, der andere regelt die Lautstärke.)

Manchmal hat Theo das Gefühl, das Knopfspiel liegt seinen Eltern nicht. Sie können richtig unfreundlich werden. Dabei macht auch er mitunter alle Höhen und Tiefen durch. Als wäre das Drehen allein nicht schon aufregend genug, setzt plötzlich grässliches Zischen oder unerträglicher Lärm ein – und bewirkt, dass Theo über seine eigene Courage zu Tode erschrickt. Das anschließende »Theo, nein!« in ungemütlichem Tonfall hat ihm dann gerade noch gefehlt. In solchen Situationen überlegt er ernsthaft, sich einmal so richtig gehenzulassen – und kräftig loszuheulen.

Geweint wird nämlich selten, und wenn, dann nur in Notlagen. Vor ein paar Wochen erlitt er eine grobe Enttäuschung. Er hatte, von seinen Eltern unbeobachtet (die müssen ja auch nicht überall dabei sein), einen Stuhl von hinten bestiegen, um die Lehne zu besuchen. Plötzlich kippt das Ding um – und fällt genau auf seinen Kopf. Ja, er hat geweint, und zwar bitterlich, und er bekennt sich dazu! Er hat bis an die Grenze der Bewusstlosigkeit tief Luft geholt, um den Schmerz mit Leibeskräften in die Welt hinauszubrüllen. Denn der Stuhl hat ihm einfach verdammt wehgetan.

Wie nah Lachen und Weinen beieinander liegen, beweist die Waschmaschine. Sie verursacht bei Theo emotionale Wechselbäder. Dem ersten Teil ihrer Tätigkeit wohnt er mit Begeisterung und Andacht bei. Schön, wie sie wäscht, wie sie pritschelt und herumwurschtelt. Doch plötzlich wird sie bösartig, da rumpelt sie und zuckt und rattert und ruckt.
Leider hat Theo noch nicht gelernt zu flüchten. Also verharrt er am Unglücksort, Auge in Auge mit dem schleudernden Gespenst, und wartet unter Heulkrämpfen auf das Eintreffen der Rettungsmannschaften.
Noch sensibler reagiert er auf den Staubsauger. – Er hat ihn nur einmal in Aktion erlebt. Das hat genügt. Von diesem Schreck wird er sich nie wieder erholen. Jetzt kann das Gerät noch so entspannt im Eck herumlungern. Wenn Theo den Staubsauger sieht, muss er weinen.
Menschen findet er durchwegs heiter, nicht nur wegen ihrer erstaunlichen Geber-Nehmer-Qualitäten. Er mag das Lachen an ihnen, das Singen, die Grimassen und die Art, wie sie »au!« sagen, wenn man in ihre Nasen beißt. Größere Menschenansammlungen meidet er. Es gibt für ihn kaum Schlimmeres, als beim Geben-Nehmen-Spiel die Kontrolle zu verlieren und nur noch drei von fünf ausgeteilten Dingen rückerstattet zu bekommen.
Theo gilt als sonniges Gemüt. Enthalten ihm Mama oder Papa Gegenstände seines spontanen Verlangens

vor, kann er allerdings ziemlich garstig werden. Nützt auch der Trotz nichts, ist mit geheimen Vergeltungsmaßnahmen zu rechnen. Theo hat die Phase der »Objektpermanenz« schon erreicht. Er weiß, wo der Thermostat für die Dusche ist. Er muss ihn nicht sehen, um ihn zu finden. Eine leichte Drehung am Schalter – schon haben wir siebzig Grad Wassertemperatur.

Sonst ist Theo lieb. Das ist ihm durchaus bewusst – und er lässt sich dafür auch entsprechend feiern. Übertriebene Zärtlichkeiten schätzt er nicht. Gegen trockene Bussis zwischendurch ist nichts einzuwenden. Für Kuschelorgien ist ihm allerdings die Zeit zu schade. Es gibt im Umfeld einfach noch zu viele unerforschte Gegenstände und Geräusche – und Speisen natürlich auch.

Theo kann übrigens nicht nur essen, reden und spielen. Er kann auch schlafen. Derzeit bringt er es auf rund vierzehn Bettstunden, drei davon konsumiert er tagsüber. Die Nachtruhe hält er hoch, seit Monaten schläft er ohne Unterbrechung (zuletzt sehr konstant von neunzehn Uhr bis sechs Uhr dreißig).

Beim Schlafengehen dürfen die Eltern auf Showeinlagen verzichten. Theo braucht man keine Gutenachtgeschichten zu erzählen. Man muss auch nicht so tun, als wolle man die Nacht an seinem Bett verbringen. Theo lässt sich hellwach in sein Gitterbett stellen. Solange er etwas erkennt, wird er es nehmen und geben. Dreht jemand das Licht ab – dann ist das Programm beendet. Und es zählen nur noch zwei Dinge. Ein Dau-

men im Mund. Und eine Windel in der Faust. (Sie ist seine engste nächtliche Vertraute. Ohne sie kann er beim besten Willen nicht einschlafen.)
Plärren im Finstern überlässt er anderen Babys. Er lässt sich widerstandslos hinlegen, zudecken und abküssen. Dann sind die Erwachsenen entlassen. Und Theo ist endlich einmal mit sich allein.

Theo weiß, wovon er redet

Theo hört sich gerne reden. Da spürt er sich. Da weiß er, wie sehr es ihn gibt. Und darüber freut er sich.
Unter anderem freut er sich für uns. Denn er wird das Gefühl nicht los, ein Supertyp zu sein. Publikumsmagnet, Showmaster, Entertainer. Gesangsvirtuose, Essensverteiler, Autoverleiher. Immer im Zentrum des Geschehens, stets umringt von fröhlichen Gesichtern. Und sollten sich die Mienen gelegentlich verdüstern, nimmt er's weder persönlich noch tragisch. Der Mitmensch ist eben ein launenhaftes Wesen.
Theo ist ausbildungsmäßig flott unterwegs. Innerhalb eines Jahres hat er sein Lebensalter verdoppelt und seinen Wortschatz vervielfacht. Mittlerweile spricht er fließend, wenn auch nicht immer deutsch. Ein Zweijähriger sollte seine ersten Drei-Wort-Sätze bilden können. Unter Sieben-Wort-Sätzen macht es Theo selten, je nach Dringlichkeit können es bis zu Zwanzig-Wort-Sätze werden. Zum Beispiel: »Theo will Affelsaft, Affelsaft, Affelsaft, Affelsaft …« Bis er ihn kriegt.
Sinn seiner unermüdlichen Alltagsplauderei ist es, die Umwelt einzubinden. Nichts begeistert ihn derzeit mehr (nichts außer »Billa einkaufen«, aber davon später) als das angeregte Gruppengespräch, der offene verbale Schlagabtausch.
Sagt Theo »Bib«, erwartet er sich von uns »Bab«, eine Pointe mit beträchtlichem Unterhaltungswert für ihn.

Kommt »Bob«, ist er hellauf begeistert. So viel Originalität hätte er Erwachsenen gar nicht zugetraut. Bei »Bub« lacht er verschämt, als wäre das bereits ein Witz an der Grenze des guten Geschmacks.
Mit einem zusammenfassenden »Bib, Bab, Beb, Bob, Bub« gelang mir bei Theo der Durchbruch. – Er bog sich vor Lachen. Nun hält er mich für einen der lustigsten Menschen der Welt. Hoffentlich kann ich das Niveau halten.
Für mich ist es wichtig, bei Theo hoch im Kurs zu bleiben. Denn dieses dritte ist mit Sicherheit das letzte Theo-Porträt ohne seine persönliche Einwilligung. Er versteht nämlich langsam, was da läuft. Und er ahnt, dass sich seine Storys, in welcher Form auch immer, ganz gut verkaufen. Ich fürchte mich vor dem Tag, an dem er das erste Mal das hässliche Wort »Honorar« über die Lippen bringen wird.
Diesmal ist er noch zum Selbstkostenpreis hochgradig kooperativ. Einen Unsicherheitsfaktor sieht er lediglich in der Tatsache, dass die Bedeutung seiner Leistungen unterschätzt werden könnte. Deshalb bekräftigt er jede lobende Erwähnung seiner Person mit stürmischem Nicken und wartet ungeduldig auf meine eindeutigen Gesten des erstaunten Entzückens.
Dann beugt er sich über meinen Schoß, auf welchem das magische gelbe Heft liegt, deutet auf den Bleistift in meiner Hand und fordert: »Theo aufschreiben!« Erst danach ist er überzeugt, dass ich meiner Sorgfaltspflicht ausreichend nachgekommen bin.

Beginnen wir Theos Bestandsaufnahme mit einem seiner Lieblingsthemen: Essen. Theo isst gern und viel. Er kann es sich leisten. Erstens ist er bereits in der Lage, den Kühlschrank zu öffnen. Zweitens verfehlt er nur noch selten seinen Mund. Drittens wiegt er schwache 12,40 Kilo (Größe 87 Zentimeter, Schuhgröße 22, falls ihm jemand Schuhe kaufen will).

Seine Lieblingsspeisen: Kalbsleberstreichwurstbrot, Mandarinen und gelbe Fruchtzwerge. Auch nicht schlecht: ungarische Salami, Schnitzel mit Pommes (Pommes mit Ketchup, Ketchup mit Mayonnaise), Hipp und Kuchen von der Oma. Für den kleinen Hunger: Fluortabletten, nach denen ist er süchtig, keiner weiß, warum. (»Theo Fluortabletten aufschreiben!«, befiehlt er mir.)

Salat und Gemüse kommen ihm bestenfalls auf den Tisch, nur irrtümlich in den Mund, und wenn, dann schnell wieder heraus. Bei den Getränken setzt er die Baby-Tradition des Kakaokonsums fort. Im Kommen ist derzeit der Hollersaft, geil schmeckt Cola, zu »Bier« fällt ihm »Opa« ein. Und auf die Frage: »Theo, hast du Durst?« antwortet er gelegentlich: »Der Durscht bringt mi um!« (Es geht eben nichts über gut einstudierte Trinksprüche.)

Um noch kurz beim Thema zu bleiben, sagt er: »Mandarine!« Mama: »Später.« Theo: »Mandarine, Mandarine!« – Im Sinne von: jetzt oder nie. Mama: »Später!« – In ebendiesem Sinne. Theo (siegessicher): »Der Papa holt eine!«

Was passiert? – Der Papa steht auf und holt eine. Sein Prinzip: Man muss Kindern Vertrauen in die Kraft ihrer Worte geben. Theos Prinzip: Will man Dinge haben, dann kriegt man sie, wenn man so darüber spricht, als hätte man sie bereits.

Nächstes Thema: Schlaf. Eigentlich kein Thema. Theo steht auf, wenn er soll, und legt sich nieder, wenn er muss. Um halb sieben Uhr früh geht der Radiowecker los. Da Theo nicht ahnt, dass man ihn abdrehen kann, wacht er auf. Da er weder Frühstück machen noch arbeiten gehen muss, ist er gut aufgelegt.

Wenn Mama oder Papa vor dem Gitterbett auftauchen, ist der Tag gerettet. Wenn sie ihn gegen acht Uhr abends dort wieder abliefern, ist der Tag beendet.

Er verbringt die letzten Sekunden im Stehen, über den Rand des mit Bilderbüchern gefüllten Gitterbettes gelehnt, wie ein stolzer Seemann an der Reling eines aufbruchbereiten Dampfers. Mit verdächtigem Wohlwollen beobachtet er den Abgang des jeweiligen Verabschieders. Oft leitet er ihn mit den Worten »Mama (oder Papa) geht jetzt!« ein, was so viel wie »Entferne dich!« bedeutet (um es nicht noch derber zu formulieren).

Wahrscheinlich ist Theo derzeit der einzige Zweijährige Österreichs, der sich selbst das Licht abdreht, um sich vorsätzlich schlafen zu legen. Angst (vor der Finsternis) hat er nie. Er ist ja nicht allein. Er hat seine weiße Stoffwindel, eine psychologische Lebensstütze, die auch tagsüber immer in seiner Nähe sein muss.

Schon beim leisesten Anflug von Unsicherheit verlangt er nach ihr. In der Nacht drückt er sie ganz fest an sich. Gemeinsam sind sie unbezwingbar.
Theo ist zwar manchmal aufrichtig verzweifelt (wenn er Worte fünfmal wiederholen muss, und sie noch immer keiner versteht), aber nie wirklich traurig. – Was kein Widerspruch dazu ist, dass er perfekt weinen kann. Tränen sind für ihn Perlen der Taktik. Sie stehen auf Abruf bereit, treten blitzartig und kerzengerade aus den Augen und trocknen in Bruchteilen von Sekunden, wenn sie überflüssig geworden sind.
Theo verträgt es nicht, wenn man »Nein!« sagt. Er verlangt ja die Dinge (Messer, Feuerzeug, Glas, Suppentopf …) nicht grundlos. Er will sie eben haben. Das erste »Nein!« steckt er meist noch mit ungläubigem Lächeln weg. (Kann doch nur ein Witz sein!) Beim zweiten »Nein!« wird er unruhig, beim dritten ungemütlich. Beim vierten versucht er es mit der Überrumpelungstaktik. Sagt Papa »Nein!«, antwortet Theo: »Das hat die Mama aber nicht gesagt!« und umgekehrt.
Nützt auch das nichts, helfen nur noch Tränen. Besonders effektiv sind sie in Kombination mit heftigem Zappeln und vorgetäuschter Atemnot. Wird sein Wunsch auch dann noch nicht erfüllt, bricht er die Katastrophenstimmung abrupt ab und wird wieder lustig. – Er muss mit seinen zerstörerischen Kräften haushalten, so viele hat er nicht.
Theo ist ein Glücksspieler. Wenn er spielt, ist er glücklich, also spielt er den ganzen Tag. Alibihalber mag er

Puppen, da freut sich die Mama (dass sie keinen Macho großzieht). Tatsächlich mag er Autos, da freut sich der Papa (dass er mitspielen darf).

Recht attraktiv ist die Fädelraupe, am attraktivsten im ausgefädelten Zustand, in welchem sie sich bequem auf fünf Zimmer verteilen lässt. Das großartigste aller Spiele ist direkt aus dem Leben gegriffen und heißt »Billa einkaufen«. Mit »Billa« meint Theo jeden Supermarkt, egal, ob er sich gerade Merkur, Zielpunkt, Spar (...) oder sonst wie nennt. Billa hat bei ihm quasi das Vorkaufsrecht, weil sich ein Kaufhaus der Kette gleich ums Eck befindet. Außerdem lässt sich der Name vortrefflich schön aussprechen. An dieser Stelle muss auf Theos »L« hingewiesen werden – sein Lieblingsbuchstabe, bei dem er sich gern länger aufhält. Er holt sich ihn tief aus dem Rachen und schleudert ihn mit leicht gedrehter, an den Vorderzähnen abgestützter Zunge wuchtig ins Freie.

Besonders bemüht ist er bei den Wörtern Familie (Famillle) und Daniel (Danelll), bei »Hoch soll er leben« (llleben) und eben bei der Bezeichnung des absoluten Highlights seines Daseins: »Billlla einkaufen!«

Das Spiel sieht ihn in der glanzvollen Doppelrolle des Käufers und Verkäufers, die einander stundenlang alles geben und nichts schenken. Die Lust steigert sich durch die Anwerbung neuer Käuferschichten (Mama, Papa, Oma ...) und in der Verwendung echter Güter, wie Bananen oder Mandarinen, die Theo am Ende auch noch essen darf.

So schön wie ein echter Kaufhausbesuch kann freilich das beste Spiel nicht sein. Deshalb drängt Theo (an guten Tagen bis zu fünfzigmal): »Gemma Billa einkaufen!« Drei-, viermal pro Woche erfüllt sich sein Wunsch. Dann thront Theo hoch oben im Einkaufswagen und lässt sich von einem Waren-Dorado ins nächste schieben. Alle paar Sekunden verliebt er sich in eine neue Packung und legt all seine Überzeugungskraft in die Worte: »Müss ma kaufen!« Oder er startet mit einem entzückten »Da!«, erfährt zum Beispiel: »Das ist ein Eierlikör.« Und antwortet in höchster Dringlichkeit: »Eierlikör brauch ma!«

»Billa einkaufen« ist für Theo aber nicht nur Sehen, sondern auch Gesehenwerden. Im Merkur, einem zweiten »Billa« in der Wohngegend, hält er sich gern in der Schuhabteilung auf, um Passanten seine neuen grünen Lederböcke entgegenzustrecken. Mit leicht nasalem Unterton erklärt er, falls es jemand nicht erkannt haben mag: »Doktor Martens!« Sinngemäß soll das heißen: Ihr könnt aufhören zu suchen, die steilsten besitze ich.

»Theo Doktor Martens aufschreiben!«, befiehlt er mir bei dieser Gelegenheit. – Damit nicht genug. Er holt drei Paar Schuhe, legt sie auf den Tisch, sagt: »Theo Schuhe!« und nimmt Gratulationen entgegen. Mama sagt: »So, Theo, und jetzt räum die Schuhe wieder weg!« Theo: »Nein.« (An ihn gerichtete Befehle liegen ihm nicht.) Mama: »Theo, räum die Schuhe weg!« Theo (weinerlich): »Nein.« Mama: »Theo, was hab' ich gesagt?« Theo: »Schuhe nicht wegräumen.« Also ein klassisches Missverständnis.

Für Theo ist Kaufhaus mit Schlaraffenland gleichzusetzen. Unvorstellbar, dass es da irgendwas nicht geben könnte. Hierzu eine kleine Episode: Theo liegt auf dem Wickeltisch, lernt ein bedeutsames Körperteilchen kennen und stellt fest: »Theo hat ein Spatzi.« Papa kann es offenbar nicht erwarten, ihn aufzuklären und sagt: »Mama hat kein Spatzi.« Theo trägt's mit Fassung: »Müss ma Billa kaufen!«

Theo schaut

Theos Normalzustand ist der der Heiterkeit. Ja, er ist eine Frohnatur. Wenn man ihn nicht förmlich dazu zwingt, andere Saiten aufzuziehen, dann lacht er. Es gibt Menschen, die behaupten, sie hätten noch nie ein derart fröhliches Kind gesehen. Allein über sie könnte sich Theo bereits totlachen.

Woher Theos ausgeprägter Frohsinn kommt, weiß er selber nicht. Veranlagung, Erziehung, Reinkarnation – ach Gott, bitte macht keine Wissenschaft daraus! Spaß will er haben, aus, Schluss, basta. Denn Tatsache ist, dass es kein besseres Mittel als die eigene Fröhlichkeit gibt, sich selbst immer bei Laune zu halten. Außerdem ist Fröhlichkeit ansteckend. – Kaum einer in Theos Umgebung schafft es, ernst zu bleiben.

Nicht, dass Theo seine Lebensaufgabe darin sieht, andere Menschen fröhlich zu machen. Aber heitere Personen geben einfach mehr her. Sie sind lustiger. Sie gehen mehr aus sich heraus. Sie spielen beflissener. Sie machen bessere Verrenkungen, schauen dümmer drein und bringen die erstaunlicheren Geräusche zustande. Ja, manchmal sind sie in ihrer Ausgelassenheit direkt zum Brüllen. Theos exzessive Art, Humor zu würdigen, motiviert sie wiederum zu Höchstleistungen der Situationskomik. – Somit ist Theos Heiterkeit wie ein Starterkabel für ein unerschöpfliches Unterhaltungsprogramm.

Theos Lieblingsgesichtsausdruck ist »heiter-erwartungsvoll«. Er verwendet ihn zum Beispiel, wenn Personen zu Besuch kommen, die er von früher kennt oder zumindest schon einmal gesehen hat. Bei »heiter-erwartungsvoll« leuchten Theos hellblaue Augen in aufgeregter Vorfreude auf ein unmittelbar bevorstehendes humoriges Ereignis. Der Mund ist leicht geöffnet, die Lippen gestrafft, die Zungenspitze klemmt seitlich zwischen den Zahnreihen. Der Kopf schaukelt in unruhiger Lauerstellung ganz leicht auf und ab. Der Ankömmling wird von Theo auf derart lustvoll angespannte Weise fixiert, als würde einer seiner nächsten Schritte durch eine getarnte Falltür in die Tiefe führen, und Theo könnte gerade noch beobachten, wie er »Uuuaaaaaaaa« schreit und dabei lustig dreinschaut.
Um beim Beispiel der Falltür zu bleiben: Nach gelungenem Fall des Komikers würde Theos Gesichtsausdruck in »heiter-schelmisch« übergehen. Dabei sind seine Augen in turbulenter Rollbewegung. Die Mundwinkel spannen sich weit zurück und lassen den Milchzähnen genügend Freiraum, um breit zu grinsen. Die damit verbundenen Geräusche sind mitunter so heftig, dass der ganze Körper vibriert.
»Heiter-schelmisch« hat natürlich viel mit Schadenfreude zu tun. Theo ergötzt sich vorzugsweise am Unbehagen der anderen, so wie wir es tun. Der Unterschied: Theo geht davon aus, dass der Spaß auf Gegenseitigkeit beruht, dass also auch der, der den Schaden und den Spott hat, irgendwo auf seine Rechnung

kommt, und sei es nur durch Theos aufmunternde Würdigung des gekonnt in Szene gesetzten Misserfolgs. Soll er weinen? Er selbst kann ja nichts dafür. So sind die Rollen nun einmal verteilt. Zum Spiel gehören eben zwei – Theo und der jeweilige Verlierer.

Auf dem Gebiet der Heiterkeit beherrscht Theo, der knapp Dreijährige, bereits so viele Gesichter, dass wir ein eigenes Buch benötigten, um sie alle zu beschreiben. Vielleicht sollten wir wenigstens noch »heiterschläfrig« erwähnen, eine Stimmung, die Theo täglich mehrmals (und oftmals stündlich) durchlebt. Im »heiter-schläfrigen« Zustand ist Theo der Welt, die er sonst stets stürmisch in Atem hält, auf geradezu mystische Weise entrückt, als wäre in ihm selbst ein Energiesparprogramm eingebaut, und er hätte nun die entsprechende Taste gedrückt. Sein Gesicht präsentiert sich in absolut entspanntem Zustand. Die Augen sind gerade weit genug offen, um der Außenwelt zu zeigen, dass sie sich keineswegs unbeobachtet zu fühlen braucht. Die Lippen bedecken einander, die Zunge dahinter ist gut verstaut, der Mund hat sich in seine natürliche Position ausgependelt – lächelnd. Ernster schafft er es eben nicht.

Wäre nicht uninteressant zu wissen, was in Theos Kopf in diesem so dezent fröhlichen Dämmerzustand vorgeht. Denn er birgt etwas beneidenswert Unantastbares in sich und strahlt gleichzeitig ein hohes Maß an Selbstzufriedenheit, Überlegenheit und Altersweisheit aus. – Typisch die Alten, dass sie wieder einmal nicht aufhören können, etwas in ihn hineinzuinterpretieren. Wahrscheinlich ist Theo einfach nur müde, denkt an gar nichts und hat das seltene Glück, dabei intelligent auszuschauen. Setzt sich dieses Gesicht bei ihm durch, wird ihm die Welt zu Füßen liegen. Und er kann sich dabei auch noch ausruhen.

Kommen wir nun zu den deutlich unterbesetzten finsteren Gesichtsausdrücken. Sie entstehen aus offensichtlich misslungenen Rollenspielen, wenn sich einer der potenziellen Verlierer aus dem umliegenden Pädagogenkreis nicht an die Spielregeln hält und sich anschickt, Theo den Spaß zu verderben. Diese Fehlentwicklung hat sogar einen eigenen Decknamen: VERBOT. Das Wort muss man sich auf der Zunge zergehen lassen (bevor man es ausspuckt und mit fester Schuhsohle in den Boden drückt).

Wichtig ist die Früherkennung. Da sind die Chancen, dass ein sich anbahnendes Verbot noch abgewendet werden kann, relativ groß. Als Einstieg verwendet Theo gemeinhin den Gesichtsausdruck »zart-weinerlich«. Als Beispiel nehmen wir den hauseigenen Mixer, der aus Bananen, Erdbeeren und Ähnlichem einen köstlichen gelben, roten oder sonstigen Matsch machen kann. Nennen Sie bitte einen vernünftigen Grund, warum Theo dieses Gerät, welches dazu da ist, der Menschheit (und allen voran Theo) Gutes zu tun, nicht selbst in Betrieb nehmen darf. – Eben, es gibt keinen!

Aber Theo hat da einen sechsten Sinn, der auf Misstrauen trainiert ist, denn in der Küche sind Erwachsene in ihrer Willkür oft unberechenbar. Also begleitet er seine eindeutige Handbewegung, »Gebt mir den Mixer, und zwar möglichst schnell!«, mit einem präventiv »zart-weinerlichen« Gesicht, welches man etwa bei Menschen sieht, wenn sie sich ein Viertel Zitronensaft pur in den Rachen stoßen. Das Zarte an »zart-weinerlich« ist die Geräuschlosigkeit. Sie sorgt für gefährliche Ruhe vor dem Sturm und lebt von der Angst der Heimpädagogen, was aus diesem Gesicht innerhalb von Bruchteilen von Sekunden werden könnte, wenn sie den Mixer nicht sofort herausrücken.

Sagen wir: Sie tun es nicht. – Das hätten sie besser nicht tun sollen. Denn die Sirene, die Theo bei »hart-weinerlich« hochstartet, ist vielleicht in der Küche des Nachbarhauses erträglich, nicht aber in der eigenen, wo das Porzellan bereits unheilschwanger zu tanzen beginnt. Auch seine Mimik und seine Gesten zeigen derart heftig sein dringendes Verlangen, dass man sich als Erwachsener gezwungen sieht, sofort nachzugeben. Nicht aus vernünftiger Einsicht, denn eine solche setzte Denkvorgänge voraus. An Denken aber ist nicht zu denken, wenn Theo auf »hart-weinerlich« macht. Da zählt nur noch rasches Handeln, um die Situation zu entspannen. Also überlässt man Theo den Mixer.

Sagen wir: Er kriegt ihn nicht. Sagen wir, jene, die ihm körperlich überlegen sind, spielen diesen Vorteil brutal aus und geben das lustige Gerät, das so gut riecht, noch immer nicht her. Theo kennt zwei Masochisten dieser Art. Einer fängt mit »P« und eine mit »M« an. Natürlich wissen auch sie, dass sie erpressbar sind. (Haben wir ja oft genug geübt.) Aber manchmal wollen sie es nicht wahrhaben. Da hört man Dinge wie: »Theo, du kannst tun und lassen, was du willst, den Mixer kriegst du nicht, du bist zu klein dafür, da kannst du dir wehtun, da kannst du deine Finger verlieren, die Maschine macht ein Frappé daraus, also gib die Hände weg. Und wenn du schlimm bist, dann stecken wir dich sofort ins Bett, und dort bleibst du dann, bis du dich wieder beruhigt hast. Und wenn du dich nicht mehr beruhigst, dann bleibst du eben dein Leben lang im Bett.« – Und ähnlichen Schwachsinn.

Geht es also in dieser Weise hart auf hart, wechselt Theo übergangslos auf »Seele aus dem Leib schluchzen«. Dieses Gesicht bietet den sturen Mixer-Verteidigern ein erschütterndes Bild des Grauens. Es löst erstens Mitleidsstürme aus und weist zweitens auf die akute Gefahr einer bleibenden gesundheitlichen Beeinträchtigung durch diesen Zustand exzessiver Verzweiflung hin. Theo weint so, dass es den anderen körperlich wehtut und dass sie gleichzeitig erkennen, mit welchen enormen Schmerzen es für ihn selbst verbunden sein muss. Um Theo, den erbärmlichen Seele-aus-dem-Leib-Schluchzenden, zu erlösen und ihn irgendwann in seinem noch so jungen Leben wieder lachen sehen zu können, hilft nur eines: Mixer hergeben, aber schnell!

Sie glauben wohl, das war es dann. Irrtum. Selbst in dieser Situation hört man nur allzu oft: »Theo, nein, den Mixer kriegst du nicht …« Warum müssen sie ihm das antun? Muss ihm erst das Herz brechen, wollen sie ihm den Mixer erst auf sein Grab legen? – Mit »Seele aus dem Leib schluchzen« hat Theo sein Repertoire so gut wie ausgeschöpft. In den Endphasen des Kräftemessens kann er nur noch letzte zornige Verzweiflungstaten setzen: kräftig aufstampfen, Luft anhalten, rot werden, blau werden. Aber wenn es einmal so weit kommen muss, dann ist der Mixer offensichtlich unerreichbar.

Außerdem: So rasend interessant ist er nun auch wieder nicht. Eigentlich ist er sogar ziemlich langweilig. Sollen sie mit ihm doch machen, was sie wollen! Ist ohnehin keiner heiß darauf. Angenommen, sie wenden sich jetzt auf einmal Theo zu und sagen: »Also gut, wir haben es uns überlegt, du kannst den Mixer haben.« – Er würde ihn gar nicht annehmen. Sie könnten ihm mit dem Mixer durch das ganze Haus nachlaufen, sie könnten auf den Knien rutschen und ihn anflehen, er solle ihn doch endlich nehmen. Nein, würde er nicht. Wozu? Blöder Mixer.

Schade um jede Träne, schade um den gesamten Aufwand. Nie wieder »zart-weinerlich«, nie wieder »hartweinerlich«, nie wieder »Seele aus dem Leib schluchzen«. Theo lächelt. Theo lacht. Theo strahlt. Der Mixer kann ihm bis auf weiteres gestohlen bleiben. Und sollte er ihn jemals in seinem Leben wieder haben wollen, dann holt er ihn sich. Er weiß ja, wo er ist.

Theo spricht

Wie gut, dass Theo jetzt auch sprechen kann. Seine Lebensqualität hat sich dadurch beträchtlich gesteigert. Führen wir uns am Beispiel Bananenbrei die Entwicklung vor Augen: Am Anfang war Theo noch gar nicht fähig, Bananenbrei haben zu wollen. (Er hat nicht einmal gewusst, dass es ihn gibt.) Er war also auf die bananenbreimäßige Zwangsbeglückung reiferer Personen angewiesen, die aus einer Laune heraus plötzlich zur Ansicht neigten, Theo wolle vielleicht Bananenbrei. Vielleicht, vielleicht aber auch nicht, hineinstopfen könne man ihm den Papp ja einmal, dann würde man schon sehen: Will er oder will er nicht, schluckt er oder spuckt er? Was war er doch für ein armes Versuchskaninchen.

Dann kam die Phase, da er Bananenbrei wollte, allein es fehlten Mittel und Wege, die Umgebung darüber zu informieren. Mit etwas Glück gelang es Theo, die für die Lebensmittelzufuhr Zuständigen hellhörig zu machen, dass da etwas sei, wonach ihm gerade war. Aber bis die dahinterkamen, was es war, war ihm die Lust auf Bananenbrei meist schon wieder vergangen.

Die Lage verbesserte sich, als Theo koordinierte Mampfgeräusche der Wollust von sich geben konnte. Da wussten alle sofort: Er will etwas Essbares. Dann ging man die Dinge durch, und stieß irgendwann einmal auf Bananenbrei. Es war so eine Art Ratespiel.

Wenn es kurz war, machte es sogar Spaß. Aber manchmal standen sie schon ziemlich hartnäckig auf der Leitung.
In einer schon höher entwickelten letzten Phase der Unvollkommenheit, Wünsche zu äußern, war Theo auf Blickkontakte zu Bananen angewiesen. Wollte er ihren Brei, musste er »Da!« rufen, hinzeigen, noch einmal »Da!« rufen, noch einmal hinzeigen, immer wieder »Da!« rufen und hinzeigen, bis sich einer der Herrschaften vielleicht einmal bequemte, der Sache auf den Grund zu gehen. Und dann kam das schlaue »Aha, der Theo will eine Banane!« Nicht ganz korrekt, aber von Banane zu Bananenbrei war es kein weiter Weg mehr. Theo musste der geschälten Banane, die man sich anschickte, ihm unzerkleinert in den Mund zu schieben, nur ausgiebigen Widerwillen und tiefe Verachtung entgegenbringen. Dann machten sie schon bald Brei daraus.
Nun, heute kann Theo über solch umständliche Zeremonien nur noch lachen. Heute nennt er die Dinge beim Namen. Er sagt: »Bananenbrei« – und da ist er. Und für den Fall, dass sich die Pädagogen aus asozialen Gründen oder aus purem Ignorantentum zieren, seiner Aufforderung nachzukommen, gibt es immer noch das unerschöpfliche Stilmittel der Wortwiederholung. Man kann sagen: Es ist exakt Theos Stil.
Theo spricht gern, offen, immer und über alles. Aber so weit sind wir noch gar nicht. Vor dem Wort begeisterte ihn der Klang der Laute. Nachdem er die Betreuer

von Geburt an monatelang widerspruchslos auf sich einreden hatte lassen und dabei bereits durch alle Höhen und Tiefen stimmlicher Ausuferungen gegangen war, begann er mit seinem höchstpersönlichen Soundcheck und trat damit in eine leidenschaftliche Phase. Jeder Laut, Umlaut oder Unlaut erscheint ihm nun jedenfalls interessant genug, trainiert zu werden. Und die meisten Klänge gewinnen überhaupt erst dadurch an Reiz, dass man sie öffentlich reifen lässt. Ein jodelndes »Düdeldi«, ein plapperndes »Wawawa«, ja selbst ein eher kryptisches »Mrrrgo« kann Theo schon leicht ein, zwei Stunden in Anspruch nehmen. Derlei Klangkörper fabriziert man natürlich nicht für und mit sich allein. Der Theo-Sound lebt vom organisierten Echo und seinen überraschenden Abwandlungen. Im Notfall genügt ein Erwachsener, günstiger sind zwei oder mehrere, damit sich die Laute im Raum besser verteilen und verschieben.

Bei Theos lustigem Klangkörper-Spiel, welches mehrmals täglich veranstaltet wird, gibt es passivere und aktivere Typen. Die einen plappern nur nach, was Theo ihnen vorgibt. Mit ihnen spielt er nur aus Verlegenheit, wenn sonst Wickeln oder Waschen oder ähnlich Ödes auf dem Programm stünde. Er wirft ihnen zum Beispiel ein aufrüttelndes »Pomp« hin – und sie sagen »Pomp«, nicht rasend originell, aber immerhin sind sie im Spiel. Manche machen wenigstens halbwegs lustige Gesichter dazu. Und die Hellsten unter den Passiven schwingen sich mitunter zu einem »Pomp-Pomp«

auf, welches Theo die Möglichkeit gibt, auf »Pomp-Pomp-Pomp« zu erhöhen. Daraus könnte eine anregende längere Unterhaltung werden. Aber das kapieren sie nicht. Über »Pomp-Pomp-Pomp-Pomp-Pomp« ist das Spiel noch nie hinausgegangen.
Mit aktiven Geräuschpartnern lässt sich deutlich mehr anfangen. Sie machen aus Theos »Pomp« problemlos ein »Promp«. Theo kontert mit »Plomp«. Dem anderen fällt »Plump« ein. Und so geht es munter dahin, unterbrochen nur durch Theos Lachkrämpfe, wenn ihm eine Lautverschiebung besonders gelungen erscheint. Mit niveauvollen Spielgefährten ließe sich so die Zeit zwischen zwei Mahlzeiten mühelos überbrücken. Denn je länger gespielt wird, umso lustiger wird es. Theos Traumziel wäre es, eine mit »Pomp« begonnene Spielrunde einmal auf »Wusch« enden zu lassen. Der Weg dorthin erscheint aber selbst den aktivsten Spielerpersönlichkeiten derzeit noch zu weit.
Sosehr Theo die Förderung der Produktion von sinnlosen Silben auch am Herzen beziehungsweise auf der Zunge liegt – echte Wörter sind noch um Klassen besser. Das Geniale daran ist, dass sich die wichtigsten Dinge des Lebens damit festnageln lassen. Angenommen, jemand sagt: »Ferrari« (um gleich eines der spektakulärsten Beispiele zu nennen), so weiß Theo sofort, was er damit meint. Denn bisher haben immer alle, die »Ferrari« gesagt haben, das Gleiche gemeint.
Hört Theo »Ferrari«, muss er also unwillkürlich an ein Auto denken, und zwar an ein bestimmtes. Und wenn

er schon einmal daran denkt, dann will er es auch sagen. Also sagt er: »Ferrari.« Und wenn er schon einmal »Ferrari« sagt, dann will er auch »Ferrari« haben. Das ist ja der tiefere Sinn der Sprache. Also fragt er: »Wo ist der Ferrari?« Und dann macht einer, wenn er mitgedacht hat, irgendeine Türe auf. Und da steht er dann, Theos Ferrari.

Doch der letzte Teil der Geschichte ist immer nur ein Spiel. Ja, leider: Der Ferrari spielt da nie mit. Zumindest sieht man ihn nicht. Aber Theo kann sich ihn gut vorstellen. Er öffnet seine Tür, steigt ein und fährt auf und davon. Da er spätestens an dieser Stelle nicht mehr so ganz auf seine Rechnung kommt, wird der Vorgang wiederholt. Hinausgehen. Türe zu. Theo: »Wo ist der Ferrari?« Türe auf. »Da ist der Ferrari.« Theo steigt ein, fährt davon, fühlt sich unbefriedigt. Alles noch einmal: hinausgehen. Türe zu. Theo: »Wo ist der Ferrari?« Türe auf. »Da ist der Ferrari.« Und irgendwann, ja, irgendwann wird er dann wirklich einmal dastehen. Und Theo wird einsteigen und davonfahren. Und die Angehörigen werden in einer Auspuff-Wolke zurückbleiben. Und dann werden sie schauen …

Wir kennen jetzt also schon zwei Gründe, warum Theo die Sprache liebt: Erstens klingt sie gut. Und zweitens weiß dank ihrer der andere sofort, was Theo gerade will. Manchmal muss er die beiden Dinge allerdings erst mühsam und kräfteraubend kombinieren, damit sich die gewünschte Wirkung einstellt. Erinnern Sie sich noch an das grausame Schlüsselwort? – VERBOT hieß es. Anders umschrieben: Erwachsene Personen machen sich wichtig, rücken ein gewünschtes Ding nicht heraus und kommen sich noch ungeheuer gut und gerecht dabei vor. Theos Repertoire an optischen Gegenwirkungen haben wir bereits kennengelernt. Doch hin und wieder zählt ein Wort mehr als tausend grimmig fordernde Gesichter.

Zum Beispiel, noch einmal, der Mixer: Wir sind wieder in der Küche, Theo will aus Erdbeeren Matsch herstellen, zeigt auf das lustige Gerät und sagt, so gut er es eben kann: »Mixer!« – Irgendetwas muss er falsch gemacht haben. Denn der im Besitz des Mixers befindliche Pädagoge erwidert: »Ja, Theo, das ist ein Mixer.« Erfreulich, dass auch er das Wort kennt, aber es bringt Theo keinen Millimeter näher ans Gerät.

Theo hat nun aufgrund seiner außergewöhnlich hohen sprachlichen Entwicklung (auf die alle Erwachsenen bei jeder sich bietenden Gelegenheit so nachdrücklich stolz hinweisen, als wäre es ihre eigene – wenigstens sind sie sie ihm offenbar nicht neidig) zwei Möglichkeiten, den bevorstehenden Mixer-Machtkampf für sich zu entscheiden. Entweder er setzt auf den Inhalt oder auf die Kraft seiner Worte.

Begnügt er sich mit dem Inhalt, so wiederholt er zunächst noch ein paarmal: »Mixer!« Dann folgt: »Theo-Mixer!«, um dessen Revier einmal deutlich abzustecken. Zwischendurch versucht er es mit höflicheren Tönen: »Theo will Mixer.« Oder: »Theo will jetzt Mixer!«, falls es Probleme mit der zeitlichen Zuordnung der Forderung gab. Sparsam geht er mit der Verwendung des Wortes »bitte« um, man könnte es ihm als Schwäche auslegen, als wäre er auf die Gnade anderer angewiesen, als müsste er sich das Recht auf den Mixer erst unterwürfig erbetteln. Vielleicht erwähnt er »bitte« einmal beiläufig – ihm selbst tut's ja nicht weh, und die Alten freuen sich.

Stellt sich nach der höflichen Tour der gewünschte Erfolg aber noch immer nicht ein, so ist mit einer ersten Nervenprobe zu rechnen: »Mixer, Mixer, Mixer, Mixer, Mixer …« Die Wiederholung ist Theos ausgereifteste sprachtechnische Spezialität und sein tauglichstes psychologisches Kampfmittel. Voraussetzung für dessen Wirkkraft ist blendende Kondition. Die bringt Theo mit. Er könnte 24 Stunden hindurch »Mixer« sagen, wenn er wollte. Aber das ist nicht seine Taktik.

Theo arbeitet lieber in »Mixer«-Wellen. Nach einer Serie von fünf bis zehn Wiederholungen hört er abrupt auf – und versetzt seine bereits gezeichneten Pädagogen, die den Mixer nicht herausrücken wollen, in eine Art Euphorie der plötzlichen Ruhe. Wir kennen das Phänomen von lauter, schlechter Musik, die mit einem Schlag verstummt; wir fühlen uns sogleich genusssüchtig von allen Qualen des Lebens befreit.

In ebendieses Gefühl der Befreiung platzt unvermittelt Theos neue Serie hinein: »Mixer, Mixer, Mixer, Mixer, Mixer…« Wichtig dabei ist die ansteigend quälende Tendenz: Theo wiederholt das Wort jetzt öfter, er zappelt dazu heftiger, und seine Stimme ist schärfer und

greller als zuletzt. Damit will er den Pädagogen die Richtung angeben, in die sich der (einseitige) Wortwechsel mit den heimtückischen Ruhepausen entwickeln werde, lässt man ihn nicht endlich ans Gerät.
Nach dem dritten und vierten »Mixer«-Wiederholungsschub sind Theos Chancen auf das bessere Ende erfahrungsgemäß am größten. Und er hat förmlich schon die resignative Stimme des Verlierers im Ohr, mit der dieser seine Niederlage eingesteht: »Gut, Theo, du hast gewonnen, nimm den Mixer, werde glücklich damit. Bind dir das Kabel um den Hals, steck es an den Strom an, dreh den Knopf auf, leg die Finger hinein, zermalm dir deine Ohren, zerhack dir deine Zehen, tu, was du nicht lassen kannst. Nur bitte eines, Theo, bitte, sag nie wieder ›Mixer‹, hörst du? Niiie wiiiieder ›Mixer‹, okay?«
Wird er nicht auf diese oder ähnliche Weise zum Sieger durch technischen K. o. erklärt, kann es passieren, dass ihm seine eigenen Wortwiederholungen langsam auf die Nerven gehen. (Wir kennen das Phänomen von lauter, schlechter Musik, die wir selbst spielen, niemand dreht ab – und plötzlich kommen wir dahinter, wie laut und schlecht die Musik eigentlich ist.) Nach fünf vergeblichen »Mixer«-Serien ist es jedenfalls an der Zeit, die Variante zu wechseln und den Ton zu verschärfen. Sprachlich gibt es da keine Probleme – man muss sich nur im Verwandtenkreis umhören, was die Leute so sagen, wenn sie etwas haben wollen.
Theo probiert es mit einem ruppigen: »Mixer her!« –

Nein? Dann vielleicht: »Mixer her, gemma, gemma!« Was gibt's da zu lachen? – »Mixer her, dalli, dalli!« Alles schon gehört in der Josef-Ressel-Straße. »Mixer her, aber ein bisschen plötzlich!« Gefällt ihm zwar, dem Papa, aber er reagiert nicht. Das zwingt Theo zu einer grundsätzlichen Frage: »Hast du Bohnen in den Ohren?« (Wie gut, dass es die Oma und ihre Sprüche gibt.) Kommt hervorragend an. Papa windet sich vor Lachen, seine Konzentration auf die Verteidigung des Mixers lässt deutlich nach. »Mama«, ruft Theo durchs Haus, »weißt du, was der Papa hat?« – »Nein, was hat er?«, entgegnet die Stimme aus dem Wohnzimmer. »Der Papa hat Bohnen in den Ohren!«, erwidert Theo. Das will sie jetzt genauer wissen. Sie kommt dafür eigens in die Küche und fragt: »Was hat der Papa?« Theo bleibt dabei: »Der Papa hat Bohnen in den Ohren.« – »Was machen wir denn da?«, fragt die Mama. »Müss ma rausgeben«, schlägt Theo vor. Am besten, die Mama macht das gleich an Ort und Stelle. Und in der Zwischenzeit kann sich Theo um den unbeaufsichtigten Mixer kümmern.

Auch wenn Sie vom Küchenmixer im Hause Theo und Anhang bereits restlos reizüberflutet sind und sich nichts sehnlicher wünschen, als dass das Kind das Gerät nun endlich an sich reißen könnte, um der Sache ein Ende zu bereiten – nein, tut uns schrecklich leid, so leicht geht das nicht. Wir haben es hier mit beinharten Erziehungsberechtigten zu tun, die vielleicht nicht immer wissen, warum sie etwas verbieten. Aber dass sie es verbieten, das wissen sie. Und das merken sie sich auch. Und dabei wollen sie bleiben. Da sind sie unerbittlich.

Auf der gegnerischen Seite haben wir einen jungen unverbrauchten Menschen in der sprühenden Phase der Erlangung des Vollbesitzes seiner geistigen Kräfte. Er strotzt vor Energien und motiviert sich durch Widerstände, die ihn zu Höchstleistungen seiner Sinnesfähigkeiten zwingen. Was etwa den Mixer betrifft, so hält Theo bei folgendem Zwischenstand: Gut, die Mimik hat versagt. Gut, die Worte haben ihre Wirkung verfehlt. Bleibt immer noch sein akustisches Kapital, bleibt immer noch seine Vielfalt an Stimmen. Damit hat er schon fettere Dinge an Land gezogen als dieses läppische Küchengerät.

Theos Alltagsstimme ist die des heiteren hellen, hohen Gesanges. Sie vermittelt jene Leichtigkeit, mit der Theo alles zu kriegen glaubt, was er haben will. Und die Praxis gibt ihm ja in den meisten Fällen recht, sodass seine Stimme, vom Erfolg getragen, immer leichter und leichter, immer heller und heller wird. Es gibt Erwachsene, die behaupten, sie hätten noch nie ein Kind in derart fröhlich hohen Tönen singen gehört, wie Theo spricht.

Herausragend ist Theos Leistung auf dem Gebiet der zweisilbigen Wörter. Unter der erweiterten Terz spielt sich hier gar nichts ab. Zumeist springt Theo in Quinten, Sexten, Septimen oder Oktaven von einer Silbe zur nächsten. Ist das Wort eine Frage, springt er hinauf. Will Theo etwas durchsetzen, was öfter der Fall ist, springt er hinunter.

Wenn nun Theo endlich, nach so vielen gescheiterten Versuchen, den Mixer stimmlich an sich reißen will, dann ist das »Mi«, die erste Silbe des Wortes, für das menschliche Gehör auf Anhieb gar nicht registrierbar. Erst durch den vergleichsweise tiefen zweiten Teil, das »Xer«, gewinnt man einen lebendigen Eindruck, wie ernst es Theo diesmal meint. Und jetzt erst schmerzt die nicht wahrgenommene erste Silbe wie ein Stecknadelstich im pädagogischen Ohr, welches gut von böse, richtig von falsch und klug von dumm nicht mehr unterscheiden kann, wenn die entsprechende Frequenz einmal überschritten ist. Nach einer Serie von zehn solcherart gesetzten Theo-»Mi-xern« empfiehlt es sich, einen Hals-Nasen-Ohren-Spezialisten aufzusuchen.

Sollte mit einzelnen Wörtern nichts zu erreichen sein, sollte sich Theo also bereits gezwungen sehen, ganze Sätze zu formulieren, sollte deren Inhalt allerdings nicht den gewünschten Erfolg (Mixer) zeitigen – so muss er die Wortkombinationen einfach kräftiger betonen. Der virtuelle Gesang der spielerischen Leichtigkeit, mit dem sich Theo in der Josef-Ressel-Straße bereits einen Namen gemacht hat, ist hier ein untaugliches Mittel. Er macht zu wenig Druck. Theo muss den Mixer-Verteidigern exzessiv auf die Nerven gehen, das ist seine letzte Chance.

Natürlich, er kann seine Botschaft hinausjammern, hinausschluchzen, hinausbrüllen. Er kann röhren wie ein Hirsch, der ein Saxofon verschluckt hat, grunzen wie ein A-cappella-Chor von Hängebauchschweinen, heulen wie die Bee Gees bei ihrem Abschiedskonzert im Jahr 2034. Aber Theos stärkste Stimme ist authentisch. Die hat er selbst entwickelt. Dafür gibt es weder Vorbilder noch potenzielle Imitatoren. Es ist die Stimme des vermeintlichen Erstickungstodeskampfes. Die Wortwahl ist dabei weniger wichtig als das stoßweise Herauswürgen der einzelnen hyperventilierten Laute. Um die Stakkato-Dichte zu erhöhen, baut Theo in seinen Vortrag ekstatische Weinkrämpfe ein und schüttelt dazu heftig seinen mittlerweile bereits hochroten Kopf. Das Ergebnis klingt dann etwa so: »The hh O hh Will hh Mi hh Xer hh So hh Fort hh Will hh The hh O hh Mi hh Xer.« – Urteilen Sie selbst: Steht der Schaden, den ein rotierendes Küchengerät an einem Kleinkind anrichten kann, im Verhältnis zu einer derartigen Geräuschkombination?

Beenden wir hiermit den ungleichen Kampf. Sagen wir: Theo hat gewonnen. Sagen wir: Die geläuterten Pädagogen, die nun sogar daran denken, ihre Karriere zu beenden, schütteln dem Triumphator sportlich-fair die Hand und schicken sich an, ihm den Siegespreis zu überreichen. Doch was macht Theo? Er zieht die Hände zurück, versteckt sie verschämt hinter seinem Rücken. Er braucht keinen Mixer. Er greift so ein Ding gar nicht an. Viel zu gefährlich. Was da alles passieren kann! Er wollte eigentlich nur wissen, ob er ihn kriegen kann. Jetzt weiß er es. Danke, das genügt.

Theo telefoniert

Es gibt noch einen dritten Grund, warum Theo die Sprache liebt. Erstens klingt sie gut. Zweitens erzwingt man damit scheinbar unerreichbare Küchengeräte. Drittens, und das ist wirklich eine feine Sache: Man kann telefonieren.

Ein Telefongespräch mit Theo ist nicht nur für ihn selbst ein Erlebnis. (Wenn seine Eltern einverstanden sind, geben wir Ihnen die Festnetz-Nummer, dann können Sie es selbst einmal ausprobieren. Rechnen Sie allerdings schon jetzt damit, dass dieser Anschluss nur selten nicht besetzt sein wird.)

Klingelt es in Theos Elternhaus, und es wird abgehoben, bieten sich dem Anrufer zwei Möglichkeiten: Entweder jemand meldet sich, oder Theo ist am Apparat. Im zweiten Fall geht das Freizeichen in gesunde Atemgeräusche, in friedliches Schnaufen über. Es liegt nun am jeweiligen Anrufer selbst, die rauschende Stille zu durchbrechen und das Wort zu ergreifen. Die meisten fragen: »Hallo?« Das ist Theos Stichwort. Darauf hat er sich schon seit dem ersten Klingelsignal gefreut. Denn jetzt sagt er: »Na hallo, hallo, hallo!«

Darauf reagieren die Menschen unterschiedlich. Theo-Unkundigen fällt möglicherweise der Hörer aus der Hand. Denn seine Telefonstimme passt sich dem Umstand an, dass die anrufende Person optisch nicht wahrnehmbar ist, dass sie sich offensichtlich gar nicht im Hause befindet, dass Theo demnach mehr tun muss, als der Person »Na hallo, hallo, hallo!« zuzurufen. Er muss es ihr schon ins Ohr brüllen. (Seine Lippen kleben dabei auf der Telefonmuschel, um den Abstand wenigstens ein bisschen zu verkleinern.) Und wenn Theo einmal brüllt, dann nicht etwa wie ein Löwe, sondern wie ein Löwenbaby auf einem mit dreifacher Geschwindigkeit und maximaler Lautstärke abgespielten Tonband.

Wer mit Theo rechnen durfte, den Hörer weit weg vom Ohr gehalten hat und demnach mit dem Schrecken davongekommen ist, fragt zumeist: »Ja, wer ist denn da?« Oder: »Ist das der Theo?« Unter Umständen wird er an dieser Stelle aus der Leitung geworfen – von Theo höchstpersönlich. Gilt für den Fall, dass diesem der Telefonanruf ungelegen kam, dass er gerade etwas Besseres zu tun hatte und nur einmal kurz »Na hallo, hallo, hallo!« von sich geben wollte.

Ist Theo allerdings in Redelaune und zum Zeitpunkt des Anrufs unverplant, so erwidert er gern: »Ja, wer ist denn da? Wer ist denn da? Ist das der Theo?« Bei blendender Verfassung schließt er noch einmal ein schwungvolles »Na hallo, hallo, hallo!« an. Manchmal fragt er auch unverblümt: »Ich bin der Theo, und wer bist du?« Mitte Mai 1997 verwendete er die Formulierung: »Ich bin der Theo, und mit wem hab' ich das Vergnügen?« Aber das war eine einstudierte Geschichte, mehr so eine Modeerscheinung, kam nicht von Herzen und wurde deshalb bald vergessen.

Vertraute fragen in der Folge oft: »Theo, wie geht's dir denn?« Da schwankt er zwischen »Wie geht's dir denn, wie geht's dir denn?«, »Guuuut«, »Danke, gut«, »Danke gut, und dir?« und »Na hallo, hallo, hallo!« Er soll aber auch schon »Danke, man darf nicht klagen« und »Danke, man lebt« geantwortet haben. Solche Worte würden jedenfalls vorzüglich zu seiner bevorzugten Körperhaltung beim Telefonieren passen: eine Hüfte herausgedreht, Beine über Kreuz, lockeres Wippen auf den Fußballen, sinnierender Blick in die Tiefe des Raumes, Kopf auf jene Hand gestützt, die den Hörer hält, während der Zeigefinger der freien Hand im geringelten Telefonkabel steckt und dort lässig Kreise dreht.

Nun kommen die Anrufer zumeist zur Sache und fragen: »Theo, kann ich deine(n) Mama (Papa) sprechen?« – Eine gute Frage verdient eine gute Antwort. Deshalb erwidert Theo gerne: »Nein.« Um den Effekt zu steigern, hängt er manchmal auf. Er macht dies nicht in böser Absicht. Er zeigt damit nur, dass das Telefongespräch mit ihm und somit auch für ihn beendet ist. Wer will, kann ja noch einmal anrufen. Wenn dann die Mama hingeht oder der Papa, so ist das deren Sache. Und wenn das mit dem Telefon nicht funktioniert, weil Theo die Verbindung unterbrochen hat und nicht mehr bereit ist, die Leitung freizugeben, kann sich der Anrufer ja auch persönlich herbemühen. Theos Eltern wohnen ja nicht aus der Welt.

Meistens enden die Gespräche für Theo aber schon während des Telefonats. Da nimmt man ihm mittendrin brutal den Hörer aus der Hand. Da muss er dann leider weinen. Und der jeweilige Superpädagoge, der wieder einmal Fingerspitzengefühl bewiesen hat, straft ihn auch noch mit einem grausamen »Psssst, Theo, ich versteh' überhaupt nichts!«

Noch viel spannender, als angerufen zu werden, ist selbst anzurufen. Es hat den Vorteil, dass Theo schon von vornherein weiß, mit wem er es gleich zu tun haben wird, und sich deshalb entsprechend vorbereiten kann. Angenommen, Theo ruft Tante Lisi an. So entwickelt sich daraus in etwa folgender Dialog. Tante Lisi hebt ab und sagt: »Hallo?« – Rauschen, Atmen, Schnaufen. Tante Lisi: »Hallo?« – Rauschen, Atmen, Schnaufen. Tante Lisi: »Theo, bist du es?« – Rauschen, Atmen, Schnaufen. Tante Lisi: »Theeeeoooo, huuu huuu?« Theo (ohrenbetäubend): »Tante Lisi?« Tante Lisi: »Ja, hier ist die Tante Lisi.« Theo: »Und hier ist der Theo.« Tante Lisi: »Hallo, Theo!« Theo: »Na hallo, hallo, hallo!« Tante Lisi: »Theo, wie geht es dir?« Variante eins: Theo legt auf. Variante zwei: Theo: »Tante Lisi?« Tante Lisi: »Ja, Theo?«

An dieser Stelle gibt es gut ein Dutzend Varianten. Wir wählen die elfte. Theo: »Tante Lisi?« Tante Lisi: »Ja, Theo, ich bin ja da.« Theo: »Tante Lisi?« Tante Lisi: »Theo, komm zur Sache!« – Pause, Rauschen, Atmen, Schnaufen. Theo: »Tante Lisi?« Tante Lisi: »Ja, Theo, bitte die Pointe!« Theo: »Hör zu, Tante Lisi! – Jakob hat kein Brot im Haus, Jakob kennt sich gar nicht aus, Jakob hin, Jakob her, Jakob ist ein Zottelbär.«

Theo bewegt sich (doch)

Theo sitzt gern. Theo liegt gern. Und Theo kugelt gern herum. Damit ist über seine Bewegungsabläufe eigentlich schon alles gesagt. Wollen wir es nicht dabei belassen?

Einmal ehrlich: Die Menschen, die den Kinderwagen erfunden haben, werden sich ja wohl etwas dabei gedacht haben. (Wenngleich die Entwicklung auf einer eher primitiven Stufe stehengeblieben ist; diese Gefährte haben ja nicht einmal ein Lenkrad, geschweige denn ein Gaspedal, als Nächstes sparen sie womöglich bei den Rädern.)

Holen wir noch weiter aus: Die verwandten und bekannten Pädagogen werden seit geraumer Zeit nicht müde, Theo die Welt zu erklären. Daheim halten sie sich mittlerweile ein bisschen zurück, da sind ihnen offenbar die herzeigbaren Gegenstände ausgegangen. Aber kaum tritt man ins Freie, geht es schon los: »Theo, das ist ein ... und Theo, das ist ein ... und Theo, das ist ein ...« Links, rechts, oben, unten, und oftmals auch irgendwo dazwischen.

Sicher, sie meinen es im Prinzip gut. Sie wollen ihn jetzt, da er noch nicht in der Lage ist, sich dagegen zu wehren, mit Wissen vollstopfen. Denn wenn er selbst einmal wählen kann, ob er etwas erlernen will oder nicht, entscheidet er sich wahrscheinlich in mindestens achtzig von hundert Fällen fürs Zweite.

Derzeit speichert Theo Eindrücke automatisch, manchmal völlig unbeeindruckt, nur aus purer Lust am Speichern selbst. Die Umgebung füttert ihn mit Informationen, und er behält sie, weil es ihm gar so leichtfällt, egal, ob sie ihn interessieren oder nicht. Theo ist allerdings kein Übermensch (zumindest fehlen dafür stichhaltige Beweise): Wenn sein Geist arbeitet, muss sein Körper ruhen. Wenn die Dinge in Form ihrer Bezeichnungen von allen Seiten auf ihn einprasseln, braucht er dringend Rückhalt, Ruhe und Sicherheit. Mit einem Wort: Er braucht einen Kinderwagen. Ohne ihn liefe er Gefahr, sein natürliches Gleichgewicht zu verlieren und sich in den Reizen der Außenwelt zu vertaumeln.

Im übertragenen Sinn kann Theo durchaus als Steher bezeichnet werden. (Siehe Mixer.) Nur stehen sollte er dabei besser nicht. Diese Körperhaltung liegt ihm einfach nicht. Sie kommt bei ihm über das Stadium des Balanceaktes nicht hinaus. Theos Betreuer kennen eigentlich nur eine einzige Situation, in der Theo absolut still und fest stehen kann. Da wirken seine Beine wie Klötze, seine Füße scheinen in den Boden einzementiert, der Oberkörper ragt starr nach vorne, die Arme hängen, wie festgenagelt, in der Luft. Theos Haupt scheint einem Marmorrelief von Michelangelo nachgemeißelt. Und sein Gesicht signalisiert volle Konzentration, als würde er tief in sich hineinhorchen. So steht er nun absolut trittsicher da, bis ihn die argwöhnische Stimme eines Pädagogen aus der selbstauferlegten Verankerung reißt und die entlarvende Frage stellt: »Theo, machst du gerade in die Hose?«

Sonst kann er auf Stehen im Allgemeinen gerne verzichten. Mit Gehen verhält es sich ähnlich. Aber Gehen geht gerade noch. Erstens verändert sich die Landschaft, und zweitens ist Gehen doch eine deutlich stabilere Angelegenheit. Wenn man umzufallen droht, setzt man eben noch einen Schritt nach vorne. Und so geht das immer weiter, bis die Unlust, einen weiteren Schritt zu setzen, größer ist als die Scheu davor, umzufallen. Meistens ist dann ohnehin einer der Betreuer in der Nähe und fängt einen auf.

Eine Kompromisslösung zwischen dem friedvollen Dasein im Kinderwagen und dem schwankenden Zustand der Fortbewegung auf Beinen ist das sogenannte Getragenwerden. Es fußt auf der an sich guten Idee, für zwei Menschen nur zwei Beine zu verwenden, um Theos Beine zu schonen. Allerdings ist man als Getragener der Tragfähigkeit beziehungsweise Tragunfähigkeit des jeweiligen Trägers ausgesetzt. Es gibt Personen des Vertrauens, denen Theo seine intimsten Geheimnisse verraten würde, zum Beispiel, wo er deren Uhren oder Brillen gerade versteckt hat. Aber kaum strecken diese Leute Theo die Arme entgegen, überkommen ihn Gefühle panikartiger Reserviertheit, er beginnt zu schluchzen und schaut sich verzweifelt nach Fluchtwegen um. Keine Frage: Theo hat Angst, von ihnen getragen zu werden. Allein schon die Vorstellung ist für ihn unerträglich.

Bei den schlechten Trägern, denen es zu entkommen gilt, unterscheidet Theo die weichen von den harten. Die weichen Träger (wollen Sie einen würdigen Vertreter beim Namen genannt wissen? Also gut, ausnahmsweise: Theo nennt ihn »Onkel Dani«) greifen Theo wie eine heiße Kartoffel an. Sie gehen schon mit zittrigen Händen auf ihn zu, können sich nicht entscheiden, wo sie ihn anpacken sollen. (»Anpacken«, um Gottes willen, wie das schon klingt! Wie leicht kann man so ein zartes, kleines Kind verletzen!) Irgendwo zwischen Theos Bauch und Rücken finden die schwitzenden Hände dann Halt. Es folgt eine Light-Version einer Art Hebebewegung. Manchmal rutscht Theo in der Mitte durch, der Träger versucht sich mit einem beiläufigen »Hoppala!« aus der Affäre zu ziehen und wiederholt den Hebevorgang – sofern Theo nicht unter kläglichen »Mama«- oder »Papa«-Rufen bereits die Flucht ergriffen hat.

Ist Theo einmal in der Höhe, kann nicht mehr viel passieren. – Außer, dass seine Beine verdreht sind, dass er nicht weiß, wo er sich anhalten kann, oder dass er in die falsche Richtung schaut (nämlich in die Brusttasche des weichen Trägers). Die letzten Momente des solcherart Getragenwerdens vergehen mit tapferen Versuchen des Trägers, die Trageposition dahingehend zu verbessern, dass sie noch einige Sekunden länger aufrechterhalten werden kann. Theo will sich das dann aber zumeist nicht mehr mitansehen. Er trommelt mit den Fäusten auf den Brustkorb des weichen Trägers (falls sich dieser nicht gerade auf der ihm abgewandten Seite befindet) und will auf der Stelle nach Hause ge…, nein, nur ja nicht getragen, sondern geführt werden. Und zwar in seinem Kinderwagen. Und zwar sofort.

Die harten Träger sind noch eine Spur furchterregender. Wenn Sie mit großen leuchtenden Augen und gefletschten Zähnen Theo die Arme entgegenstrecken, glaubt er, seine letzte Stunde habe geschlagen. Der scheinbar unausweichliche Würgegriff bleibt zwar wie durch ein Wunder aus. Stattdessen krallen sich die gierigen Finger des Besessenen aber tief in Theos Hüften. Schreien hilft da überhaupt nichts. Harte Träger werten es sogar noch als Ausdruck der Freude auf das bevorstehende In-die-Luft-gewirbelt-Werden. Theo versucht sich in dieser Situation im Sinne der Schadensbegrenzung absolut ruhig zu verhalten (brüllen kann er nachher immer noch). Denn Laute wie »Huuuui!«, »Wuuui!« und »Juuuuui!« stimulieren harte Träger noch zusätzlich und motivieren sie, mit Theo Hebe-, Wurf- und Schaukelorgien zu veranstalten.

Ist Theo einmal hochgehoben, kann ihm nichts Schlimmeres mehr passieren. – Außer, die harten Träger, die seine Beine in eiserner Umklammerung zusammenpressen, haben es nun auch noch auf sein Gesicht abgesehen. Ihre Spezialität sind sogenannte Zwickerbussis. (Schon in der Art, wie sie dieses Wort hervorzischen, kann man die ungeheure Brutalität erahnen.) Dabei nehmen sie Theos Nase mit zwei Knöcheln ih-

rer Finger in die Schere und rütteln kräftig herum. Das Gleiche machen sie auch ganz gern mit Theos Wange. Da bohren sie irgendwo hinein, ziehen ein Stück hervor und reiben, kneten und quetschen genüsslich daran. Ihr dazugehöriger Schlachtgesang lautet zumeist: »Na du! Na du! Na du!« Manchmal auch: »Na du, du Süßer, du!« – Spätestens jetzt ist es für Theo an der Zeit, ihnen seine offene Hand ins Gesicht zu klatschen, um das dramatische Ende des grausamen Spieles einzuleiten.
Und manchmal bleibt ihm dann einfach gar nichts anderes übrig. Ja, manchmal tut er es. Oh doch. Kinderwagen – außer Sichtweite. Trägerkandidaten – furchterregend. Pädagogen – kompromisslos: »Theo, bitte, komm jetzt endlich, wir wollen doch hier nicht übernachten!« Warum eigentlich nicht?
Wer Theo beim Gehen fotografiert, erhält gestochen scharfe Bilder. Anders formuliert: Wenn Theo geht, dann geht er extrem langsam. Zugegeben, selbst ein um ein »extrem« erweitertes »langsam« ist noch nicht der passende Ausdruck. Wenn man rasch hinschaut, sieht man Theo stehen. Wenn man noch einmal hinschaut, nun schon etwas länger, steht er noch immer. Dann gibt man der Situation aber noch eine dritte Chance auf Veränderung und schaut neuerlich hin, diesmal wirklich lange und konzentriert, etwa so, wie man ein Gemälde betrachtet, mit Andacht und Ruhe und dem Bemühen, mehr zu erkennen, als dahintersteckt.

Plötzlich hält man verwundert inne und beginnt zu grübeln: Irgendetwas war doch da, irgendetwas ist nicht mehr so wie früher. Man schaut ein viertes Mal hin, diesmal gezielt, schon mit dringendem Verdacht, und mit dem Ehrgeiz, die Sache aufzuklären. Tatsächlich: Theos rechter Fuß steht nicht mehr dort, wo er noch vor einer Minute gestanden hat. Nun weiß man es. Theo ist gegangen. Und man ahnt, auch wenn es mit freiem Auge nicht erkennbar ist: Er geht noch immer.

Theo hat beim Gehen zwei gröbere Probleme – sein rechter und sein linker Arm. Er weiß mit ihnen nichts anzufangen. Sie sind ihm richtiggehend im Weg. Wären sie doppelt so lang, könnte er wenigstens drüberspringen oder -stolpern und hängen bleiben. Dann würde er auf der Stelle liegen bleiben, ein Betreuer müsste ihn mit dem Kinderwagen abholen – und der Spaziergang wäre beendet.

So aber machen die Arme irgendetwas, das niemandem nützt und Theo eher schadet. Das heißt: Er kommt von der Ideallinie ab. Der eine Arm zieht mitunter so heftige Kreise, dass es Theo spiralenförmig auszuheben droht, während der andere ungestüm zur Seite schlägt, als gelte es, einen Konkurrenten auf gleicher Höhe am Überholvorgang zu hindern beziehungsweise ihn aus dem Rennen zu boxen. Nur eine bestimmte Bewegung kennen beide Arme Theos nicht – das den Schritt begleitende, rhythmische Nach-vorne- und Nach-hinten-Schwingen.

Theo hat beim Gehen neben den gröberen Arm- auch noch leichtere Beinprobleme. Nein, er hat weder X- noch O-Beine. Sondern beides – gleichzeitig. Oder besser gesagt: Er verwendet variable Mischformen, wobei meistens ein Bein gerade geht (was dann auf sogenannte D- und K-Beine hinausläuft).

Theos Variantenreichtum in der Fortbewegung würde ihn selbst nicht weiter stören oder gar behindern. Leider liegt die Entscheidung, welche Form von Schritt gerade anfällt, nicht in seinem Ermessen. So kann er auch nicht punktgenau sagen, wohin ihn seine Beine gerade im Begriffe sind zu führen. Bürgerlisten zur Verbreiterung von Gehsteigen würde er jedenfalls sofort unterschreiben (könnte er schon schreiben und müsste er den Ort der Unterschrift nicht zu Fuß erreichen).

Theo hat beim Gehen neben den gröberen Arm- und den leichteren Bein- auch noch kleinere Fußprobleme. Nein, er hat weder Spreiz- noch Senkfüße (sondern es wirkt so, als trainierte er beides – gleichzeitig). Würde Theo den Füßen freien Lauf lassen, käme er mit den Beinen nach etwa fünf Schritten über Kreuz. Denn seine Füße haben die Angewohnheit, nach innen, also aufeinander zuzugehen. Wenn er sie scharf beobachtet und auf frischer Tat ertappt, gelingt es ihm freilich mühelos gegenzusteuern.

Das würde er allerdings niemals mit beiden Füßen gleichzeitig tun, sonst gingen sie ja auseinander, und Theo fände sich nach wenigen Schritten in einer hoffnungslosen Grätsch-Stellung. Ein Fuß darf also weiterhin nach innen gehen, der andere begleitet ihn parallel. Nach einigen Schritten wird gewechselt. Erwachsene nennen das Ergebnis »Schlangenlinien« oder »Zickzackkurs«. – Vielleicht sollte er auf Bürgerlisten zur Verbreiterung von Gehsteigen erst gar nicht warten. Er sollte gleich selbst eine diesbezügliche Bürgerinitiative gründen.

Wenn Theo geht – und das ist angesichts der Umstände eine kleine Überraschung –, dann ist er fast immer gut aufgelegt. Seine Begleiter haben ja ausreichend Gelegenheit, ihn beim Gehen zu beobachten; sie müssen nur stehen bleiben, sich umdrehen und warten, bis er irgendwo am Horizont auftaucht. Manchmal trägt sein strahlendes Gesicht geradezu schelmische Züge. Fast scheint es, als würde sich Theo über seine eigene Gangart amüsieren.

Besonders gern hat er es, wenn man ihm beim Gehen zusieht. Je ungeduldiger man dies tut, desto eher neigt er dazu, seine Fortbewegung zu zelebrieren. Je mehr man ihm das Gefühl gibt, man wartet auf ihn, desto langsamer wird er. Je mehr Personen bereits auf ihn warten, desto professioneller drosselt er das Tempo, desto bemühter hält er an seiner Art fest, beinahe nicht zu gehen, desto bewusster setzt er einen Halbschritt neben den anderen.

Und wenn sie dann schon in die Hocke gehen, wenn sie wie aufgeregte Frösche herumhüpfen, wenn sie nervös ihre Hände reiben, wenn ihre Zurufe bereits flehende Untertöne annehmen, »Theo, bitte, komm jetzt endlich, wir wollen doch hier nicht übernachten!«, dann macht ihm das Gehen erst so richtig Spaß. Dann könnte es immer so weitergehen.

Theo unter Menschen

Es gibt nicht nur Theo. Das ahnte er sofort. Damit muss er leben. Damit lebt er im Übrigen gar nicht schlecht.
Wir verzichten auf eine detaillierte Rückblende zu den Anfängen, als die ersten Gestalten auftauchten, welche es waren, wie sie aussahen, und wie lange Theo brauchte, um sich davon zu erholen. Tatsache ist: Seit Theo da ist, sind Menschen um ihn beziehungsweise bei ihm oder mit ihm oder neben ihm. Oder unter ihm (auch im wörtlichen Sinn, wenn Theo zum Beispiel auf ihren Schultern sitzt). Er hat also bereits mehr als zweieinhalb Jahre Zeit gehabt, sich an die sogenannten Mitmenschen zu gewöhnen. Er hat die Zeit auch in dieser Hinsicht gut überstanden.
Würde man Theo fragen, was er denn glaubt, wozu die Menschen da seien, wäre seine Antwort wohl: »Für Theo.« Zumindest sinngemäß. Nein, Verzeihung, wahrscheinlich nicht einmal sinngemäß. Denn Selbstverständlichkeiten müssen nicht eigens erwähnt werden. Aber Theo würde mit dieser Art von Frage, so allgemein formuliert, gar nicht viel anfangen können. Da müsste man schon konkreter werden. Man müsste die Personen einzeln durchgehen, am besten in Form von kurzen Vorstellungsgesprächen. Dann könnte Theo über jede Person sagen, wozu sie seiner Meinung nach (gerade) da ist. Oder genauer: Wozu sie für ihn da ist.

Bei einigen Personen würden Theo spontan gleich mehrere Dinge einfallen. Diese Auserwählten treten für ihn multifunktional in Erscheinung, sie zeichnen hauptsächlich für sein körperliches Wohlbefinden und sein seelisches Gleichgewicht verantwortlich. Andere wiederum erfüllen für ihn nur einige wenige Zwecke, manche gar nur einen ganz bestimmten, meistens den der Unterhaltung. Und bei manchen Menschen wüsste Theo noch überhaupt nicht, wozu sie gut sein sollen und auf welche Weise sie sich einbringen oder nützlich machen könnten. Aber ihre Chance kriegen sie gewiss.

Nach ebensolchen Kriterien unterscheidet Theo enge Verwandte von guten Bekannten, Freunde von Zufallsbekanntschaften, entfernte Vertraute von völlig Fremden. Ja, und dann gibt es auch noch Kinder. Aber die sind für Theo nun wirklich ein eigenes Kapitel.

Theo ist unter anderem ein Kleinfamilienmensch. Er hat es gern exklusiv gemütlich mit Mama oder Papa. Oder, noch besser, mit beiden, weil sie selten einer Meinung sind. Es fällt dann kaum ins Gewicht, wenn ihm einer etwas verbietet. Der andere braucht nur ein schüchternes »So lass ihn doch!« in den Raum zu setzen. Theo vertreuherzigt dazu seinen Blick und nickt bekräftigend. Der gnädig gestimmte Elternteil braucht auch gar nichts zu sagen, wenn er sich dadurch einen Konflikt mit dem Partner ersparen kann. (Stimmenthaltungen werden ebenfalls Theo angerechnet.) Stets sind sie also zu zweit gegen einen, und Theo ist nahezu immer einer der beiden. Das ist das Schöne am Leben zu dritt.

Wir könnten an dieser Stelle ziemlich kitschig werden, denn natürlich hat Theo Mama und Papa extrem gern. Er liebt sie sozusagen über alles (sieht man von gelben Fruchtzwergen, prall gefüllten Einkaufstüten und roten Ferraris ab). Die beiden wären sicher zu Tränen gerührt, wüssten sie, wie Theo über sie spricht, wenn sie nicht anwesend sind: gar nicht. – Es handelt sich also um verborgene Gefühle tiefer innerer Zuneigung, die sicher noch viele Jahre andauern werden. An Zeiten, in denen Theo seine eigene Wohnung haben will und keiner der beiden Alten Anstalten macht auszuziehen, wollen wir hier noch gar nicht denken.

Wir könnten an dieser Stelle aber auch einige kritische Bemerkungen über das Wesen der Oberhäupter eines Haushalts anbringen, selbstverständlich ganz in Theos Sinne. Und genau das werden wir jetzt auch tun, Punkt für Punkt.

Erstens: Was man immer hat, verliert an Reiz. Zweitens: Was man immer um sich hat, nervt mitunter. Drittens: Manchmal lassen sie sich gehen, und Theo wartet oft Stunden, bis er kriegt, was er haben will. Viertens: Sie sind Vertreter der absurden Theorie, dass es Dinge gibt, die nicht für Theo bestimmt sind. Fünftens: Sie erfrechen sich, diese Theorie auch in die Praxis umzusetzen. Und sie erdreisten sich, diese Erfrechung mehrmals täglich unter Beweis zu stellen.

Sechstens: Sie küssen einander mit der Zunge. Theo

darf (muss) zuschauen und geht leer aus. Siebtens: Manchmal – aber das lassen wir lieber, es ist auch gar nicht leicht zu beschreiben. Achtens: Glaubt nicht, dass sie immer so freundlich sind, wie sie tun, wenn andere dabei sind.

Neuntens: Beim Versteckenspielen suchen sie einen nicht ordentlich. Theo muss sein Versteck letztendlich immer selbst verraten. Er muss geradezu stürmisch auf sich aufmerksam machen, andernfalls würden sie ihn tagelang im Verborgenen dunsten lassen. Nach einer Woche würde wahrscheinlich einer den anderen fragen: »Hast du Theo gesehen?« Und der andere würde erwidern: »Theo? Wer soll das schon wieder sein?«

Zehntens: Auf was für Ideen die manchmal kommen! – Beim Blinde-Kuh-Spiel haben sie einmal versucht, Theo die Augen zu verbinden. Er hat sich natürlich mit Händen und Füßen gewehrt und geschrien. (Beim nächsten Mal halten sie ihm womöglich die Nase zu.)

Elftens: Sie waschen Theo die Haare, obwohl er ausdrücklich sagt: »Nicht die Haare waschen, nicht die Haare waschen, nicht die Haare waschen!« Duschen – okay, ist zwar auch nass, kann man aber schnell wieder trockenwischen. Doch einmal nasse Haare bleiben ewig nasse Haare. Theo hat ihnen bereits Kompromissangebote unterbreitet. Er hat ein Haarbüschel in die Hand genommen, hat ausdrücklich hingezeigt und gesagt: »Nur da waschen!« Sie haben hämisch gegrinst und Theo schonungslos das komplette Haupt eingeseift. Das wird ihnen noch einmal leid tun.

Zwölftens (betrifft Papa): Er kann knochentrocken sein, wenn er am Computer sitzt. Erst sagt er: »Theo, bitte stör mich nicht, ich muss jetzt arbeiten.« Dann spielt er sich mit den Buchstaben. Und Theo darf nicht mitspielen, oft zehnmal hintereinander nicht. Beim elften Mal wird Papa ungehalten. Erst sagt er: »Theo, wenn du jetzt nicht aufhörst, mich zu stören, muss ich dich leider aus dem Zimmer hinaussperren.« Dann spielt er weiter mit den Buchstaben im Computer. Und Theo darf erst recht nicht mitspielen.

Dreizehntens (betrifft Mama): Sie kann unbarmherzig sein, wenn sie im Badezimmer steht. Erst sagt sie: »Theo, bitte stör mich nicht, ich muss mich fertig machen für die Arbeit.« Dann bemalt sie ihre Wangen, schmiert sich Erdbeercreme auf den Mund und fährt sich mit einem kleinen schwarzen Pinsel ins Auge. Und Theo darf nicht mitmalen, oft zehnmal hintereinander nicht. Beim elften Mal wird Mama ungehalten. Erst sagt sie: »Theo, wenn du jetzt nicht aufhörst, mich zu stören, muss ich dich leider aus dem Bad hinaussperren.« Dann malt sie weiter in ihrem Gesicht herum. Und Theo darf erst recht nicht mitmalen.

Dreizehn Beschwerden sollten fürs Erste genügen. Wenn Sie sich auch für die restlichen 267 Kritikpunkte an der Pädagogik der Oberhäupter interessieren, so wenden Sie sich vertrauensvoll an Theo. Kennwort: Wer zeugt, muss spuren.

Abseits der Eltern kann Theo auf diverses Betreuungspersonal der zweiten Kategorie zurückgreifen. Beziehungsweise greift das Personal zur sogenannten »Entlastung« der Eltern (eigentlich ein beleidigender Ausdruck) auf Theo zurück. Allen voran Oma und Opa – sehr bemühte, vielseitig einsetzbare, anständige, rechtschaffene Leute mit erstaunlichen Geber- und Nehmer-Qualitäten. Oma kann unter anderem Zeltheringe in den Boden schlagen und ist auch sonst Expertin auf bodenständigem Gebiet. Opa wiederum beherrscht wie kein Zweiter den Vogerltanz; allein schon die rhythmischen Flatterbewegungen seiner Hände sind mindestens eine Vorstellung pro Tag wert. Solche Leute kann man Kleinkindern wirklich nur empfehlen.

Daneben gibt es eine Menge echter und unechter Tanten, Großonkel und kleinere, Pseudo-Omas, Möchtegern-Opas, die einen Ur-, die anderen weniger, Neffen, Nichten, Rosinen, oder weiß der Kuckuck, wie sie heißen. Alle berufen sich auf irgendeinen noch so entfernt verzweigten Verwandtschaftsgrad, doch jeder will im Grunde nur das eine: Theo sehen, angreifen, abschmusen, heben, tragen, schaukeln, füttern. Nur wickeln will ihn keiner.

Theo mag sie alle. Er kennt ihre Gesichter (berühmt sind sie nicht, sparen wir uns Details). Er weiß, was er von jedem Einzelnen zu erwarten hat. Da nur ein paar lustige Grimassen. Dort schon ein paar gute Urlaute. Wieder dort einen lustigen Klangkörper-Dialog. Hüben ein gepflegtes Bauklotz-Spielchen. Drüben eine deftige Showeinlage.

Manchmal kommen sie alle auf einmal zu Besuch. »Zum Essen«, heißt es offiziell. – Offenbar sind ihnen daheim zeitgleich die Vorräte ausgegangen. Immerhin bringen sie Theo kleine Gastgeschenke mit: Die einen überreichen ihm Bilderbücher oder kleine Autos, andere (Knausrige, Ewiggestrige) beglücken ihn mit Katzenzungen.

Jeder Vertraute bringt aber auch seine Eigenheiten mit. Manche begrüßen Theo stürmisch und küssen ihn feucht und heftig (vor ihnen ist er stetig auf der Flucht). Manche spucken beim Reden. Manche schmatzen beim Essen. Andere ... ach, was soll's, sind ja auch nur Menschen.

Je mehr vertraute Personen anwesend sind, umso besser für Theo. Es gilt nur, die unangenehmen ersten Phasen zu überstehen, wenn sie sich alle gleichzeitig auf ihn stürzen und ihn mit hundert Fragen durchlöchern, die allesamt auf ein und dieselbe Antwort hinauslaufen, die sie sich wohl auch denken hätten können: Ja, danke, »unserem Theo« geht es prächtig. Würde es ihm schlecht gehen, hätten sie es ohnedies längst bemerkt. Dann würde es ihnen nämlich auch nicht mehr gut gehen.

Spätestens wenn sie zu essen beginnen, ist der erste Ansturm auf ihn überstanden. Wenn es ums Schnitzel geht, sind sie sich ohnehin wieder selbst die Nächsten. Dann kann Theo endlich ungestört die Initiative ergreifen. Als kleine Auflockerungsübung verschwindet er gern unter dem Tisch und öffnet Schuhbänder.

Ob daraus schon ein Spiel wird, stellt sich erst anhand der Reaktionen der Schuhbandbesitzer heraus. Erfahrungsgemäß sind ältere Personen an Spielen dieser Art eher uninteressiert, besonders alte bemerken es auch gar nicht. Schade, denn ihre Schuhbänder lassen sich am leichtesten öffnen und oft sogar komplett herausziehen.
Danach verlagert sich das Spielgeschehen auf die Ebene oberhalb der Tischplatte. Theo nimmt dort einen auserwählten Schoßplatz ein, von dem aus er einen guten Überblick über die gesamte Runde genießt und rasch erkennt, über welche Schlüsselfiguren sich eventuell eine anregende Gruppenaktivität entwickeln lässt.
Manchmal reden die Leute derart hartnäckig an ihm vorbei über irgendwelche Belanglosigkeiten, dass sich Theo mit der Gesellschaft des Schoßplatz-Besitzers zufriedengeben muss. Aber er braucht ja nicht ewig dortzubleiben. Wenn der Spaß nachlässt, wird der Nachbar bestiegen, danach dessen Nachbar und so weiter. Wenn Theo wieder beim Ersten angelangt ist, holt er ein Bilderbuch oder sonst einen Gegenstand der Animation und geht die Runde noch einmal durch. Diejenigen, die es beim ersten Mal nicht gebracht haben, werden diesmal beinhart ausgelassen. Für Langweiler ist Theo die Zeit zu schade.
Die dritte Kategorie von Menschen, die nicht mehr allzu Verwandten und nur mäßig Bekannten, findet Theo zunächst einmal interessant. Sie sind stets für Überraschungen gut. Überraschungen der guten, aber

auch – das ist ihr Unsicherheitsfaktor – der weniger guten Art. Wir nehmen uns jetzt eine Testfigur, nennen sie Onkel Z. und zeigen anhand dieser, wie man sich als mäßig Bekannter Theo gegenüber so verhält, dass dieser traumatische Erfahrungen davonträgt und ihn sein Leben lang nicht vergisst.

Onkel Z. besucht Theos Familie in der Josef-Ressel-Straße. Er sieht Theo im Garten spielen. Er nähert sich ihm von hinten, gelangt unbemerkt an ihn heran, packt ihn an den Hüften, schreit ihm »Hallo, Theo, mein Freund und Zwetschkenröster!« ins Ohr und hebt ihn zu sich hoch, sodass Theo aus einer Entfernung von zehn Zentimetern in sein Antlitz blickt.

Um den Effekt zu steigern, reißt Onkel Z. die Augen weit auf und verkündet: »Uuuuu, ich bin ein Geist!« Oder er lässt den Oberkiefer hervortreten, schiebt dabei die Oberlippe zurück, sodass die (gelben) Vorderzähne sichtbar werden. Dazu vermeldet er: »Ich bin Graf Dracula« – und bohrt sich Theo sogleich in den Hals.

Danach schwingt er Theo in die Lüfte, dreht mit ihm ein paar Runden Hubschrauber, stellt ihn auf den Boden, klopft ihm noch einmal amikal auf den Hintern, fragt: »Na, mein Kleiner, geht's dir gut?« Eine Stunde später weint Theo noch immer bitterlich.

Oder: Onkel Z. betritt das Haus. Theo beobachtet den Neuankömmling aus einigen Metern Entfernung und ballt instinktiv die Fäuste, um seine darin befindlichen Spielzeugautos in Sicherheit zu bringen. Für Onkel Z.

ist dies das Kommando, mit schnellem Schritt auf Theo zuzugehen. Theo lässt vor Schreck die Autos fallen. Onkel Z. fragt: »Na, was haben wir denn da?« und greift gierig nach den Fahrzeugen, zieht mit ihnen unter ekelig hochtourigen Motorengeräuschen ein paar Runden auf dem Fußboden, während Theo schon einmal tief Luft holt, um sich auf seinen ersten Tränenausbruch vorzubereiten. Denn die Autos gehören ihm und sonst niemandem. Und es gibt Menschen, die dürften sie nicht einmal berühren. Und zu denen zählt dieser da.

Danach streckt Onkel Z. Theo, mit den Worten: »Und jetzt du«, die Spielzeugautos entgegen. Theo dreht sich angewidert zur Seite. Onkel Z. erwischt noch seinen Kopf, fährt ihm mit der geöffneten Hand fest durch die Haare und sagt: »Spitzbub!« Theo läuft heulend und »Mama«-schreiend auf und davon. Sollte Onkel Z. nicht auf der Stelle hinausbefördert und mit einem zeitlich unbegrenzten Hausverbot belegt werden, dann zieht Theo aus der elterlichen Wohnung aus. Sie haben die Wahl.

Dass es auch ganz anders geht, beweist Tante Erika. Sie ist sozusagen das lebensechte Gegenstück zum imaginären Onkel Z. – Sie ist die Nachbarin. Und so könnte man auch die Beziehungen bezeichnen, die Theo zu ihr pflegt – sie sind gut nachbarschaftlich und bei aller Herzlichkeit doch erfreulich distanziert. Dafür bürgt der Gartenzaun, eine Barriere, die Theo jede Scheu vor dem nicht allzu Bekannten nimmt. Ginge es nach

Theo, würde er vielleicht noch einen Stacheldraht drüberziehen. Sicher ist sicher. Kann man in Menschen hineinschauen? – Aber es würde ihn schon sehr wundern, sollte er sich in Tante Erika getäuscht haben.
Wenn sich das Fenster im zweiten Stock öffnet, taucht stets sofort der immer gleiche Kopf auf. Dann herrscht einige Augenblicke Stille. Das gibt Theo Gelegenheit, sich auf den akustischen Teil der Kontaktaufnahme vorzubereiten. »Hallo Theeeeoooo«, ruft die Frau mit angenehmer Stimme, nicht zu laut und schön weit weg. »Tante Erikaaaaa«, erwidert Theo entzückt. Manchmal schickt er sein telefonisches »Na hallo, hallo, hallo!« nach.
Nun kann er mit ruhigem Gewissen bis hin zum Gartenzaun treten. Es besteht keine Gefahr, dass Tante Erika ihre Position verändert, ihren Fensterplatz verlässt und Theo unverhofft in den Rücken fällt, um mit ihm Dracula oder Hubschrauber zu spielen.
So herrschen geradezu ideale Bedingungen für eine längere Unterhaltung. Worüber gesprochen wird? – Ach, Nachbarngetratsche: Man redet übers Wetter, erzählt sich die neuesten Geschichten von daheim, spricht sich die kleinen Wehwehchen des Alltags von der Seele. Zugegeben, die Gespräche sind in einer Weise eher einseitig: Theo ist von Beginn an am Wort und gibt es selten her. Am gesicherten Gartenzaun ist er in seinem Mitteilungsbedürfnis eben nicht mehr zu bremsen.
Tante Erika hat mit »Ja« oder »Nein« zu antworten und

kann bei passender Gelegenheit ein beeindrucktes »Ah so?« einfließen lassen. Im besten Fall darf sie »Ach, du Armer!« sagen, wenn ihr Theo in Anflügen von Selbstmitleid einen Finger entgegenstreckt und ihr mitteilt: »Tante Erika, schau, da hat eine Ameise angebissen.« – »Ach, du Armer«, sagt sie. »Müss ma blasen!«, erwidert Theo. Das darf sie dann auch noch machen, so gut es aus zehn Metern Entfernung eben geht.

Die Konversation hatte zwei kleine Schönheitsfehler. Aber die sind mittlerweile auch schon behoben. Theo bekam im Zuge des Garten-Smalltalks mit der Frau am Fenster im zweiten Stock regelmäßig ein steifes Genick. Außerdem musste er beim Reden stehen – wir wissen bereits, wie wenig ihm diese Körperhaltung liegt.

Nun hat ihm der Papa einen kleinen Liegestuhl zum Gartenzaun hingestellt, von dem aus er bequem in Tante-Erika-Position gehen kann. Bei idealen äußeren Bedingungen könnte er dort plauschend ganze Nachmittage verbringen. Doch angeblich hat die Tante Erika auch noch etwas anderes zu tun, als sich von Theo Alltagsgeschichten erzählen zu lassen (behauptet der Papa). Aber sicher nichts Besseres.

Und auch mit der vierten Kategorie von Menschen, den Fremden, hat Theo überhaupt keine Probleme. Im Gegenteil: Er mag ihre schüchterne Art, ihr verhaltenes Lächeln, ihr verstecktes Zwinkern, ihre verschämten Winkversuche, ihre dezent wortkargen und auch in der Lautstärke stets maßvollen Bemerkungen.

Nie würden sie auf Theo losstürmen und ihn durch die Lüfte wirbeln. Nie würden sie sich an seinem Spielzeug vergreifen. Mit ihrem tiefen Respekt vor der Würde eines Kleinkindes und ihrer höflichen Distanziertheit kommen sie Theos Naturell im Ganzen und ihm selbst auf halbem Wege entgegen. Weiter wagen sie sich nicht. Diese Bescheidenheit schätzt er an ihnen ganz besonders. Deshalb scheut er sich nicht, die entscheidenden Schritte selbst zu tun.

Viele Schritte sind es im Übrigen ohnehin nicht. Von der oben erwähnten Tante-Erika-Aussichtswarte im Garten geht es den Zaun entlang bis zum nächsten Eck und dann im rechten Winkel noch ein paar Meter weiter. Dort befindet sich, unmittelbar an den Garten angrenzend und nur durch die Drahtmaschen getrennt, die Bushaltestelle. Es kann nicht mehr lange dauern, da wird man Theo auch dort eine Sitzgelegenheit hinschaffen müssen. Denn im Gespräch mit den wartenden Fahrgästen vergehen die Stunden wie im Flug.

An guten Tagen liegt Theo schon früh auf der Lauer. Denn die morgendlichen Busbenützer mit ihren hängenden Schultern und ihren dicken Aktenkoffern sind die stillsten und angenehmsten überhaupt, wahrscheinlich befinden sie sich noch im Halbschlaf.

Durch den Zaun verschafft sich Theo einen kurzen Überblick über das Angebot. Dann sucht er sich einen besonders müden Menschen aus (die betteln förmlich danach, aufgeweckt zu werden, und entpuppen sich oft als die lustigsten). Nun wartet Theo, bis sich die entsprechende Person zum Garten gedreht hat, und ruft: »Hallo!« Oder: »Na hallo, hallo, hallo!« Oder, wenn es keine Zeit zu verlieren gilt, gleich: »Wer bist du?« Manchmal, da muss es Theo aber schon extrem eilig haben, oder es kommt gerade ein Bus: »Hallo, ich bin der Theo. Und wer bist du?«

Die Reaktionen sind unterschiedlich. Manche erschrecken. Andere murmeln ein paar Worte und drehen sich weg. Die meisten freuen sich über die gelungene Überraschung und verraten Theo sogleich ihren Namen. Auch danach kann man sie unterscheiden. Die einen sind unkompliziert und sagen: »Ich bin der Rudi.« (Michi, Gitti, Sissi …) Andere stellen sich schon deutlich verhaltener als »Herr Rudolf« oder, ein wenig anbiedernd, als »Onkel Rudolf« vor.

Theo hat Fremde aber auch schon als »Ich bin Herr Ingenieur Rudolf Pospischil« kennengelernt. Diese neigen dazu, Theo durch den Gartenzaun die Hand zu schütteln, als wollten sie ihm sogleich einen Rasenmäher verkaufen. Mit diesen Typen lässt sich erfahrungsgemäß am wenigsten anfangen.

Auf ein vollständiges Bushaltestellengespräch mit Theo müssen wir hier aus Platzgründen verzichten. In Form eines kleinen Dialog-Konzentrats wollen wir aber zeigen, in welche Richtung sich derlei Unterhaltungen normalerweise bewegen.

Theo, die Hände in den Gartenzaunmaschen: »Hallo.« Der Fremde: »Ja hallo, wer bist denn du?« Theo: »Ich bin der Theo. Und wer bist du?« Der Fremde: »Ich bin

der Rudi.« Theo: »Was machst du da?« Rudi: »Ich warte auf den Bus.« Theo: »Wo ist der Bus?« Rudi: »Der ist noch nicht da.« Theo: »Müss ma warten.« Rudi: »Ja, da müssen wir warten.« Theo (weil es ihm ja doch keine Ruhe lässt): »Wo ist der Bus?« Rudi: »Der ist gerade auf dem Weg hierher, der wird bald kommen.« Theo: »Müss ma warten.« Rudi: »Ja, das müssen wir.«
Theo (weil es nun an der Zeit ist, die ganze Wahrheit zu verraten, einmal muss sie ja heraus): »Der Bus is schon g'fahrn!« (Keiner kann es besser wissen als Theo, er wohnt ja hier.) Rudi: »Das war der vorige Bus, das macht nichts, es kommen immer wieder neue Busse.« Theo bleibt dabei: »Der Bus is schon g'fahrn. Da is er g'fahrn!« (Zeigt von der Bushaltestelle in Fahrtrichtung.) Rudi: »Theo (falls er sich den Namen gemerkt hat), du wirst sehen, es wird bald wieder ein Bus kommen.«
Theo: »Wo ist der Bus?« (Theo lässt offen, ob er den davongefahrenen oder den bald eintreffenden meint, oder ob er überhaupt bereit ist, die beiden zu unterscheiden, ob er nicht vielmehr philosophisch den Bus »an sich« meint.) Rudi (bleibt am Boden der Realität einer Haltestelle): »Wahrscheinlich ist der Bus gerade bei der vorigen Station eingetroffen, es kann nicht mehr lange dauern, bis er hier eintrifft.« Theo: »Müss ma warten.«
Mama kommt und mischt sich ein: »Theo, nervst du schon wieder die Leute?« Rudi lacht und macht Gesten, die darauf hindeuten, dass er sich nicht genervt,

sondern gut unterhalten fühlt. Theo: »Das ist der Rudi.« Mama zu Rudi: »Verzeihung, er glaubt, er muss alle Leute anquatschen.« Theo: »Der Rudi wartet auf den Bus.« Mama: »Alle Leute hier warten auf den Bus. Das ist die Bushaltestelle, Theo. Und jetzt komm herein.« Theo: »Der Bus is schon g'fahrn.« Mama: »Es fahren hier ständig Busse. Es wird bald wieder einer kommen.« Theo: »Müss ma warten.« Mama: »Die Leute müssen warten. Du nicht. Du kommst jetzt herein.« Theo (weinerlich): »Müss ma warten!«

Weil die Fremden derzeit zu Theos Lieblingspersonen zählen und dieser Trend weiterhin steigend ist, sodass seine Eltern langsam damit rechnen sollten, dass Theo sie bereits im Winter verlassen wird, um sich einer (unbekannten) Wohngemeinschaft anzuschließen, wollen wir uns noch mit einer zweiten, andersartigen Kontaktaufnahme mit fremden Personen beschäftigen.

Sie entwickelt sich aus Situationen, in denen Theo in Begleitung eines Betreuers aus dem ständigen Pädagogenkreis auf jemanden trifft, den er noch nie zuvor gesehen hat. Das Studium dieses neuen Menschen ist für Theo so spektakulär, dass er gleich beide daran teilhaben lässt, seinen Vertrauten und den Fremden. Das gestaltet sich dann etwa so:

Theos Betreuer und Chauffeur stellt sich in einem Kaufhaus bei der Wurstabteilung an, wo noch einige andere Personen darauf warten, bedient zu werden. Theo sitzt im Einkaufswagen und beobachtet die Verkäuferin, die alle Hände voll zu tun hat, mit großen

Augen und offenem Mund. Schon scheint es, als würde er seine spürbare Faszination für das Phänomen einer wurstverkaufenden fremden Person für sich behalten können.

Doch plötzlich platzt es aus ihm heraus: »Schau!«, ruft er seinem Pädagogen zu – man hört es bis hinüber zur Käseabteilung. »Die Frau da!« – sagt es und zeigt mit dem Finger auf sie. »Theo, das tut man nicht«, flüstert der Betreuer verschämt. Aber Theo hat noch gar nicht wirklich begonnen: »Schau, die Frau da, die mit den roten Haaren, die Rote da, schau!« Die gestresste Verkäuferin blickt kurz einmal von der Wurstschneidemaschine auf und lächelt verlegen. Der Betreuer, stimmlos: »Theeeo, bűűűűtttte!«

Theo: »Schau, die Frau da, die mit den roten Haaren, die dicke …« Der Betreuer hält Theo den Mund zu. Theo reißt sich los und startet neu an: »Schau, die Frau da, die dicke Frau mit den roten Haaren, was macht die da?« – »Pssssst, Theo, das ist die Verkäuferin, die schneidet Wurst, und jetzt ist eine Ruhe«, flüstert der hochrote Pädagoge. »Und sag nie, nie, nie wieder ›dicke Frau‹. Wenn du noch einmal ›dicke Frau‹ sagst, darfst du nie, nie, nie wieder mit mir einkaufen gehen!«

Nachdenkpause für Theo. Die gestresste Verkäuferin nimmt die Wurst von der Schneidemaschine und wickelt sie in Papier ein. Theo kann nicht mehr: »Schau, die Frau da, die mit den roten Haaren, die dicke Frau, die da Wurst schneidet, was macht die da mit der

Wurst?« – Die Verkäuferin lächelt Theo ein zweites Mal verlegen zu, diesmal allerdings schon ein wenig aggressiver. Der Betreuer schiebt den mit Theo besetzten Einkaufswagen resignativ zur Seite und setzt gegenüber den umstehenden Personen eine tapfer-saure »So-sind-sie-eben-die-kleinen-Kinder«-Miene auf.
Theo ist man indes noch eine Antwort schuldig: »Was macht die da mit der Wurst, die Frau da, die mit den roten Haaren, die (Mund zu) Frau da?« – Vielleicht sollte man diesmal doch auf verpackte Wurst aus der Vitrine zurückgreifen.
Ein wartender Kunde lächelt Theo aufmunternd zu. Theo starrt ihn einige Augenblicke an. Dann sagt er zu seinem Einkaufswagenführer: »Schau, der Mann da, der mit der roten Nase, was macht der da?« – Damit wäre der Einkauf eigentlich erledigt. Bei der Wurst stehen ohnehin zu viele Leute. Den Rest kann der Pädagoge auch ein anderes Mal besorgen. Ohne Theo.

Theo unter Tieren

Theo mag Tiere. Sie sind weich und warm. Man kann sie streicheln. Man kann ihren Kopf in den Mund nehmen. Man kann hineinbeißen. Manche quietschen dabei, die mag er weniger. Er bevorzugt die robusten, hartgesottenen und stillen. Aurelius, den Affen, zum Beispiel, den kann man gegen die Wand donnern, und er nimmt's einem nicht übel. Nachher schaut er genauso belämmert drein wie vorher.
Auch Rüdiger, das Nilpferd, war so ein Typ. Aber der war vielleicht doch ein bisschen zu weich für diese Welt. Der hat sich nach Theos fünfter Links-rechts-Wurf-Kombination in Serie an einem Tischbein den Bauch aufgeschlitzt. Zum Glück dürfte es nicht wehgetan haben. Keiner der menschlichen Stofftierschützer hat eine Szene daraus gemacht. Seltsamerweise blieb Rüdiger nach diesem Vorfall spurlos verschwunden. Wahrscheinlich schmollt er in einem Theo bisher noch verborgen gebliebenen Winkel der Wohnung.
Theos Lieblingstiere sind die plattgedrückten aus den Bilderbüchern. Sie haben die schönsten Farben und die freundlichsten Gesichter. Und sie halten ruhig, wenn man mit ihnen spricht. Leider haben sie immer nur eine Vorderseite. Wenn umgeblättert wird, sind sie auf einmal alle weg.
Das Faszinierende an Tieren jeder Art ist die mit ihnen verbundene Geräuschkulisse. Zu Theos Lieblings-

beschäftigungen zählt das Imitieren von Tierstimmen. Manche Tiere scheinen wie geschaffen, von Erwachsenen nachgeäfft zu werden. Keiner grunzt schweinischer als Onkel Michi. Opa wiederum zählt zu den besten Wieherern der Umgebung. Und Mama in der Rolle der Zwergantilope ist auch nicht zu verachten.

Bei anderen Tieren behält sich Theo das Recht auf die Imitation selbst vor. Am liebsten ahmt er den Specht nach. Er kann dabei, sofern er mit geeignetem Werkzeug, etwa einem Suppenlöffel, ausgestattet ist, in minutenlange tranceähnliche Klopfräusche geraten. Ganz vorzüglich klingt der Specht von Theos Hand auf Porzellangegenständen. Jüngst hat dort ein extrem lauter Specht eine Art Stimmbruch erlitten. Mama reagierte ziemlich unrund, nahm Theo den Löffel und die beiden Tellerhälften weg und sagte: »Es hat sich ausgespechtet.« Doch in Mamas Abwesenheit feiert der Specht mitunter glanzvolle Comebacks.

Tiere stellen auch für Theos Sprachschatz eine Bereicherung dar. Kürzlich machte Papa bei der Obstzulieferung Mucken. Theo verlangte ausdrücklich nach Erdbeeren. Papa sagte: »Später.« Theo blieb dabei: »Ich will Erdbeeren!« Die Fronten verhärteten sich. Papa sagte: »Jetzt nicht.« Theo musste deutlicher werden: »Ich will Erdbeeren, du Vogel!« Papa war geknickt: »Theo, das sagt man nicht zu einem Menschen.« Theo: »Oh ja, die Oma sagt's auch immer zum Opa.«

Gröbere Probleme hat Theo einzig mit einer übernervösen Spezies von Tieren – den lebendigen. Man könnte auch sagen: Es handelt sich um Anlaufschwierigkeiten. – Wenn sie anlaufen, läuft Theo davon. Wenn die Zeit dazu fehlt, schreit er. Wenn in der Hektik kein Schrei herauskommt, hält er die Luft an. Wenn ihm die Luft zum Anhalten fehlt, wird er rot. Wenn er nicht rechtzeitig rot werden kann, macht er einfach nur die Augen zu. So lange, bis sich alles um ihn beruhigt hat und man ihm das Tier vom Leibe geschafft hat. Danach kann er in Ruhe losplärren – seine scharfe Protestnote gegen die immer freizügigere Tierhaltung.

Die gefährlichsten der im Alltag wild herumlaufenden Tiere nennen sie Hund. Die weitestverbreitete Rasse dürfte »Der tut dir nix« heißen. Sie kommen auf der Straße häufiger vor als daheim. Manchmal haben sie seltsame Geräte auf ihren Schnauzen, in die man nicht hineingreifen darf, obwohl das eines der wenigen reizvollen Dinge wäre, die Theo einem lebendigen Hund abgewinnen könnte.

In Theos privatem Lebensraum taucht des Öfteren ein Hund namens »Der Ben, der tut dir nix« auf, das ist der Hund vom zweiten Opa, ein Münsterländer. Für den Schrecken, den er Theo durch sein stets unverhofftes Erscheinen einjagt, gibt Ben eigentlich nicht viel her. Wenn ihm Theo als Zeichen der friedfertigen Annäherung mit dem Zeigefinger ins Auge fährt (was gar nicht so leicht ist, weil der Kerl ja nie stillhält), wird er sogar ziemlich ungemütlich.

Bellen ist eine Sprache, die Theo nicht gutheißen kann. In ihr steckt die Arroganz, auf ohrenbetäubend unangenehme Weise völlig offen zu lassen, was der Bellende damit sagen will. Außerdem klingt Bellen höchstgradig vorwurfsvoll, ob nun einfordernd oder zurechtweisend. So braucht »Der Ben, der tut dir nix« Theo gar nicht zu kommen. »Ben weg!«, sagt er in solchen Fällen und macht verscheuchende Handbewegungen. Dann wird das Tier meistens abgeführt.

Im März war Theo mit zwei Gelegenheitspädagogen (einer davon war ich) im Haus des Meeres in Wien. Nicht den gesamten März über. Aber lang war es schon. Es war ein verregneter Karsamstag, an dem alle Erwachsenen, die im Besitz kleiner Kinder waren oder sich unter österlichen Vorwänden solche erschlichen hatten, auf die geniale Idee kamen, ins Haus des Meeres zu gehen. An diesem Tag mussten sich die besichtigten Fische in ihren sonst so engen Aquarien vergleichsweise wie im weiten Ozean fühlen. (Und vor ihnen ging es zu wie am Strand von Jesolo im August.) Kein Problem für Theo. Er hatte es gern, wenn viele Menschen um ihn waren.

Der Meereshausbesuch fiel in eine Phase, in der es für Theo exakt zwei Fragen gab, die er immerzu stellen musste, wenn ihm irgendjemand begegnete oder irgendetwas unterkam, das er noch nicht kannte. Erstens: Wer (oder was) ist das? Zweitens: Was macht der (die, das) da? Wenn sich nun an jenem Karsamstag in den Becken des Hauses 2344 Tiere und Pflanzen tummelten, so stellte Theo anlässlich seines Besuches – richtig: 4688 Fragen.

Jede einzelne schrie nach mindestens einer Antwort. Tat es die Frage nicht laut genug, so half Theo nach. War die Antwort unbefriedigend, fragte Theo weiter und weiter, bis etwas Klügeres kam. Zum Glück legte sich Theo nicht darauf fest, wer ihm die Antwort zu geben hätte. Immer wieder erbarmten sich benachbarte Aquariumfenstergucker und halfen mit, Theos Wissensdurst über die Existenzberechtigung von Wassertieren zu stillen.
Theo hielt die Fische übrigens allesamt für Vögel, weil ihm das Wasser von schräg unten betrachtet, wo er vom Träger zum Beobachten abgestellt wurde, wie Luft vorkam. (Ein schönes Kompliment für die Fensterputzer im Haus des Meeres.) Da aber Luft normalerweise zu durchgreifen ist und die seltsam geformten Vögel, sofern sie nicht überhaupt regungslos in der Luft hingen, derart langsam herumflogen, dass sie leicht zu packen hätten sein müssen, legte es Theo zunächst einmal darauf an, so ein Ding im Flug einzukassieren. Nachher konnte er immer noch und sogar gezielter »Was ist das?« und »Was macht das da?« fragen.
Aber daraus wurde nichts. Wie es Theo auch versuchte, ob mit zarter Hand oder mit dem Brecheisen – immerzu legte sich eine unsichtbare Wand dazwischen und verwehrte ihm den Zugriff. Und die arroganten Vögel machten nicht einmal die leisesten Anstalten davonzufliegen. Die waren sich ihrer Sache wohl sehr sicher.
Da sich nun auch kein Erwachsener fand, der dieses

technische Problem zugunsten Theos zu lösen bereit war und ihm wenigstens einen dieser Vögel herausfing und in die Hand drückte, gab das Haus des Meeres plötzlich nichts mehr her, sodass sich Theo nicht vorstellen konnte, hier einen ganzen Nachmittag zu verleben. Aber wenn er schon einmal da war, wollte er wenigstens wissen, mit wem er es zu tun hatte. Also konzentrierte er sich auf seine zwei Fragen.

In der Schlangenabteilung entwickelte sich daraus ein anspruchsvoller Dialog. Theo: »Was ist das?« Träger: »Das ist eine Schlange.« Theo: »Was macht die da?« Träger (verlegen): »Äh, hm, derzeit nichts.« Theo: »Was macht die da?« Träger: »Die ist zusammengerollt.« Theo: »Was macht die da?« Träger: »Die liegt einfach nur da herum.« Theo: »Was macht die da?« Träger: »Die schläft.« – Theo presst seine Nase ans Glas und betrachtet die Schlange mit kritisch prüfendem Blick. Dann sagt er nichts mehr. »Die schläft« war offensichtlich überzeugend.

Auf zum nächsten Behälter, dort wartet bereits die Nachbarschlange. Theo: »Was ist das?« Träger: »Eine Schlange.« Theo: »Was ist das?« Träger: »Auch eine Schlange.« Theo: »Was ist das?« Träger: »Theo, wirklich, das ist auch eine Schlange, hier sind lauter Schlangen, wir sind in der Schlangenabteilung. Da gibt es viele Schlangen!« – Pause. Einsicht. Theo: »Was macht die da?« Träger: »Sie schläft.« Theo: »Genug.«

Die Schildkröten waren Theo schon unsympathisch, bevor er erfuhr, dass auch sie nichts Besseres mit sich anzufangen wussten, als sich den Tag zur Nacht zu machen. Ein einziges aufgewecktes Exemplar kroch von A nach B. Theo (angewidert): »Was macht die da?« Träger: »Die kriecht.« Diese Auskunft hat voll eingeschlagen, denn Theo fragt: »Wohin?« Träger: »Einfach nur herum.« Theo: »Wohin?« Träger: »Das weiß sie wahrscheinlich selber nicht.« Theo: »Wohin?« Träger: »Sie sucht Futter und bringt es dann zu ihren schlafenden Familienangehörigen.« (Notlüge.) Theo: »Genug.«

An den kleinen Fischen fand Theo Gefallen. Besonders an jenem roten, der sich von der Gruppe abgesondert hatte und in meditativer Pose hinter einer Koralle harrte. »Was ist das?«, fragte er mit Anflügen von Begeisterung.« Träger: »Ein roter Fisch.« Theo: »Was macht der da?« Träger überlegt zu lang. Theo: »Der versteckt sich vor dem blauen.« – Eine sensationelle Beobachtung, wenngleich von einem blauen Fisch in diesem Aquarium jede Spur fehlte.

Nun schritten wir zum unumstrittenen Höhepunkt der Meereshausvisite, zum Schaufenster des großen Ammenhais, wo sich der Eintrittspreis endlich auch für die Erwachsenen zu rechnen beginnt. »Schau, Theo«, rief der Träger enthemmt. »Theo, schau, was der Hai für einen großen Mund hat. Schau, wie er mit der Schnauze im Sand herumwühlt. Schau, die Flossen … Theo? Theeeoooo?« – In der Mitte des Raumes, weit weg von jedem Meeresbewohner, stand er als Kleinster im Kreise von Kindern und hielt die Hand auf. Ein Vater hatte in Theos Nasenhöhe leichtsinnig eine Plas-

tikschüssel geöffnet, um seine Familie (Betonung auf »seine«) mit Keksen auszustatten. Für Theo sind Kekse Allgemeingut. Er setzte den unterernährtesten seiner Blicke auf und zwang damit den Vater zu einem halbherzigen: »Willst du auch ein Keks?« Zu diesem Zeitpunkt hatte Theo übrigens bereits eines in der Hand.
Die Besichtigung der restlichen Räumlichkeiten verlief dann ein wenig einseitig. Die Fische hatten keine Chance mehr, beachtet zu werden. – Theo jagte dem Mann mit den Keksen hinterher. Beim Ausgang verlor er ihn endgültig aus den Augen. Als Trost nötigte er seinen gelegenheitspädagogischen Trägern einen Kaffeehausbesuch mit Kakao und Riesenkeks ab. (Es war eine Torte, aber Theo hat den Etikettenschwindel zum Glück nicht bemerkt.)
Zusammenfassend kann gesagt werden – oder lassen wir es Theo selbst sagen. »Wo war denn der Theo heute?«, fragte am Abend die Mama. »Im Haus des Meeres«, antwortete er verschmitzt, als wäre es eine Peepshow gewesen. »Und was hat der Theo dort gesehen?«, setzte die Mama nach. (An dieser Stelle ist es erforderlich, ein kleines sprachtechnisches Geheimnis zu lüften: Theo verweigert beharrlich das »Sch« wie Schule und nimmt stattdessen »T« wie Truhe in den Mund.) »Und was hat der Theo dort gesehen?« Theo: »Fite, Tlangen, Tildkröten und Kekse!«
Da es heitere Übergangszeiten in Wien nur am Papier gibt und es serienmäßig bis tief in den Sommer hinein regnet, schneit und stürmt, erlebte Theo seinen drit-

ten Frühling notgedrungen in geschlossenen Räumen. Im tropisch eingerichteten Schönbrunner Schmetterlingshaus sollte er wenigstens einmal andeutungsweise echte Frühlingsgefühle entwickeln. Das war der pädagogische Auftrag für einen dieser verschneeregneten April-Samstage. Was das Begleitpersonal betraf, nahm Theo keinen Austausch vor. Die rührig bemühten Gelegenheitspädagogen (einer davon war ich) hatten nach dem recht passablen Meerestierbesuch eine zweite Chance bekommen.
Schmetterlinge bedeuteten Theo vorher nicht viel. Um ehrlich zu sein: Er wusste gar nicht, dass es welche gab. Aber bitte: Wenn alle um ihn herum schon so euphorisch taten, dann war es nur recht und billig, sich diese Dinger einmal anzuschauen, diese »Tmetterlinge«. – Der Name war schon einmal ganz gut.
Damit er sich diesmal konzentrierter den einzelnen Tierschicksalen widmen konnte, war er mit einem entsprechenden Keksvorrat ausgestattet worden. Mit der Rechten bediente er sich aus der bequem zugänglichen Handtasche eines Begleiters. In der Linken hielt er ein Notkeks, für alle Fälle. Vor dem Eingang kam ihm ein etwa dreijähriges Mädchen entgegen. Eine böse Vorahnung ließ ihn zur raschen Vertilgung der Keks-Reserve schreiten. Tatsächlich hatte es das Mädchen auf Theos linke Faust abgesehen, die es spontan ergriff, öffnete und (enttäuscht) wieder schloss. Theo stand regungslos da, den Mund weit aufgerissen, und warf seinen Begleitpersonen vorwurfsvolle Blicke zu, die in

etwa besagten: Vielleicht bequemt sich hier bald einer und ruft die Polizei! Das hätte ein brutaler Raubüberfall sein sollen.
Da nichts geschah, zog Theo seine Fäuste sicherheitshalber tief ins Mantelinnere zurück. Denn vor solchen Mädchen musste man auf der Hut sein: Reichte man ihnen kein Keks, nahmen sie einem womöglich die ganze Hand.
Das mit den Worten »Da sind wir« bezeichnete Haus erinnerte an die Sauna vom zweiten Opa. Nur roch es irgendwie gesünder, und überall wucherten Bäume, Sträucher und Blumen. Die Schmetterlinge erkannte Theo sofort. Das waren die vielen dünnen bunten Mini-Vögel, die da lautlos in der Luft herumwirbelten. Aber wussten das auch die Träger?
»Was ist das?« – »Ein Schmetterling.« – »Ein Tmetterling?« »Nein, äh, doch, ein Schmetterling.« – »Was macht der da?« »Der fliegt herum.« – »Was macht der da?« – »Der sucht Nahrung.« – »Was macht der da?« – »Der trainiert für eine exotische Tanzveranstaltung.« – Theo lachte schmutzig. Er glaubte dem Träger zwar kein Wort, aber der Witz war überraschend gut. Also auf ein Neues: »Was ist das?« – Richtig, es war ebenfalls ein Schmetterling. Theo schien entschlossen, die tausend anwesenden Exemplare durchzugehen, auch auf die Gefahr hin, dass sich alle als exotische Tänzer der gleichen Gruppe entpuppten.
Aber einer war dann doch ganz besonders und lenkte Theo sofort von den anderen ab. Er lag einfach nur da

und rührte sich nicht. (Entspannungsübung? Mentales Training? Rauchpause?) »Was ist das?« – »Ein toter Schmetterling.« – »Was macht der da?« – »Der ist tot.« – »Was macht der da?« – »Theo, da steht: Dieser Schmetterling ist an Altersschwäche gestorben. Man darf ihn angreifen.« – Das fand Theo toll. Endlich ein Tier, das man ungestört anfassen, wenn schon nicht in den Mund nehmen konnte. – »Theo, streicheln brauchst du ihn nicht, der ist schon tot.« Aber schaden konnte es ihm wohl auch nicht mehr. Also streichelte Theo weiter.

Die Konzentration riss schlagartig ab. Denn plötzlich stand sie vor ihm. Einen Kopf größer, rotes Haar, blaues Stirnband, Sommersprossen. Nein, sie wollte nicht seine Kekse. Sie wollte ihn persönlich. »Wie heißt du?« – »Theo«, piepste Theo. (Eine Namenssilbe mehr, und er hätte gestottert.) »Und ich bin die Simone«, antwortete das Mädchen unter einem Dutzend Augenaufschlägen und mit in die Hüfte gestützter Hand.

Da Theo aufgrund einer vorübergehenden Lähmungserscheinung nicht fähig war, die Initiative zu ergreifen, nahm sie ihn an der Hand und schleifte ihn mit den Worten: »Schau, ich zeig dir was!« durch die Schmetterlingshalle. Vor einem kleinen Podest blieb sie stehen, hob Theo unsanft hinauf, schob ihm eine dort befindliche Lupe vor das Auge und sagte: »Schau!« – was sie sich sparen hätte können, denn Theo blieb ohnehin nichts anderes übrig.

Leider war das zugleich auch die Verabschiedung,

denn der Vater hatte das Mädchen bereits gesucht und mahnte zum sofortigen Aufbruch. Simones fehlender Trennungsschmerz ließ darauf schließen, dass Theo nicht der Erste war.

Für Theo ging alles zu rasch. Er fand sich abgestellt und allein gelassen auf einem viel zu hohen Podest mit einer nichtssagenden Lupe in der Hand und versuchte diese aufregende Kurzphase seines Lebens, die so unschön enden musste, zu verstehen. Er war gerade dabei, sich von Simone betrogen und ausgenützt zu fühlen und dies den Besuchern des dafür wohl verantwortlichen Schmetterlingshauses in einem kräftigen Gefühlsausbruch kundzutun, da griffen die beiden in Vergessenheit geratenen Begleitpersonen wieder in sein Leben ein – und trugen ihn zu einem bunten Souvenirstand.

Die Produktpalette dieses kleinen Billa war zwar ziemlich einseitig auf Tmetterlinge ausgerichtet, aber es gab auch eine ganz nette Gummi-Tlange und einen kleinen Bären und ein Auto und noch ein Auto und ein Irgendwas (schwer zu erkennen, aber die Farben waren schön). Theo legte die auserwählten Dinge aufs Kassenpult und deutete der Verkäuferin, sie könne sie schon einmal einpacken. Inzwischen wollte er sich noch ein bisschen umsehen. »Nein, Theo«, rief eine unangenehme Stimme. »Du musst dich entscheiden.« – Hatte er bereits: alles! (Oder nichts – aber das konnten sie ihm in dieser labilen emotionellen Phase nicht antun.) Daheim präsentierte er seine Geschenke, ver-

schwieg die Szene mit Simone und schwärmte noch Tage danach vom toten Tmetterling.
Im Frühsommer war Theo reif für die größeren Tiere, meinte der Weisenrat der ihm anvertrauten Pädagogen. Theos Idee war der Tierpark Schönbrunn jedenfalls nicht – das sollte vielleicht gleich zu Beginn erwähnt werden. Deshalb übernahm er auch keine Verantwortung für das Gelingen der Veranstaltung.
Zu den äußeren Bedingungen muss gesagt werden, dass man in Wien und Umgebung wie im Frühling so auch im Sommer nicht mehr ohne Regenschirm aus dem Haus gehen sollte. (Von Herbst und Winter wollen wir gar nicht reden.) Theo, ein Kind, das mit Tiefdruckgebieten und atlantischen Frontensystemen groß geworden ist, das Regen also gewohnt war, ohne für Kummer bereit zu sein, entwickelte im feuchten Juni 1997 den Mut zur Pfütze. Theo hatte damit endlich eine Form der Fortbewegung mittels der eigenen Beine gefunden, die ihm Spaß machte.
Der Schönbrunn-Besuch fand in einer kurzen Regenpause statt. Der Schotterboden war von Hunderten kleinen Teichen durchsetzt, an denen sich die Erwachsenen und ihre erwachsen erzogenen Kinder zum Teil akrobatisch vorbeischwindelten, um ihre Schuhe nicht schmutzig, die Socken nicht nass und die Zehen nicht eisig zu machen. Eine zweite Gruppe verwegenerer Gestalten ignorierte den Bodenbelag und blieb, über feuchte und trockene Stellen hinweg, stur in ihrer Bahn.

Die dritte Gruppe bestand aus Theo. Er sah die jeweilige Pfütze vor sich, nahm Anlauf und sprang hinein. Dazu machte er lustvolle »Platsch«-Geräusche. – Er selbst brachte dabei nur »Platt« heraus, das unentbehrliche »Sch« besorgte die Pfütze, die sich nach Theos Landung fontänenhaft in alle Richtungen ergoss und zumeist an den Hosenbeinen seiner beiden bereits institutionalisierten Tierbesuchsbegleiter haften blieb. (Einer davon war ich.)
Da Theos Weg hiermit vorschnell zu seinem Ziel wurde, hatte sich der Zoo für ihn bereits gerechnet, noch ehe Tiere zu sehen waren. Vielleicht hätte man sich die Kosten für den Eintritt sparen können. Denn die Pfützen waren außerhalb des Tierparks dichter und tiefer. (Nein, man hätte sich die Kosten nicht sparen können. Denn Theo war noch keine drei Jahre alt und kam deshalb ohnehin gratis hinein. Und die Betreuer hätten wahrscheinlich sogar das Doppelte bezahlt, um Theo endlich von den Pfützen abzulenken.)
Unmittelbar nach dem Eintritt in den Garten änderten sich die Gefühlslagen. Theos Pädagogen wurden von plötzlichen Begeisterungsschüben erfasst, inhalierten gierig erste Duftkombinationen aus Flusspferd, Zebra und Bär – und verkündeten feierlich: »Theo, wir sind im Zoo. Jetzt geht es los! Jetzt werden wir ganz tolle Tiere sehen. Du wirst staunen.« – Theo erwiderte: »Genug«, drehte sich um und steuerte auf den Ausgang zu.
Nach diesem kleinen Missverständnis, welches Theo

einige Tränen kostete, die erst durch organisierte Pfützensprünge getrocknet werden konnten, durfte endlich mit der Besichtigung der prächtig sanierten Gehege in einem der mittlerweile schönsten Tierparks der Welt begonnen werden. Theo stellte immer wieder sehr interessierte Fragen. Hier die ergreifendsten Szenen in kurzen Auszügen.

Szene eins. Betreuer: »Schau, Theo!« Theo: »Wo?« Betreuer: »Da hinten ist ein Tiger.« Theo: »Wo?« Betreuer: »Schau, Theo, du musst ganz genau schauen. Da hinten schleicht er vorbei, der Tiger.« – Theo: »Wo?« Betreuer (aufgeregt): »Schau, da hinten, jetzt geht er da hinüber, jetzt kommt er direkt auf uns zu.« Pause. Betreuer (kleinlaut): »Schau, Theo, jetzt geht er wieder weg, schau, jetzt legt er sich nieder, jetzt rollt er sich ein, jetzt versteckt er sich, jetzt will er seine Ruhe haben, jetzt ist er schon ein bisschen müde.« Theo (reibt sich die Augen): »Genug.«

Szene zwei. Betreuer: »Schau, Theo, siehst du den Affen?« Theo: »Ja.« Betreuer: »Das ist ein Schimpanse.« Theo dreht sich zum Betreuer und mustert ihn mit ernstem Blick. Betreuer: »Ist der Schimpanse nicht lustig?« Theo sagt nichts. Betreuer: »Schau, wie der lustig spielt.« Theo sagt nichts. Betreuer (lacht): »Schau, Theo, der spielt mit seinen eigenen Zehen.« Theo sagt nichts. Betreuer (brüllt vor Lachen): »Schau, Theo, jetzt will er sich seine eigenen Zehen in den Mund stecken.« Theo: »Genug.«

Szene drei. Theo: »Was ist das?« Betreuer: »Das ist eine

Giraffe.« Theo: »Was hat die da?« Betreuer: »Einen Hals.« Theo: »Was hat die da auf dem Hals?« Betreuer: »Ihren Kopf.« Theo: »Genug.«
Szene vier. Betreuer: »Und das ist ein Büffel!« Theo: »Genug.«
Szene fünf. Theo: »Genug.« (Es wären die Steinböcke gewesen.)
Szene sechs. Der Höhepunkt jedes Schönbrunner Tiergartenbesuchs. Die Fütterung der Seelöwen. Menschen aus aller Welt, Japaner aus allen Bussen und Kindergärtnerinnen mit den wildesten Horden aus den wildesten Horten strömen hierher, um ihren Kindern (und unter diesem Vorwand natürlich sich selbst) die artistischen Tänze und mutigen Sprünge der um Fische bettelnden Robben vor Augen zu führen. Theos Team hatte einen Platz ganz vorne erkämpft. Nur ein einziges Metallgeländer trennte sie vom Becken.
Betreuer (mit erhöhtem Blutdruck): »Schau, Theo, da kommt der Mann mit dem Eimer. Im Eimer sind die Fische, die werden jetzt an die Seelöwen verfüttert. Schau, jetzt wirft er die Fische ins Wasser. Schau, der Große springt schon nach. Schau, die Kleinen trauen sich noch nicht …«
Theo zeigt mit ersten Ansätzen freudiger Erregung in die Richtung der spektakulären Vorkommnisse und fragt: »Was ist das da?« Betreuer (irritiert): »Theo, das sind die Seelöwen, von denen ich dir gerade erzählt habe.« Theo: »Nein, nicht die Seelöwen. Was ist das da?« Betreuer (verunsichert): »Was meinst du, Theo?

Meinst du den Mann, der die Fische verteilt?« Theo (ungeduldig): »Nein, nicht der Mann, der die Fite verteilt! Was ist das da?« – Theo beugt sich noch weiter vor, streckt den Arm aus und rudert damit heftig in der Luft.

Betreuer (verzweifelt): »Theo, dort, wo du hinzeigst, sind die Seelöwen und der Wärter mit dem Eimer, aus dem er die Fische nimmt. Ich weiß nicht, was du meinst.« Theo (weinerlich und heftig zappelnd): »Was – ist – das – da?« Jetzt beugt er sich so weit vor, dass er es mit den Fingern schon beinahe berühren kann.

Endlich erspäht das pädagogische Auge jenes (unmittelbar vor ihm auf einer Stange hängende) Ding, welchem seit geraumer Zeit Theos ungeteilte Aufmerksamkeit galt. Und der Betreuer antwortet mit ruhiger Stimme: »Das ist ein Handschuh.« Theo (begeistert): »Was macht der da?« Betreuer (depressiv): »Der hängt da. Den dürfte jemand vergessen haben.« Theo: »Warum hat den jemand vergessen?« Betreuer: »Weil er ihn einfach vergessen hat.« Theo: »Warum hat er ihn einfach vergessen?« Betreuer (grantig): »Theo, das ist doch jetzt wirklich nicht so interessant!« – Theo (zappelig): »Was macht der da, der Hand-tuh? Wem gehört der Hand-tuh? Wer hat den Hand-tuh da einfach vergessen? Warum hat da wer den Hand-tuh einfach vergessen?« Betreuer: »Genug.«

Als der große Seelöwe am Höhepunkt der gloriosen Vorführung fünf in verschiedene Richtungen geworfenen Fischen gleichzeitig nachsprang, dabei schwindlig

wurde, die Kontrolle über sich verlor und mit einem Bauchfleck im Becken landete, entdeckte Theo, abseits des Geschehens, eine neue Pfütze.
Wenn Sie glauben, dass der Schönbrunn-Besuch auf tierpädagogisch derart bedrückende Weise enden musste, so irren Sie sich. Geschichten, in denen Theo die Hauptrolle spielt, gehen immer gut aus, zumindest für Theo. Die Besichtigung des Handschuhs vor dem Seelöwenbecken sollte nicht der End-, sondern der Wendepunkt im Zoo sein.
Wir kommen somit zum erfreulichen Teil, in dem Theo plötzlich Zugang zu den Tieren fand. Was heißt Zugang! – Er trat ihnen vor Begeisterung förmlich die Gehege und Stallungen ein. Und das verdanken wir – der Entdeckung des Fotoapparats.
»Was ist das da?«, fragte Theo den Betreuer, der noch einmal die Seelöwen beim Füttern verewigen wollte, um Theo im Nachhinein zu zeigen, was dieser mutwillig versäumt hatte. »Das ist ein Fotoapparat«, antwortete der Pädagoge. »Was macht der da?« – »Fotos.« – »Wie macht der das?« – »Man schaut in dieses Fenster hinein und drückt auf diesen Knopf. Das nennt man fotografieren.« Theo lachte.
Plötzlich war er wie verwandelt. Er vergaß die Pfützen unter seinen Füßen, stürmte zum erstbesten Gehege, zeigte auf das nächstbeste Tier und fragte: »Was ist das?« – Der (stolze) Betreuer kam gleich zur Sache (und hoffte, dass noch viele andere Kinder zuhörten): »Theo, das hier ist ein Elefant. Wir unterscheiden den

indischen vom afrikanischen Elefanten. Dieser hier ist ein …« – »Müss ma fotografieren«, unterbrach Theo. – Und sie fotografierten.

Wie man zu zweit mit Theo fotografiert? – Ganz einfach. Der Betreuer hält den Apparat, ganz egal, wohin, nur fest muss er ihn halten. Theo fixiert das Motiv seiner Wahl mit scharfem Blick und lässt es nicht mehr aus den Augen, tastet sich mit dem Daumen zum Auslöserknopf der Kamera vor, nimmt auch seinen zweiten Daumen zu Hilfe und drückt mit einer schraubenden Bewegung gut eine halbe Minute lang kräftig darauf – etwa so, wie man eine Zigarette ausdämpft.

Dann zieht er plötzlich blitzschnell die Finger ein, als hätte er sich verbrannt, dreht seinen Kopf ruckartig zum Kamera-Träger und fragt in höchster Aufregung: »Haben wir fotografiert?« – »Ja, Theo, wir haben«, beruhigt der Foto-Pädagoge.

Theos zweite wichtige Frage (im konkreten Fall): »Haben wir den Elefanten fotografiert?« – »Möglicherweise – mit ein bisschen Glück«, erwiderte der Foto-Pädagoge. Theos dritte wichtige Frage: »Wo ist das Foto?« – »Hier drinnen«, antwortete der Foto-Pädagoge und tippte mit dem Finger auf die Kamera. Theos dringliche Empfehlung: »Müss ma Foto rausnehmen.« – »Das geht jetzt nicht«, entgegnete der Foto-Pädagoge: »Wir müssen den Film erst entwickeln lassen.« – »Müss ma entwickeln lassen«, meinte nun auch Theo – und nickte tapfer.

Der Schönbrunn-Besuch war jedenfalls gerettet. Er

hatte sich vom einfachen Pfützenlauf zur gediegenen Fotosafari gemausert. Kein noch so gut verstecktes Tier, welches Theos scharfem Kameraauge entging. Hatte er es einmal aufgespürt, dann hieß es unbarmherzig: »Müss ma fotografieren.« Da gab es kein Wenn (»Wenn es wieder auftaucht, Theo!«) und kein Aber (»Aber es taucht heute wahrscheinlich nicht mehr auf, Theo!«). Ob das Tier nun da war oder nicht – fotografiert musste es werden.

Wie sehr Theo an diesem Tag die Tiere lieben lernte (die großen wie die kleinen, die dicken wie die dünnen), beweist unsere abschließende Episode.

Im Flamingo-Abteil entdeckte er ein Tier, welches soeben im Begriffe war, das umzäunte Gebiet zu verlassen. »Was ist das?«, fragte er. »Hier haben wir einen prächtigen Flamingo«, lehrte der Foto-Pädagoge. »An seinem roten Schnabel können wir recht gut erkennen …« – »Nein, nicht der Flamingo. Was ist das?«, unterbrach Theo mit zu Boden gesenktem Haupt und zappelte.

Der Betreuer folgte Theos Blicken – und landete vor seinen eigenen Füßen. – »Das ist, äh, ein Regenwurm«, verriet er hinter vorgehaltener Hand. – »Müss ma fotografieren«, befahl Theo.

Theo am Steuer

Der Versuch einer abgasfreien Erziehung ist kläglich gescheitert. Theo liebt Autos. Schlimmer noch: Theo verehrt Autos. Viel schlimmer noch: Theo braucht Autos. Viel, viel schlimmer noch: Ohne Autos hätte das Leben für Theo keinen Sinn.

Mit so viel Elan und Ehrgeiz sind Theos Chefpädagogen gegen die Motorisierung angetreten. Bis zur Selbstverleugnung, bis an den Rand der Umweltbewusstlosigkeit haben sie gegen den PS-Wahnsinn, dessen Geburtsstätte die Kinderstube ist, angekämpft. Vergeblich.

Wer es nicht selbst erlebt hat, kann sich nicht vorstellen, was es für einen Vater heißt, einen Grand Prix der Formel-1-Boliden heimlich, ohne Ton, ohne Motorenklang am Bildschirm mitzuverfolgen. Wer es nicht selbst einmal mitmachen musste, hat keine Ahnung, was es für einen männlichen Österreicher bedeutet, Gerhard Berger an dem immer langsamer werdenden Michael Schumacher vorbeiziehen zu sehen und den patriotischen Jubelschrei unterdrücken zu müssen. (Und gleich darauf den patriotischen Verzweiflungsschrei, wenn sich herausstellt, dass der Überholvorgang in der Boxenstraße stattgefunden hat.)

Der Papa tat es – Theo zuliebe. Der sollte es einmal besser haben: Der sollte nächtens nicht durch seine eigenen »Brrrrm-brrrrrm«-Geräusche aus dem Schlaf gerissen werden, schweißüberströmt nach dem zehnten riskanten Manöver. Theo sollte einmal vor dem Fernseher sitzen und seine Sportleidenschaft bei der Tour de France ausleben. Oder noch besser: vor den Seglern einer Regatta oder den Sportseefischern (sollten diese einmal auf Sendung sein). Solche Leute brauchen nicht einmal Kettenöl, so schonend gehen sie mit ihrer Umwelt um.

Am Anfang war es leicht, Theo fahrzeuglos zu erziehen. Man lehrte ihn einfach kein »Au« (schmerzfreie Pädagogik) und kein »To«. Was er nicht sprechen konnte, würde ihn nicht interessieren, dachte man.

Auch das familieneigene Fahrzeug wurde die erste Zeit erfolgreich von seinen Sinneseindrücken ferngehalten. Es war gar nicht nötig, Theo beim Transport die Augen zuzubinden. Man hob ihn mit einigen geschickten Handgriffen bei der Hintertür ins Wageninnere und versenkte ihn in seinem Kindersitz. Der war schon wegen seines mächtigen Gurtes ein eigenes, in sich abgeschlossenes Fortbewegungsmittel. Von dem Blechrahmen rundherum bekam Theo gar nichts mit. Und die Fahrt selbst war eine derartig verschwommene Angelegenheit, dass Theo bereits nach wenigen Sekunden einschlief.

Es waren letztendlich die vielen parkenden Autos, die die Gehsteige zierten, und die niemals versiegenden Verkehrsströme der Großstadt, die Theo das Gefühl nicht loswerden ließen, da gebe es etwas, das man ihm vorenthielt, vor dem man ihn hermetisch abriegelte. Irgendein Wesen, das den Menschen und seinen natürlichen Ausläufern, den Tieren, ebenbürtig, wenn nicht sogar überlegen war. Etwas, das im Leben den Ton angab und das Tempo bestimmte. Etwas Kostbares, wofür der Mensch bereit war, alles zu geben, was er hatte. Und hatte er weniger, wandte er sich vertrauensvoll an die Bank.

Einmal standen sie alle davor. Und das Ding war gelb und schön und gurgelte wie Opa bei der Mundspülung. Theo konnte noch nicht viel. Aber er konnte »Da!« sagen. Und er konnte »Da?« fragen. Und er war alt genug, dass man ihm eine Antwort schuldete. Und würde er sie nicht auf der Stelle kriegen, könnte er eine Antenne knicken, einen Scheibenwischer entkleiden und einen Rückspiegel verdrehen.

Und wäre auch das vergebens gewesen, könnte er wie ein an einen Verstärker angeschlossener lockerer Keilriemen quietschen. Darauf ließ sich keiner ein. »Sag's du«, sagte der Papa zur Mama. Und die brachte es dann über die Lippen: »Theo, das ist ein Auto, aber vergiss es.« – Was Theo vergessen sollte, entschied immer noch er. So sprach er mit einer Verklärtheit, die man an ihm bis dahin nur bei »Billa« gesehen hatte: »Auto, Auto, Auto, Auto …« Im Geiste eroberte er damals erstmals in seinem Leben die Poleposition und schwor sich, sie nie wieder abzugeben.

Theo liebt die kleinen Autos, die es in allen guten Stuben gibt, genauso wie die großen auf der Straße. Die Gleichstellung hat einen diplomatischen Hintergrund.

Denn die kleinen Autos sind zwar an und für sich reizloser, gehören aber unumstritten ihm, oder zumindest darf er sie allesamt benützen, während man ihn an die großen Autos noch nicht annähernd so heranlässt, wie er sich das vorstellen könnte: Weder darf er am Schalthebel rütteln, noch auf die Hupe klopfen, noch jemals wieder auf den kleinen Knopf drücken, wo dann lauter Nuller aufscheinen.
Aber die größte Frechheit: Er darf nicht fahren. Sie haben richtig gehört – man lässt ihn einfach nicht fahren. Er kann machen, was er will. Er hat bereits alles getan, was er konnte, die Anrainer wissen das. Aber er durfte dennoch nicht fahren. Irgendetwas stimmt da nicht mit den Erwachsenen.
Jeder andere Mensch der Welt (oder zumindest der Josef-Ressel-Straße) darf fahren, die gesamte Familie darf es, sogar die Uroma. Jeder darf seinen Spaß haben, nur Theo nicht. Das ist ungerecht, das ist so himmelschreiend ungerecht, da könnte er sich so maßlos aufregen! Aber es bringt ja nichts – leere Kilometer. Also liebt Theo die kleinen Autos genauso wie die großen. Denn die darf er bedienen, wie er will.
Die beeindruckendsten Eigenschaften der kleinen Autos sind ihre Vielzahl, die beliebige Austauschbarkeit (Theo wechselt sie wie die Windeln) und die Leichtigkeit, mit der man überall Parkplätze für sie findet, sei es in Hosentaschen, Mantelsäcken oder daheim im Gefrierfach (Tiefkühlgarage). Manchmal sogar mit angeschlossener Waschstraße, aber das kam nicht so gut

an. »Theo, wir wollen nie, nie, nie wieder Autos in der Klomuschel und im Geschirrspüler sehen!«, hieß es – und gar nicht leise.

Bei den kleinen Autos unterscheidet Theo die eigenen von den so-gut-wie-eigenen. Exemplare der ersten Gruppe sind in der Regel neu, eher nur zum Anschauen gedacht, oftmals also reine Ausstellungsstücke, bei denen es gilt, den Wiederverkaufswert durch Schonung hoch zu halten.

Die zweiten, die in anderen Wohnungen vorkommen, wo irgendwelche Kinder irgendwann irgendwie zu alt dafür geworden sein sollen (redet man ihnen zumindest ein), sind übertragene Modelle, die heute zum Teil gar nicht mehr produziert werden. Sie eignen sich vortrefflich für Theos Crash-Tests.

Bei der Tante gibt es zum Beispiel die sogenannten »Autos vom Thomas«. – Dessen Fuhrpark hat auch schon bessere Zeiten gesehen. Der Betrieb ist ziemlich heruntergekommen, die Autos haben zum Teil nur noch Schrottwert. Mit ihnen spielt Theo am liebsten »Autofriedhof«.

Das Spiel beginnt mit der feierlichen Entleerung der Kiste von möglichst hoch oben auf den Boden, lieber Holz als Teppich, lieber Stein als Holz. Dann schlüpft Theo in die Rolle eines außenstehenden Sachverständigen (über den Vorwurf der Verursachung des Schadens selbstverständlich erhaben), der das Schlachtfeld überblickt, ergriffen den Kopf schüttelt und auch gleich sein pauschales Expertengutachten abgibt: »Ka-

putt!« Manchmal, damit da keine falsche Hoffnung aufkommt, sagt er auch: »Alles kaputt!«
Nun braucht Theo dringend einen Partner, dem er einige Exemplare, die es besonders schlimm erwischt hat, nach und nach in die Hand drücken kann, und der ihm immer wieder aufs Neue bestätigt: kaputt, ebenfalls kaputt, erst recht kaputt, besonders kaputt. Theo, der Gutachter, hat damit seine Arbeit eindrucksvoll erledigt.
Jetzt kommt Theo, der Techniker. Und der gibt dem Spiel eine überraschende Wende. Er sieht sich die Dinger an – eines armseliger als das andere, türlos, fensterlos, unbereift, motorhaubenverlustig – und verkündet missionarisch: »Müss ma reparieren!« – Natürlich nicht er selbst, er ist ja nur der Chef, ein glücklicher Chef übrigens, denn die Auftragslage könnte gar nicht prächtiger sein.
Für die Reparaturarbeiten heuert sich Theo irgendwelche Typen an, die gerade nichts zu tun haben (zumindest nichts mit Autos), und stellt sie als Monteure ein. Er reibt ihnen das jeweilige Wrack unter die Nase und wiederholt, obwohl es ohnehin klar ersichtlich sein müsste: »Müss ma reparieren.« Folgende Antworten duldet Theo, der Techniker, in dieser Situation nicht: »Jetzt nicht, Theo«, »gleich, Theo«, »später, Theo«, »versuch es doch selber, Theo!« Und, eine vollkommen deplazierte Bemerkung: »Den kann man nicht mehr reparieren, Theo.« Der Monteur ist vielmehr gut beraten, sofort ans Werk zu gehen und dabei

kräftig die Stirn in Falten zu legen, denn ohne Anstrengung wird es nicht funktionieren, dazu war der Schaden zu groß.

Geübte Mitspieler wissen, dass für Theo die Reparatur nur im Geiste stattfindet. Die Autos selbst müssen sich im Übergang zur Genesung überhaupt nicht verändern. Aber der Schein muss gewahrt sein: Der Monteur hat Theo das unverändert marode Fahrzeug freudestrahlend, Schweiß von der Stirn wischend, mit den Worten: »So, jetzt ist es repariert« zurückzugeben. Das allein macht Theo glücklich.

Einmal passierte es, dass ein Autoschaden tatsächlich behoben werden konnte. Der einberufene Monteur hatte einen abgetrennten Kofferraumdeckel wieder eingehängt und überreichte dem Chef stolz das sanierte Auto, indem er sagte: »So, jetzt ist es repariert.« Theo nahm das Auto und sah es entsetzt an. Dann warf er dem Monteur aus tiefster Seele einen verachtenden Blick zu: So nicht! Fleißaufgaben und übertriebener Perfektionismus widersprachen Theos Firmenideologie. Er nahm das Fahrzeug, entledigte es mit einem Wurf gegen den Heizkörper umgehend seines Kofferraumdeckels und sang im Tonfall einer heiteren Dur-Version der Kennmelodie von Beethovens Fünfter: »So, und jetzt ist es wieder kaputt!« – Danach gönnte er sich nur eine kurze Atempause und schloss sofort an: »So, und jetzt müss ma's wieder reparieren!« Diesen Denkzettel würde der übereifrige Monteur nicht so bald vergessen.

Aber kommen wir noch einmal zu den großen Autos zurück. Ginge es nach Theo, kämen wir in jeder zweiten Zeile zu den großen Autos zurück. Nein, ginge es nach Theo, kämen wir von den großen Autos erst gar nicht weg. Denn wenn Theo, dem beinahe Dreijährigen, irgendetwas mehr bedeutet als ein großes Auto, dann höchstens ein noch größeres Auto. Oder eines – das könnte dann auch wieder ein bisschen kleiner sein –, das er endlich selber lenken würde dürfen. So wie damals im Wiener Prater.
Um es nicht unnötig in die Länge zu ziehen: Der Vergnügungspark als solcher ging an Theo spurlos vorüber. Das Begleitpersonal aus dem Verwandtenkreis, also die üblichen Gesichter mit den üblichen klugen Sprüchen, meinte im Nachhinein, Theo sei zu klein für den Prater gewesen. Theo neigte eher zur Ansicht, der Prater war zu groß für ihn.
Nicht, dass er ihm keine Chance gab. Er sah sich schon ein bisschen um. Aber erstens war alles zu laut. Zweitens ging alles zu schnell. Drittens verteilten sich zu viele lustige Menschen auf zu wenig Raum. Viertens ging mit den Begleitern das Temperament durch: Schau, Theo, dieses! Schau, Theo, jenes! Schau, Theo, das musst du sehen! – So ging das die ganze Zeit. Theo mag es nicht, wenn Erwachsene aufgeregt herumzappeln und einem zwanghaft bis zur Aufdringlichkeit an etwas Anteil nehmen lassen wollen.
Als sich der erste Begeisterungssturm der Pädagogen gelegt hatte, ließ sich Theo in seinen Kinderwagen set-

zen und wartete, was passierte. Mit der Wahl des Ortes, an dem sie ihn wieder heraushoben, hatten sie einen Glücksgriff getan. Er sah Autos, Fahrräder, Motorräder, Traktoren, Straßenbahnen und weiße, vermutlich gelähmte, Pferde an sich vorbeiziehen. Sogar Flugzeuge waren dabei, allerdings hoben sie nie wirklich ab. Wenn sich eines der Dinger in Bewegung setzte, dann zogen die anderen automatisch mit. Interessanterweise gingen alle dasselbe Tempo, und keines schickte sich an zu überholen.

Theos Faszination galt den roten Ferraris mit der Nummer 1. Er konnte nicht sagen, wie viele es waren. Jedenfalls zogen sie in regelmäßigen Abständen an ihm vorbei und sahen alle vollkommen gleich aus. Als dann Fahrzeuge und Pferde wie auf Kommando stehen blieben, war seltsamerweise nur noch ein einziger roter Sportwagen da. Umso fester schloss ihn Theo sogleich ins Herz.

Und dann geschah ein Wunder. Denn aus dem Nichts heraus fragte eine der Begleiterstimmen: »Theo, willst du fahren? Komm, Theo, du darfst fahren, das ist lustig.« Wir halten fest: Er, Theo, den man am Verkehr bisher restriktiv nicht teilnehmen hatte lassen, ja, den man für die »Kühnheit« seiner Forderung mitunter sogar auslachte, derselbe Theo durfte plötzlich, mehr noch, er wurde förmlich dazu angehalten, sich hinter ein Lenkrad zu klemmen.

Und er sollte nicht in irgendein Auto steigen, nein, ausgerechnet in einen Ferrari, in eines der schnellsten

Autos der Welt (hat der Papa gesagt). Irgendetwas war faul an der Sache. Also entschloss sich Theo zu einem präventiven: »Nein!«
»Komm, Theo«, drängten die Erwachsenen, »es ist ganz einfach, es kann überhaupt nichts passieren, wir sind alle bei dir, es macht dir bestimmt Spaß!« – Versteht man das? – Also gut, er wollte es riskieren. Wer wusste, ob er so bald wieder eine solche Chance bekommen würde.
Das Hineingesetztwerden war bereits eine mulmige Angelegenheit. Als sich die Begleiter dann auf seltsam unbeschwerte Weise von ihm verabschiedeten und dem Boliden den Rücken zukehrten, fasste Theo den spontanen Entschluss, es ein andermal zu probieren. Er streckte die Arme vom Leib, stieß ein paar Jammergeräusche aus und wollte auf der Stelle wieder abgeholt werden.
Just in diesem Moment startete der Ferrari. Und auch die anderen Fahrzeuge und Pferde setzten sich in Bewegung. Somit gab es zum schmerzhaft Verunglücken nur noch eine Alternative: Lenken. Theo umklammerte das Überlebensrad, ließ seine Miene in der Stellung »weinerlich« einrasten, klemmte, um die Konzentration zu erhöhen, die Zungenspitze zwischen die Vorderzähne, legte den Kopf schräg nach links (zeigte damit dem Sportwagen, wo er hinfahren sollte) und nahm erfolgreich die erste (und, wie sich herausstellen sollte, auch die einzige) Kurve, knapp hinter der Straßenbahn, die weißen Schimmel dicht auf den Fersen.

Die Erwachsenen – und das war im Hinterkopf eine leichte Beruhigung – dürften ebenfalls mitgekommen sein. Denn in regelmäßigen Abständen hörte er sie von außen »Theeeeoooo, juuuuuhuuuuuu, wuuuuiiiii!« rufen. Aber er wagte es nicht hinzuschauen. – Ein kleiner Fahrfehler, und die ganze Anstrengung könnte umsonst gewesen sein, der Ferrari würde sich in die Straßenbahn bohren. Und Theo selbst würde unter die Hufe der wild galoppierenden Pferde geraten.
Je länger die Fahrt dauerte, umso mehr entzückte Theo sein eigenes Kurvengefühl, welches ihn keinen Zentimeter von der Ideallinie abweichen ließ. Selbst wenn er das Lenkrad tollkühn nach rechts verriss, steuerte der Wagen nach links, wo er hingehörte. Offenbar verstand Theo auch das Bremspedal so geschickt einzusetzen, dass das Tempo im richtigen Maße gedrosselt wurde.
Angst hatte er eigentlich nur noch ein bisschen vor dem Ende der Fahrt, vor der Vorstellung, dass plötzlich alle Fahrzeuge stehen blieben, nur sein Ferrari würde unvermindert weiterfahren. Das wäre garantiert in eine wiehernde Massenkarambolage ausgeartet. Doch auch hier erwischte Theo das richtige Timing und schliff sich vor den Augen der (offenbar mit Flugzeugen angereisten) Pädagogen vorbildlich ein. Unter frenetischem Applaus ließ er sich aus dem Cockpit heben und auf Schultern durchs Publikum in den Kinderwagen tragen. Erst dort war ihm die Tragweite seines Erlebnisses bewusst. Doch noch nicht bewusst genug:

Der Rest des Praterbesuches waren etwa fünfhundert idente Wortmeldungen (»Noch einmal!«) und fünf weitere Fahrten im roten Ferrari. Immerhin.
Doch wer geglaubt hat, dass Theo nach seinen Talentproben im Prater nun auf vergleichsweise harmloseren, ja geradezu eintönigen Strecken wie der Wiener Süd-Ost-Tangente, dem Grünen Berg oder der Hütteldorfer Straße, wo ihn im Kindersitz regelmäßig der Sekundenschlaf übermannte, freie Bahn hatte, der irrt. Von ebendiesem Irrtum am schwersten getroffen: Theo selbst. Man ließ ihn nach wie vor nicht ans Steuer.
Verbote als solche waren ihm ja nicht unbekannt. Im täglichen Leben kam es immer wieder vor, dass er etwas haben wollte, und irgendein Scherzbold sagte »Nein«. Aber das waren doch eher nur vorübergehende Erscheinungen, zeitlich begrenzte Widerstände. Das war mehr so ein Spiel der Erwachsenen, um den Reiz einer Sache zu erhöhen, um zu zeigen, dass auch die selbstverständlichsten Dinge der Welt (nämlich jene, die Theo selbstverständlich sofort haben wollte) erst erkämpft werden mussten. Außerdem ließen sie sich ganz gern bitten, die Herren und Frauen Lehrmeister des Lebens.
Ein »Nein!« hieß für Theo, dass er sich offenbar noch nicht klar genug ausgedrückt hatte. Meist genügte es, den Ton zu verschärfen. Manchmal musste er erst jammern, raunzen, weinen, heulen, schreien. Manchmal griff gar erst eine optische Veränderung. Da musste er rot anlaufen, grün anlaufen, blau anlaufen. War es ih-

nen mit ihrem Verbot so ernst, dass sie ihn glatt ersticken hätten lassen vor Zorn, musste er die Pädagogen wechseln. Irgendwer würde sich schon finden, der ihm die Sache erlaubte. War er hoffnungslos von Verweigerern umringt, musste er sich auf die mündliche Erlaubnis einer nicht-anwesenden Respektsperson berufen. Zum Beispiel: »Der Opa hat aber g'sagt, dass ich … darf!« – Man möchte gar nicht meinen, wie wenig heutzutage das Wort einer abwesenden Person zählt.

Führte also auch dieser Weg nicht zum Erfolg – und wir sind hier schon bei den unrühmlichen Ausnahmen in Theos Alltag der Verbote –, so blieb ihm nichts übrig, als sich den gewünschten Gegenstand oder die Durchführung der geplanten Tätigkeit heimtückisch zu erschleichen.

Autofahren war eines der seltenen Dinge, wo sie beim Verbieten stets alle zusammenhielten. Sogar »Der Ben, der tut dir nix« bellte abweisend, wenn er gerade in der Nähe war. Also sah sich Theo eines Tages gezwungen, eigeninitiativ zu werden. Als Papa mit der Montage des Kindersitzes beschäftigt war, schlich er um den Wagen, zwängte sich durch den Spalt der angelehnten Tür auf den Beifahrersitz, kroch zum Fahrersitz hinüber, nahm das Lenkrad in die Hand und wartete, bis die Fahrt losging – so wie im Prater. (Das Problem mit dem zu weit entfernten Bremspedal stellte sich vorerst noch nicht. Es gab aber auch keine Pferde und Straßenbahnen, denen es auszuweichen galt.)

»Theo, was machst du da?«, fragte die lästige Stimme, mit der ohnehin schon jede Sekunde zu rechnen war. »Auto fahren«, antwortete Theo, ein bisschen enttäuscht, dass er das noch erklären musste. »Wer hat dir denn das erlaubt?« Jetzt rückte ihm der Papa bereits unangenehm zu Leibe, und das Auto machte noch immer keine Anstalten loszufahren. »Der Papa«, antwortete Theo genervt. »Davon weiß er aber nichts, der Papa«, erwiderte der Papa. Theos kritischer Seitenblick könnte geheißen haben: Dann soll er den Wagen verlassen und einmal nachdenken, sonst geht da überhaupt nichts.

Es kam anders, es kam die Großmutter. Sie beugte sich über die Motorhaube und winkte Theo durch die Windschutzscheibe lustig zu. – Es sah immer weniger danach aus, als würde die Fahrt jetzt endlich losgehen. »Was macht denn die Oma da eigentlich?«, fragte Theo den Papa mürrisch. Sie behielt sich die Antwort selbst vor und übertraf sogleich Theos schlimmste Befürchtungen. Sie öffnete die Fahrertür, hob Theo heraus, verstaute ihn auf dem Kindersitz und meinte: »Zum Fahren sind wir noch viel zu klein.« – Nicht nur wegen des provokanten Majestätsplurals eine arge Demütigung, von der sich Theo minutenlang nicht erholte.

Im Frühjahr kam der Umschwung. Theo erhielt sein eigenes Auto. Zum Glück hatte man ihm das nicht schon vorher angekündigt. Sonst wäre er beim ersten Anblick in Selbstmitleidsstürme ausgebrochen. Denn unter einem eigenen Auto hatte er sich, Sie wer-

den es nicht glauben, tatsächlich ein Auto vorgestellt und nicht einen aufgemotzten gelben Plastik-Nachttopf auf Rädern.
Aber Theo konnte sehr bescheiden sein, wenn ihm nichts anderes übrigblieb. Bevor sie die Oma bekam, behielt er die Schüssel doch lieber selbst. Und so schlecht war sie eigentlich gar nicht. Immerhin verfügte sie nur über einen einzigen Sitz. Das hieß: nie wieder unnötige Pädagogen an Bord. Und sie hatte eine herrlich schrille Hupe. Mit ihr konnten Pädagogen auch von der Rennstrecke ferngehalten werden. Außerdem zählte zu der sonst eher kargen Ausstattung ein geradezu phänomenales blaues Autotelefon, wahrscheinlich das größte der Welt. Es spannte sich über die gesamte Autobreite und tröstete über das Fehlen anderer Einrichtungen wie Bremsen, Windschutzscheiben und Dach hinweg.
Theo nannte sein Fahrzeug Volvo, um konkurrenzfähig zu bleiben, und ließ sich von einem Fachmann der Familie nach eingehender Beratung ein Wunschkennzeichen auf den Namen »Theo-Volvo« basteln. Er hätte noch gern ein paar Zusatzerklärungen dabeigehabt, zum Beispiel »Die Nummer eins vom Bierhäuslberg«, »Überholen auf eigene Gefahr«, »Riecht meinen Auspuff!« oder Ähnliches. Aber dazu war das Schild zu klein. Und wäre es größer gewesen, hätte man den Theo-Volvo endgültig nicht mehr als Auto identifiziert.
Der Theo-Volvo war nur für eine einzige Strecke zu-

gelassen, für die abschüssige Josef-Ressel-Straße. Genauer: für deren Gehsteig. Dieser war insofern interessanter als die Fahrbahn, als er in fünf Teilstrecken zu absolvieren war. Denn das Reglement (Papa) besagte, dass Theo sein Fahrzeug vor jeder Quergasse zum Stillstand bringen musste.

Reden wir nicht von den Anfängen: Da saß Theo minutenlang angespannt in seinem in Startposition gebrachten Volvo, berührte das Lenkrad, umklammerte es, drehte daran (vergeblich, denn es hatte eine Lenkradsperre auf Lebenszeit), rieb daran, zog daran, rüttelte und schüttelte – und nichts geschah.

Dann kam er dahinter: Das Ding musste erst einmal bewegt werden. Schob jemand an, rollte es. Rollte es, fuhr es. Fuhr es, fuhr es schneller. Fuhr es schneller, fuhr es noch schneller. Fuhr es noch schneller, fuhr es eindeutig zu schnell. Und wäre unten nicht jemand gestanden, der das Höllengefährt abgebremst und Theo aufgefangen hätte, dann hätte Theo das Ganze überhaupt nicht mehr lustig gefunden. Dann wären Autos für ihn gestorben gewesen. Dann hätte er nur noch mit den ganz kleinen Exemplaren »Autofriedhof« gespielt, brutaler als je zuvor.

Mittlerweile ist Theo mit seinem Volvo sozusagen zusammengewachsen. Die Bremsklötze bringt er selber mit: Da haben sich seine grünen »Doktor Martens« als wahre Wundermittel erwiesen. Sie werden mit jeder Geschwindigkeit fertig. – Natürlich niemals folgenlos. Aber Theo liebt die kleinen Unfälle, die gefährlichen

Dreher, die überhitzten Bremsen, die Radierungen des Randsteins, die Touchierungen des Gartenzaunes, die dramaturgisch aufbereiteten, lebensecht inszenierten kleinen Peitschenschlagsyndrome. Und die besorgten Betreuer mit ihren verzweifelten Zurufen: »Theo, hast du dir wehgetan?« – Hat er nicht, aber das müssen sie ja nicht gleich erfahren. Sie sollen ruhig ein bisschen zittern um ihn. Und es hätte ja wirklich schlimmer ausgehen können.

Und dann, wenn keiner mehr damit rechnet, dass sich in diesem schwer gestrauchelten Boliden namens »Theo-Volvo« noch irgendetwas bewegen könnte, wandert eine Hand gespenstisch langsam zum blauen Riesentelefon, hebt offenbar mit letzter Kraft ab und schiebt den Hörer zu einem verborgenen Gesicht. Und eine Stimme, schon mehr aus dem Jenseits als aus dieser Welt, spricht in den höchsten Tönen der Unverwundbarkeit: »Na hallo, hallo, hallo! – Hier ist Theo. Ist dort der Pannendienst?«

Im Frühsommer nahm Theo seinen Papa schließlich zu einer sogenannten Ferrari-Ausstellung mit. Das Wort »Ferrari« klang so ergreifend schön, dass sich Theo durch das sinnlose Beiwort »Ausstellung« nicht weiter irritieren ließ. Für ihn war klar, dass der Zeitpunkt gekommen war, einen Schlussstrich unter das demütigende Dasein auf Kindersitzen zu ziehen – man stellte ihn ja praktisch auf die gleiche Stufe wie Reisegepäck im Kofferraum – und endlich einmal in ein ordentliches Fahrzeug zu steigen. Und zwar vorne einzusteigen, um sich dorthin zu setzen, wo er längst schon hingehörte – hinters Lenkrad.

Theos Fahrtauglichkeit sollte eigentlich gar kein Thema mehr sein. Er stellte sie ohnehin täglich von neuem unter Beweis. Aber bitte – wir fassen gerne zusammen:

1. Theo konnte alle Automarken der Welt beim Namen nennen. Er konnte nur nicht aufhören, alle Automarken der Welt beim Namen zu nennen.

2. Er konnte fließend und fehlerlos fünfzigmal hintereinander »Audi-Turbo-Diesel« sagen. Er konnte dabei immer lauter werden. (Lauter als jeder Audi-Turbo-Diesel.) Er konnte damit ein Stück Obstkuchen herbeizaubern. (»Okay, Theo, du kriegst ihn, den Obstkuchen. Nur beende sofort dein Audi-Turbo-Diesel-Gegröle!«)

3. Er hätte mit dem fünfzigmaligen Ausruf der Parole: »Ein Mazda müsste man sein, müss ma Mazda sein!« bestimmt noch ein zweites Stück Obstkuchen erlangt. Aber der Spruch gefiel ihm zu gut. Er war um keinen Preis zum Aufhören zu bewegen.

4. Über zu wenig Fahrpraxis darf sich (mit Ausnahme Theos) keiner beklagen. Theo hatte in knapp einem Jahr gut 5000 Kilometer zurückgelegt. – Noch dazu mit den Händen. Konkret: mit den Händen auf Lenkrädern, knapp über Lenkrädern, oder – für den Fall, dass keine Lenkräder vorhanden waren – im freien Raum.

5. Theos Verhalten im Verkehr kann als beispielhaft

bezeichnet werden. Er hatte seine Pädagogen monatelang beim Fahren studiert. Er kannte die Begriffe Stoßzeit, Baustelle und Stau; er konnte den Ellbogen beim offenen Fenster hinaushängen lassen und dabei mit dem Zeigefinger Kreise im Ohr drehen. Und er konnte sich mit der rechten Hand das linke Schulterblatt kratzen und dabei mit zwei Fingern der linken Hand gleichzeitig in beiden Nasenlöchern bohren – wenn auch nicht lange, denn atmen musste er ja auch noch.

Er verstand es so gut wie seine beiden Oberhäupter, andere, unverhofft auftauchende Verkehrsteilnehmer spontan anzusprechen (»Teiß-Taxler«, »Teiß-Radler«, »Teiß-Polizei«). Er wusste, wie man sich unter Autofahrern grüßte: kräftiger Schlag mit der rechten offenen Hand auf die eigene linke Schulter. Ruckartiges Hochziehen der linken Faust bei gleichzeitigem Senkrechtstart des Mittelfingers. In dieser Position einige Augenblicke verharren und abwarten, ob und in welcher Form der Gruß erwidert wird.

Er verstand es, solche verschworenen Gesten der Zusammengehörigkeit auch in Worte zu kleiden. Nach Mamas einmal nach einer Notbremsung verwendetem Ausspruch »Foah weida, Depperter!« (aus dem Wienerischen für »Fahr weiter, dummer Mensch!«) war Theo wochenlang süchtig. Bei jeder Autofahrt musste er ihn trainieren, lautstark zwar – denn beim Flüstern verstand ihn ja keiner –, aber leider nur ein einziges Mal bei offenem Fenster. »So etwas können die Menschen in die falsche Kehle bekommen«, meinten die Pädagogen. – So seltsam drücken sie sich immer aus, wenn sie Willkürakte setzen und ihnen dann die Argumente fehlen.

Motorisch gerüstet, der Verkehrssprache mächtig und zur ersten echten öffentlichen Ferrari-Besteigung wild entschlossen betrat Theo, seinen Papa an der Hand, nun also die große Halle, wo die in den schönsten Farben glänzenden Sportautos schon auf ihn warteten – großteils sogar mit einladend geöffneten Türen.

Die einzig quälende Frage, die für Theo in dieser Situation noch offenblieb, war, welchem Ferrari er zuerst ans Lenkrad rücken sollte. – Von solchen Problemen konnte er gar nicht genug kriegen.

Er entschied sich für den leuchtend roten Wagen, um den sich bereits viele Menschen scharten. Interessanterweise standen sie alle mit großem Abstand kreisförmig um ihn herum. Und vor ihren Bäuchen spannte sich ein Seil. »Das ist eine Absperrung«, sagte der Papa. »Da kann man nicht durch.« – Das war einer seiner schlechteren Scherze, denn Theo musste sich nicht einmal bücken, um unter der Schnur durchzuschlüpfen und dem Fahrersitz zuzustreben.

»Wen haben wir denn da?«, fragte eine sehr laute Stimme, die durch den Saal hallte. Sie gehörte dem Mann, der als Einziger nahe beim Ferrari stand und ein schwarzes Ding zum Mund hielt, davon aber weder abbiss noch daran schleckte. »Hier kommt unser jüngster Testpilot«, sagte er, und die Menschen bogen sich

vor Lachen. Haha! – Das war ein typischer Erwachsenenwitz der Sorte, die Theo hasste. – Alle amüsieren sich, und keiner weiß, warum. Der Mann sollte Theo lieber beim Einsteigen behilflich sein.
Plötzlich war der Papa da und hob Theo hastig hinter die Absperrung. – Das wagte er besser nicht noch einmal! Theo riss sich los und steuerte diesmal etwas eiliger dem Ferrari zu. »Unser junger Mann ist offensichtlich nicht zu bremsen«, verkündete jetzt der Mann und verstellte Theo den Weg. – Haha, selten so gelacht! Theo überlegte, ob er ihm vor allen Leuten die Zunge zeigen sollte. Aber dafür war er zu gut erzogen.
Nun war Papa auf einmal wieder da und wurde ernsthaft lästig. »Ich will einsteigen«, schrie Theo. »Das darf man nicht!«, antwortete der Papa und hinderte Theo mit Gewalt daran, das Lenkrad zu erklimmen. Unter dem Gelächter des Publikums wurde der heulende Theo abgeschleppt. – Eines der dunkelsten Kapitel in seinem Leben. Damals hasste er alle Menschen.
Zwischen den Tränen erkannte Theo wenig später schemenhaft die Umrisse eines gelben Ferraris, der nur von einem einzigen Mann bewacht wurde. Da schöpfte er noch einmal Hoffnung. »Du musst den Mann fragen, ob du dich hineinsetzen darfst«, riet der Papa. »Frag du«, sagte Theo. »Wenn du fragst, sind die Chancen größer«, meinte der Papa, der Angsthase.
Theo ging zu dem Mann hin, zog an seinem Hosenbein und sagte: »Darf ich Ferrari fahren?« – Der schaute zunächst nur dämlich. Also wiederholte Theo: »Darf ich

Ferrari fahren, darf ich Ferrari fahren, darf ich Ferrari fahren?« – »Nein, das geht leider nicht«, antwortete der Mann nun zwar freundlich, aber ein unfreundliches »Ja, du darfst« wäre Theo zehnmal lieber gewesen. Theo lief zum Papa zurück, ließ sich beraten und wandte sich neuerlich an den Mann: »Darf ich Ferrari sitzen?« – Der Mann lachte zwar, sagte aber: »Nein, leider!« – Eine üble Kombination. – Theo gab nicht auf: »Darf ich Ferrari lenken?« – Wieder nein. Letzter Versuch (vom Papa zugeflüstert): »Darf ich Platz nehmen?« – »Nein, leider, kleiner Mann«, hieß es. »In alle diese Autos darf keiner hinein, das sind Vorführmodelle, das hier ist eine Ausstellung.« – Das hier war definitiv Theos letzte Ausstellung.

Theo geht einkaufen

Theo unterscheidet echtes von unechtem Einkaufen. Die Notwendigkeit zum Zweiten ergibt sich aus dem Umstand, dass das Erste nicht stündlich, ja nicht einmal täglich, manchmal gar nur zweimal pro Woche stattfindet. Unechtes Einkaufen fällt gegenüber dem echten doch deutlich ab. Sie werden bald selbst erkennen, warum. Unechtes Einkaufen bringt aber auch eine Menge Vorteile mit sich. Es ist ortsungebunden und von lästigen Einschränkungen wie Sperrstunden vollkommen unabhängig.

Beim unechten Einkaufen trainiert man bereits für das echte, denkt so auch immer daran und kann sich schon eine beachtliche Lust darauf holen. Kurzum: Unechtes Einkaufen ist eine durchaus taugliche Light-Version von echtem. Und Theo hat alle Rechte darauf. Seinen Mitspielern bleiben die Pflichten.

Für den unechten Einkauf braucht Theo eine gediegene Käuferschicht, die sich aus herumstehenden Angehörigen oder Bekannten zusammensetzt. Theo selbst wechselt während des Spieles immer wieder die Rollen. Bei der Erstellung der Einkaufsliste ist er der Käufer. Zum Zeitpunkt der Geldübernahme ist er der Verkäufer. Danach agiert er wieder als Kunde. Durch den taktisch geschickten Übergang gelingt es ihm, schlussendlich sowohl mit dem Geld im Sack als auch mit der Ware in der Tasche nach Hause zu gehen. So

kann selbst unechtes Einkaufen mächtigen Spaß machen.
Das Spiel ergibt sich aus der Notwendigkeit, unverzichtbare Grundnahrungsmittel, die ausgegangen sind, raschest wieder anzuschaffen. Theo engagiert einen halbwegs ambitioniert aussehenden Pädagogen und tritt mit ihm zu einer Krisensitzung zusammen.
Die Krise bezieht sich auf geschwundene Güter, deren Verlust Theo in einem ersten Schritt schonungslos aufzudecken gewillt ist. Dazu fragt er seinen Partner: »Hamma Milch?« Antwortet dieser »Ja« (und sonst nichts), geht Theo in eine ungeduldige Warteposition über. Ganz klar: Er begnügt sich nicht mit Lippenbekenntnissen, er will Beweise sehen.
Manchmal genügt eine unsichtbare Packung, die der Partner Theo mit den Worten »Da ist die Milch« in die Hände drückt. Der Spieler braucht aber nicht zu glauben, dass er sich über Mehl, Brot, Zucker, Leberstreichwurst, Fruchtzwerge und Schokobananen mit der gleichen Geste drüberschwindeln kann. – Das darf es doch wohl nicht geben, ja, es ist in Theos Sinn geradezu kontraproduktiv, dass all diese essbaren Dinge im Haushalt vorhanden sein sollen. Davon will er sich schon mit eigenen Augen überzeugen. (Bei Schokolade neigt er überdies zu stichprobenartigen Verkostungen, ob die Ware auch noch gut erhalten, also genießbar ist.)
Wer sich den Weg in die Küche sparen will, sollte daher auf Theos Frage »Hamma …?« recht bald ein paar

»Nein« einstreuen. Zum Beispiel: »Nein, Bananen haben wir keine mehr.« Das war das Stichwort, damit beginnt das eigentliche Spiel erst. Denn die Situation zwingt Theo nun dazu, das Unvermeidbare erstmals in aller Offenheit auszusprechen: »Müss ma Billa einkaufen.« – Und weil der involvierte Pädagoge gar so unterbeschäftigt ausschaut: »Müss ma Bananen aufschreiben. Müss ma Einkaufsliste machen.«
Die Liste ist Theo wirklich wichtig. Es ist ratsam, sie gewissenhaft zu erstellen. Theo agiert als Auftraggeber. Er sagt: »Zwiebel brauch ma!« – Der Pädagoge soll nicht dumm nicken. Sondern: »Zwiebel auf-treiben!«, befiehlt Theo. Und weiter: »Zitronen brauch ma, Zitronen auf-treiben!« – »Soletti brauch ma, Soletti auftreiben!« – Es folgen Pommes frites mit »Ket-tapp«, Erdbeeren, »Fit-Täbchen«, Extrawurst und »Rammelknödel« (ein besonderer Leckerbissen). Macht der Partner Anstalten, die Dinge aufgeschrieben zu haben, fragt Theo: »Hamma alles?« Beeilt sich der Schreiber allzu sehr, »Ja« zu antworten, muss er mit einem scharfen »Vorlesen!« rechnen. Theo schaut ihm dabei andächtig über die Schulter.
Ist schon richtig – er kann noch nicht lesen. Aber der Partner soll nur ja nicht glauben, er könne Theo jetzt aus der Fantasie irgendwelche anderen Güter vorgaukeln. Liest er etwa: »Zitronen, Soletti, Pommes frites mit Ketchup, Erdbeeren, Extrawurst und Grammelknödel«, schaut ihn Theo zunächst einmal betroffen an (und gibt ihm quasi eine letzte Chance, den Feh-

ler auszubessern). Dann fragt er, scharf wie ein strenger Lehrer unmittelbar vor einem heftigen Gefühlsausbruch: »Wo sind die Fit-Täbchen?«
Wir würden dem Partner wünschen, dass er sie nur vorzulesen und nicht gar aufzuschreiben vergessen hat. Er kann natürlich auch hasardieren, unschuldig »Da stehen die Fischstäbchen!« sagen und frech auf den Schriftzug der Extrawurst zeigen, muss aber damit rechnen, dass Theo (der die Reihenfolge der Speisen bereits fünffach gespeichert hat) nachsetzt: »Und wo ist die Extrawurst?« – Verstrickt sich der Partner weiter in Widersprüche, geht Theo die Liste mit ihm beinhart noch einmal von vorne durch. Also besser bei der Wahrheit bleiben und das schriftliche Versäumnis reumütig nachholen.
Nun schreitet das unechte Einkaufen von und mit Theo zügig voran. Wir befinden uns bereits in der Billa-Filiale. Dort nimmt Theo die Rolle des Verkäufers an der Kasse ein. Der Pädagoge muss aufgrund des regen Andrangs erst eine Weile warten, bis er an die Reihe kommt. (Es wäre eine Beleidigung für Diplom-Kaufmann Theo, wenn sein Ex-Partner der einzige Kunde im Geschäft wäre.)
Die folgende Kaufabwicklung erfordert vom Kunden volle Konzentration. Er muss Theo die Namen der auf der Liste befindlichen Waren ein weiteres Mal (fehlerlos) vortragen, diesmal jeweils mit Handbewegungen der Überreichung. Zumindest zwei, drei Güter sollten echt (also aus der Küche) sein, sonst wird das Spiel

langsam zur Farce. Theo nimmt die Gegenstände, akzeptiert, dass auch ein paar Bücher dabei sind und diesmal als Zitronen oder Grammelknödel fungieren, und gibt sie dem Kunden wieder zurück, zwar nicht gern, aber so geht das Spiel eben.
Bei besonders griffigen Gütern (zum Beispiel echten Zitronen) kommt die Spielzeugwaage aus Theos sonst eher unspektakulärem Plastik-Krämerladen zum Einsatz. Der Kunde wird mit den Worten »Müss ma abwiegen« um etwas Geduld gebeten. Nach diesem Zeremoniell darf der Pädagoge endlich einpacken und seine Geldbörse zücken.
Beim Preis ist Theo absolut flexibel. Das heißt: Er hält die Hand auf und wartet, was man ihm gibt. Geld bedeutet ihm nicht viel. Münzen gehen noch, die machen wenigstens gute Geräusche. Ein Geldschein gibt dagegen überhaupt nichts her – sieht nicht gut aus, klingt nicht gut, riecht nicht gut, schmeckt nicht gut. Würden nicht alle so tun, als wäre Geld etwas Besonderes, würde Theo es stets bei der ersten Gelegenheit entsorgen. – Oder dem »Ben, der tut dir nix« ins Maul stecken, vielleicht fängt der mehr damit an.
Auf die Frage des Mitspielers, wie viel die Waren kosten, zuckt Theo mit den Schultern, das ist wirklich nicht sein Problem. Irgendein Schelm hat ihm dazu einmal die Formulierung »Was Sie gerne geben!« beigebracht. Theo wird bald dahinterkommen, dass er sich damit selbst vom Verkäufer zum Garderobier degradiert, der auf Spendengelder angewiesen ist.

Das Spiel nähert sich dem Ende – glaubt zumindest der Pädagoge. Theo lässt das Geld im Sack verschwinden, ist jetzt wieder der Kunde und kümmert sich um die eingekauften Gegenstände. Zwischen Büchern und Zitronen wird nun heftig gewühlt. Keine Frage: Theo sucht etwas. Diese Phase der Abgelenktheit versucht der Pädagoge dazu zu nützen, sich still und heimlich aus dem Staub zu machen. Theos verzweifelter Aufschrei bringt ihn jedoch rasch wieder ins Spiel zurück: »Bananen hamma vergessen!« – Stand auch nicht auf der Liste, könnte der Partner sagen, aber er ist ja nicht wahnsinnig. Möglicherweise ließe ihn Theo dann eine komplett neue, um Bananen erweiterte Einkaufsliste anfertigen. Das gesamte Spiel müsste neu ausgetragen werden.
Schon ist Theo bei ihm an der Tür, zerrt ihn an der Hand ins Zimmer (Billa) zurück und verdeutlicht: »Müss ma Bananen einkaufen, hamma vergessen!« Jetzt wird der Partner ein bisschen nachlässig und versucht Theo die von diesem erworbenen und an ihn auch bezahlten Zitronen als Bananen zu verkaufen. Das findet Theo gar nicht lustig – und fordert, diesmal vehement: »Müss ma Bananen kaufen!« Und zwar echte. Und zwar schnell.
Der Pädagoge hat Glück. Eine Banane war noch in der Küche. Theo kauft und verkauft sie in Bruchteilen von Sekunden. Auf Geld verzichtet er. Jetzt will er nur noch die Banane. Und zwar essen. Der Partner soll nicht lange schauen, sondern schälen. Das Spiel ist beendet.

Mahlzeit. Wenn Theo fertig ist, wird es im Haushalt übrigens keine Bananen mehr geben. Das heißt: Es ist schon bald mit einer neuen Runde »Müss ma Billa einkaufen« zu rechnen.
Und dann passiert es. Die vier schönsten Worte eines knapp Dreijährigen schließen sich zusammen und bilden einen Satz. Theo. Fährt. Billa. Einkaufen. – Nicht bloß höchste Formvollendung, nicht bloß akustisches Reiz-Dorado schlechthin, nicht bloß die superlativste Wortspielerei in Theos Welt. (Sie glaubten wohl, man könne »superlativ« nicht steigern.)
Nein, noch viel, viel besser: Bei »Theo fährt Billa einkaufen« handelt es sich um eine wahre Geschichte, die das Leben schreibt. Dabei gelangt der Erstgenannte in den vollen inhaltlichen Genuss der Kombination der drei nachfolgenden Superlative.
Fangen wir von vorne an. Ein guter Tag beginnt mit der richtigen – richtig – Einkaufsliste. Wer mit Theo Billa einkaufen fährt, hat zwei solcher Listen anzufertigen. Eine wirkliche, da stehen die Dinge drauf, die sich die Ernährer einbilden, dem Haushalt schuldig zu sein. Diese Liste beinhaltet glanzlose Produkte wie Hochglanzreiniger, sinnlose Rollen wie Klopapier und die geschmacklosesten Birnen der Welt – Glühbirnen. Wenn man sie angreift, leuchten sie nicht. Und wenn sie leuchten, kann man sie nicht angreifen.
Diese erste Liste ist auch formell der Inbegriff der Lieblosigkeit. Da wird herumgestrichen und herumgekritzelt, und es steht insgesamt einfach viel zu viel drauf.

Wenn einer nicht lesen kann, kann er sich das unmöglich alles merken.
Ganz anders: die Theo-Einkaufsliste. Sie verzichtet auf uninteressante Details und beinhaltet wirklich nur jene Dinge, die unbedingt angeschafft werden müssen. (Leberstreichwurst, Mandarinen, Fruchtzwerge, Himbeersaft …) Das Diktat führt Theo selbst durch. Er lässt sich durch allfällige Unmutsäußerungen des eingeteilten Schreibers und durch dessen stereotypes »Ich-hab-auch-noch-anderes-zu-tun«-Geraunze nicht aus dem Konzept bringen. Er besteht auf schönen Schriftzügen. Und er will wissen, welches Wort für welches Gut steht, damit dann in der Hektik des Einkaufs nichts verwechselt werden kann.
Zum Billa gelangt Theo mit dem Auto. Direkt vom Kindersitz wird er in den Einkaufswagen gehoben, dazwischen müssen seine Füße also nicht einmal den Boden berühren.
Die Fahrt zwischen den Regalen zählt zweifellos zu den Höhepunkten jedes Kaufhausbesuchs. Ginge es nach Theo, bliebe keine Packung auf oder neben der anderen. Theos stärkste Vision eines Billa-Besuches besteht im kompletten (eigenhändigen) Entleeren sämtlicher Regale in den (von ihm gesteuerten) Einkaufswagen, dem Abtransport der Waren in Riesencontainern nach Hause (unter Theos Oberaufsicht natürlich) und der Errichtung eines sogenannten Theo-Eigenheim-Billas in der Josef-Ressel-Straße.
Die Süßwarenabteilung würde in seinem Kinder-

zimmer untergebracht werden. Uninteressante Güter würde man im Garten deponieren und für wohltätige Zwecke verwenden. (Tägliche Verteilung von Reinigungsmitteln an wartende Fahrgäste bei der angrenzenden Bushaltestelle. Sämtliche Hundedosen gingen an »Ben, der tut dir nix«. Kitekat und Sheba ebenfalls, vielleicht könnte er damit ein paar Katzen anlocken.)
Theos zweite, bescheidenere Billa-Vision entspringt seiner Sammlerleidenschaft und bestünde im Erwerb von je einem Exemplar aller angebotenen Güter. (Zum Beispiel je eine Packung Staubzucker, Kristallzucker fein, Kristallzucker grob, Würfelzucker, Weizenmehl glatt, Weizenmehl griffig und so weiter.)
Hin und wieder überkommt Theo auch noch eine dritte Kauf-Vision, nämlich die der Anschaffung sämtlicher Exemplare eines bestimmten Gutes. Das passiert, wenn sein Blick etwa in einem Wald von rosa Weichspüler-Flaschenhälsen und -bäuchen hängen bleibt. Daheim würde er dann einen Pädagogen dazu nötigen, mit dem Inhalt der Flaschen die Badewanne weichzuspülen. Muss ziemlich gut ausschauen und supergeil riechen.
Aber bleiben wir bei der Realität, die ist fein genug. Gekauft wird, was gebraucht wird. Theos Bestreben ist es daher, möglichst viel zu brauchen. Gefällt ihm eine Ware, deutet er dem Lenker, kurz zuzufahren und anzuhalten. (Der Lenker fährt alle paar Zentimeter kurz zu und hält an, eigentlich erschöpft sich ein Billa-Ein-

kauf mit Theo darin, kurz zuzufahren und anzuhalten.)
Ist das Produkt des spontanen Entzückens in Reichweite, nimmt er es und räumt es, scheinbar beiläufig, in den Wagen ein. Er versucht dabei, so ernst wie die anderen Leute auszusehen, wenn sie Sachen einpacken, die sie dringend benötigen, um nur ja keine Diskussion über die Notwendigkeit der Anschaffung vom Zaun zu brechen.
Manchmal studiert er mit gerunzelter Stirn, um die Kauf-Professionalität zu erhöhen, noch rasch Aufbrauchdatum und sonstige Beschriftungen. Dann nickt er zufrieden und wirft die Ware in den Korb. Reine Routine ist der abschließende Blick auf seine Einkaufsliste, auf der das soeben erworbene Produkt, egal, ob es draufsteht, im Geiste abgehakt wird.
Mitunter kann es dennoch vorkommen, dass das von Theo gerade in den Wagen geworfene Gut unter Worten wie »Nein, Theo, die Maggi-Suppenwürfel lassen wir da, auch wenn dir die Kuh auf der Packung noch so gefällt« wieder ins Regal zurückwandert. Aber an guten Tagen muss der Einkaufswagenlenker bei der Kasse noch vier, fünf von Theo untergejubelte Dinge zurückgeben. Dabei entschuldigt er sich seltsamerweise für Theo statt bei Theo. Der hatte ja die Sachen nicht grundlos eingepackt.
Hat sich Theo im Zuge der lustvollen Regalbeschau für den Erwerb eines Produktes entschieden, das sich nicht in seiner Reichweite befindet, so zeigt er einmal

mit allen zur Verfügung stehenden Fingern hin und sagt: »Das da brauch ma noch!« – In solchen Fällen erwacht im Lenker oft der Lehrerinstinkt, und er fragt oberschlau: »Weißt du überhaupt, was das ist und wie das heißt?«
Diese Frage kennt Theo schon aus vielen anderen Situationen, und er antwortet ausnahmslos immer: »Ja!« Doch belehrende Lenker sind lästig und pflegen nachzusetzen: »Na, Theo, wenn du weißt, wie es heißt, dann sag es!« – Theos ebenfalls kampferprobter Konter dazu lautet: »Sag's du!« Das folgende »Zuerst du, zuerst du, zuerst du«-Gefecht gewinnt immer Theo.
»Das ist reiner Gärungsessig«, erklärt der erschöpfte Lenker (im konkreten Fall). »Reiner Gärungsessig brauch ma!«, erwidert Theo leidenschaftlich. »Nein, Theo, den brauchen wir wirklich nicht«, meint der Lenker. »Oh ja, den brauch ma!«, weiß Theo (zappelig und weinerlich). Aber wie soll er es beweisen? Manchmal kramt er seine Einkaufsliste hervor und drückt sie dem Pädagogen bestätigend in die Hand. (Sollte sich reiner Gärungsessig nicht auf der Liste befinden, so wurde er eben vergessen, und das darf jetzt im Kaufhaus nicht noch einmal passieren.)
Wird der Einkaufswagen ohne reinen Gärungsessig zur Kasse gelenkt, was Theos Pädagogen nicht empfohlen werden kann, bleibt dem Hintergangenen nichts anderes übrig, als an die Öffentlichkeit zu gehen. Die gesamte Warteschlange erfährt die Schreckensnachricht jetzt aus seinem Mund: »Reiner Gärungsessig brauch

ma noch!« Eine Welle des Mitleids schlägt Theo entgegen. Schon erklären sich einige Kunden bereit, das so Begehrte zu besorgen. Aber der sture Lenker winkt dankend ab und erzählt den Leuten irgendetwas von Kindern und ihren ausgeprägten Fantasien.

Je deutlicher sich das Ende des Einkaufs abzeichnet, umso säuerlicher werden Theos Essig-Rufe. Sein allerletztes, verzweifeltes, gequältes, gekrächztes »Reiner Gärungsessig brauch ma noch!« lässt es für Außenstehende nahezu unmöglich erscheinen, dass Theo je wieder mit normaler Stimme sprechen und ein gesundes Kleinkind-Dasein fristen wird können, wenn er jetzt nicht auf der Stelle ein paar Tropfen reinen Gärungsessig bekommt. Und der Pädagoge am Einkaufswagen, der ihm offensichtlich die rettende Medizin verwehrt, erntet ganz bestimmt von allen Seiten jede Menge verächtlicher Blicke. – So also wird mit kleinen Kindern im Kaufhaus umgegangen.

Eigene Einkäufe im Einkauf stellen die Aufenthalte an den einzelnen Glasvitrinen dar, wo Kunden extra sagen müssen, was sie wollen, und ein Verkäufer es ihnen dann abschneidet, einpackt und überreicht. Hier hält der Einkaufswagen längere Zeit, sodass Theo Gelegenheit hat, sich mit den Leuten ein bisschen über die Waren zu unterhalten und ihnen vielleicht den einen oder anderen Tipp mit auf den Weg zu geben.

Zuerst muss er sich natürlich selbst einmal umhören. Also fragt er, etwa an einem Ort, der weder optisch noch was die Gerüche betrifft zu den Billa-Highlights zählt: »Was ist das da?« – »Das ist die Käseabteilung«, antwortet der Betreuer am Einkaufswagen. Theo dreht sich zur Einkaufsnachbarin und verrät ihr, mit leicht gerümpfter Nase und hinter dezent vorgehaltener Hand (wie man Geheimnisse eben preisgibt): »Das ist die Käseabteilung.« – Sie bedankt sich.

Nun genießt Theo den Ausblick auf die gesamte Vitrine und fragt, manchmal von links nach rechts, manchmal auch durcheinander: »Was ist das?« – »Das ist Käse«, antwortet der Pädagoge beim ersten Mal. Bei den weiteren Malen sagt er: »Das ist auch Käse.« Oder, eleganter: »Auch das ist Käse.« Ist er in rhetorisch glanzvoller Verfassung, schwingt er sich zu einem »Das ist französischer (italienischer, österreichischer) Käse« auf. – Aber das interessiert Theo ohnehin nicht allzu sehr – egal, wo der Käse herkommt, es genügt, dass er da ist.

Theos zweite Standard-Frage, »Was macht das da?«, entfällt, da auch für ihn mit freiem Auge erkennbar ist, dass Käse nicht fähig ist, irgendetwas anderes zu machen, als faul (mitunter sogar schon schimmlig) herumzuliegen und darauf zu warten, gekauft zu werden – weder französischer noch italienischer, noch österreichischer.

Bestellt nun die benachbarte Einkaufswagenführerin »hundert Gramm Dolce Latte«, so beeilt sich Theo hinzuzufügen: »Das ist Käse!« – Wofür sich die Frau wieder recht herzlich bedankt. Zu den »hundert Gramm Emmentaler« erfährt sie: »Das ist auch Käse«. (Oder, eleganter: »Auch das ist Käse«.) – Theo nimmt noch einmal Gratulationen entgegen, ehe der Lenker mit dem Hinweis »Theo, es reicht!« den Wagen in die dem Käse abgewandte Richtung dreht. Theo kann es egal sein. – Erfahren die Leute eben nicht mehr, was sie kaufen.

Die Wurstabteilung lebt von Theos einstudierter Geste des Arm-Entgegenstreckens und Hand-Aufhaltens bei gleichzeitig hungrigem Blick. Theo ist dort kein Unbekannter. Zumindest eine Verkäuferin weiß, dass es sich bei dem »jungen Mann«, wie sie gerne sagt, um jenen Stammkunden handelt, der kommt, um sich sein Extrawurstblatt abzuholen. Leider ist Theo nicht immer scharf auf Extrawurst. Doch er bringt es einfach nicht übers Herz, das Geschenk zurückzuweisen.

Er ahnt natürlich auch, dass man Geschenke nicht weiterschenkt, schon gar nicht im Geschäft. Aber die Verkäuferin hat das ohnehin nie mitbekommen, wenn er sein Extrawurstblatt dem nächstbesten Kunden formlos in die Hand gedrückt hat. (Manchmal hatte er es vorher schon in den Mund genommen und wie eine Briefmarke angefeuchtet, dann klatschte es so richtig.) Begleitpädagogen sehen so etwas seltsamerweise immer – und kurioserweise nie gern. Bald wurde Theo in rüdem Ton mit einem scharf formulierten Extrawurstblatt-Aushändigungsverbot auf Lebenszeit behaftet.

Beim darauffolgenden Mal schleuderte er sein Extrawurstblatt (nicht aus Trotz, ganz ehrlich nicht!) wie eine Frisbee-Scheibe ins Einkaufswageninnere. – Auch das passte ihnen nicht. Mittlerweile steckt er das Geschenk eben wieder in den Mund. Entweder kaut und schluckt er es – oder … aber das fällt ihnen dann ohnehin bald auf.

Wir bitten nun zur Kasse. Schade um die vielen kleinen Zwischenstationen und Einkaufsnischen im Erlebnispark Supermarkt, auf die wir hier aus Platzgründen verzichten müssen. Wenn Theo einmal größer ist und sein Kauffieber anhält, wird er bestimmt einen kompletten Billa-Einkaufsführer auf den Markt werfen, in dem alle noch offenen Fragen zur Sprache kommen werden. Zum Beispiel: Wieso darf man bei den zahlreich versammelten Coca-Cola-Flaschen die Drehverschlüsse nicht öffnen? (Wieso darf man nicht einmal so tun, als wollte man sie öffnen?) Oder: Wie nimmt man die unterste aus einem Berg von Zitronen, sodass möglichst viele der darauf liegenden Zitronen im Regal bleiben? Oder: Wie verheimlicht man fünf in eine prächtig orangefarbene Liptauer-Schüssel eingetunkte Finger? (Fortgeschrittenen-Edition: Wie verheimlicht man zehn in eine prächtig orangefarbene Liptauer-Schüssel eingetunkte Finger?)

Bei den Kassen laufen alle Fäden zusammen. Das mit den »Fäden«, das sagt man nur so. In Wirklichkeit handelt es sich bei jenen, die zusammenlaufen, um Menschen vieler Art mit Waren aller Art, die sie in ein und derselben hektischen Art seltsam umständlich aus-, um- und einpacken.

Für Theo bietet sich hier stets die beste Gelegenheit, etwas für die Stimmung zu tun. Denn unter uns: Besonders gut aufgelegt sind die Leute hier nicht. Und, auch wenn es unglaublich klingt: Gerade jene, deren Einkaufsfahrzeuge am schönsten gefüllt sind, die sich also am meisten freuen müssten, machen oft den zerstörtesten Eindruck. Wahrscheinlich unterhält sich keiner mit ihnen – aber das ändert sich schlagartig, wenn Theo ihr Nachbar in der Warteschlange ist.
Ein Kassendialog mit Theo spielt sich in etwa folgendermaßen ab. Der Pädagoge am Einkaufswagen ist mit dem Auspacken der Waren beschäftigt, also abgelenkt. Theo kann sich ungestört einer ernsten (und somit aufheiterungsbedürftigen) Dame mit weißem Haar zuwenden und eröffnet mit seinem altbewährten Smalltalk-Leckerbissen: »Wer bist du?« Nehmen wir einmal an, sie antwortet. Und nehmen wir weiters an, sie antwortet: »Ich bin die Tante Maria.« So outet sich Theo traditionsgemäß: »Und ich bin der Theo.« – Habe die Ehre!
Theo: »Was machst du da?« (Man muss es fragen, auch wenn man es weiß.) Maria: »Ich stelle mich an und warte, bis ich an die Reihe komme.« Theo (solidarisch): »Müss ma warten.« Pause. Theo (zeigt auf Marias vollen Einkaufswagen) und fragt: »Was hast du da?« Maria: »Ich habe eingekauft.« – Sie ist also ehrlich. Pause.
Theo: »Tante Maria?« Maria: »Ja, Theo?« (Sofern sie sich den Namen gemerkt hat.) Theo: »Was hast du ein-

gekauft?« Geschätzte 95 Prozent aller einkaufenden Marias greifen in dieser Situation auf ausweichende Allgemeinplätze wie »verschiedene Sachen«, »diverse Dinge« oder »ein paar Lebensmittel« zurück. Theo wertet dies als sympathisch hintergründige Aufforderung zum großen Billa-Waren-Quiz und beginnt in Marias Einkaufswagen von oben nach unten: »Was ist das?« – »Und was ist das?« – »Und was ist das?«
Geschätzte 99 Prozent aller einkaufenden Marias haben aber offenbar ein Problem damit, alle ihre eingekauften Gegenstände beim Namen nennen zu müssen – und warten ungeduldig, bis Theos Pädagoge mit dem Auspacken fertig ist, um dem Spiel ein Ende zu bereiten.
Bleibt Theo noch ein bisschen Zeit, kramt er ein letztes Mal seine Einkaufsliste hervor und führt mit Maria einen abschließenden Routine-Check durch: »Hast du Bananen?« (Fruchtzwerge, Kalbsleberstreichwurst, Mandarinen …) – Beide der möglichen Antworten sind ungünstig. Sagt Maria »Ja«, fragt Theo logischerweise: »Wo?« Hierbei könnte Maria vor den Augen und Ohren der vielen wartenden Kunden als Hochstaplerin entlarvt werden.
Sagt Maria »Nein«, fragt Theo logischerweise: »Warum nicht?« – Und wie erklärt Maria einem kaufwütigen Dreijährigen, warum sie keine Bananen eingepackt hat? Weil sie ihr nicht schmecken?
Wenn Theo seinen missionarischen Tag hat, kann sich Tante Maria dann Mahnungen wie »Bananen sind

aber gesund!« oder »Bananen haben aber viele Vitamine, hat die Mama gesagt!« anhören.
Überlassen wir die bananenlose Tante Maria ihrem Schicksal und wenden wir uns noch einer zweiten Kommunikationsform des im Einkaufswagen an der Billa-Kasse thronenden Theo zu. Sie tritt in Kraft, wenn er mehr an den Menschen interessiert und von den Gütern eher übersättigt ist (etwa weil er sich mit seinem Extrawurstblatt übernommen hat). Sein Bestreben ist es, die Leute, weil sie bei der Ausübung ein und desselben Hobbys nun schon einmal alle so nett beisammenstehen, miteinander bekanntzumachen. (Auch davon sollte der Einkaufspädagoge nichts mitbekommen, er mag solche Gesellschaftsspiele nicht besonders.)
Zum Beispiel: Theo lernt einen Herrn Viktor kennen, dreht sich kurz von ihm weg und fragt eine andere Kundin: »Wer bist du?« Sie sagt: »Ich bin die Anna. Und wer bist du?« – Theo: »Ich bin der Theo.« Kurze Pause, dann beginnt das Spiel: »Und das ist der Herr Viktor!« (Zeigt auf ihn oder zupft an seinem Ärmel.)
Herr Viktor nickt Anna schüchtern zu, bringt aber offenbar kein Wort heraus. Also muss Theo einspringen: »Der Herr Viktor war Billa einkaufen!«, erfährt Anna. »Die Anna war auch Billa einkaufen«, erfährt Herr Viktor. – Beide lächeln einander verlegen zu.
Es funkt offenbar noch immer nicht. Also muss Theo weitermachen. »Was hast du eingekauft?«, fragt er die Kundin. Anna: »Milch, Brot und noch ein paar Sa-

chen.« Theo zu Herrn Viktor: »Die Anna hat Milch, Brot und noch ein paar Sachen eingekauft. Hast du auch Milch, Brot und noch ein paar Sachen eingekauft?« Herr Viktor: »Ich habe viele Getränke eingekauft.«
Theo zu Anna: »Der Herr Viktor hat viele Getränke eingekauft. Hast du auch viele Getränke eingekauft?« Anna: »Nein, ich habe keine Getränke eingekauft.« Theo (mitleidig) zu Anna: »Der Herr Viktor gibt dir welche.« Theo (streng) zu Herrn Viktor: »Du gibst der Anna Getränke. Und die Anna gibt dir Milch, Brot und noch ein paar Sachen.« Oder sie tauschen ihre Einkaufswagen. Oder sie packen gleich alles in einen.
»Theeeeeooooo?« – Das klingt ganz nach einem vorzeitigen Ende des großen Billa-Kontakt-Spieles. Schade. Die beiden hätte Theo noch zusammengebracht.

Theo in Bibione

Den Sommerurlaub verbrachte Theo in Italien. Die Großeltern durften mitfahren (weil sie brav waren). Die Eltern wurden daheim gelassen – nicht weil sie schlimm waren, sondern weil in Theos Wohnwagen nicht Platz für alle war. Ja, richtig, es war ein sogenannter Campingurlaub. »Wohnen mit Lenkrad« statt »Zimmer mit Frühstück«. Für Theo also ein echter Abenteuerurlaub.

Die verwandten Pädagogen hatten diesem Naturereignis schon Monate vorher entgegengefiebert, vor allem jene, die dann gar nicht mitfuhren. »Theo in Bibione« muss für sie so etwas wie »Der erste Mensch auf dem Saturn« bedeutet haben. Dementsprechend früh (vermutlich gleich nach der Geburt) wurde damit begonnen, Theo auf den Campingurlaub vorzubereiten.

Sagen wir es hart, wie es ist: Theo durfte in Italien nicht in die Hose machen. Entweder haben die dort keine Windeln, oder es verträgt sich nicht mit dem maritimen Klima, oder es herrscht ein landesweites Wickelverbot, oder was weiß Theo. Jedenfalls musste er daheim wochenlang auf der Schüssel, die sie liebevoll »Topferl« nennen, trainieren. Da waren sie wieder einmal beinhart, die beiden Oberhäupter. Mit der Schüssel hat sich Theo also lange genug herumgeärgert.

Hier nur in aller Kürze: 1. Sie sieht nicht gut aus. 2. Sie hat kein Lenkrad. 3. Wenn man sich draufsetzt, sitzt man fest und kommt nicht mehr heraus, sodass man Gefahr läuft, sie bis an sein Lebensende mit sich herumzutragen. 4. Es genügt weder neben noch über der Schüssel zu stehen, wenn man muss. 5. Man hat vielmehr eine Körperhaltung einzunehmen, die so unangenehm ist, dass man sie nur ein paar Sekunden durchhält. Wenn es dann so richtig losgeht, muss man leider aufstehen. Auf diese Weise gelangt man zu schlechten Trefferquoten. 6. Wenn man dem Papa die Schüssel mit der Beifügung »fertig« auf den Schreibtisch stellt, gebärdet er sich wie ein Wilder.

Trotz widriger Bedingungen hat Theo den Trainingskurs erfolgreich abgeschlossen und war Anfang Juni 1997 ausgebildeter Topferl-Geher ohne die leiseste Windelentzugserscheinung – und somit bereit, Italien zu erobern.

Eine Sache wäre da noch, bevor wir die Grenze passieren. Die Pädagogen nennen sie »Trennungsschmerz«. Kleine Kinder sind besonders anfällig – Eltern zu haben, die davon betroffen sind. Um mit der Abschiedssituation vor dem Campingurlaub ein bisschen besser zurechtzukommen, begannen Theos Oberhäupter schon früh, sich ihr Problem von der Seele zu reden.

Gut, sie drehten die Sache ein bisschen um. Sie meinten: Theo werde ein bisschen traurig sein, wenn sie dann plötzlich nicht mehr da wären. Aber das sei ganz normal, und drei Wochen seien im Grunde eine sehr kurze Zeit. (Lüge.) Und Italien sei ja gar nicht so weit entfernt. (Lüge.) Und Theo müsse wissen, dass sie in

Gedanken ohnehin immer bei ihm sein werden. (Da hat er was davon!) Außerdem könne man ja telefonieren. (Endlich eine gute Meldung.) Und Theo dürfe nicht glauben, dass sie, die Eltern, beim Abschied nicht ebenfalls traurig sein werden. (Da haben wir es – Trennungsschmerz.) Ja, und weil sie Theo eben so schrecklich liebhaben, werden sie bei der Verabschiedung sicher sehr viel weinen müssen.
Klang ja vielversprechend. Schauen wir uns die Abschiedsszene also näher an. Die Großeltern waren bereits abgefertigt und freuten sich wie kleine Kinder auf die Fahrt mit dem Wohnwagen. Theo wurde von der Mama zum Papa und wieder zur Mama und wieder zum Papa und weitere fünfmal hin und her gereicht. Und was taten die beiden (neben Abküssen) unaufhörlich? Nein, eben nicht, sondern sie lachten. Von Tränen also keine Spur.
»Bist du traurig?«, fragte Theo die Mama mit kritischem Blick. »Nein«, erwiderte die Superpädagogin tapfer. »Überhaupt nicht.« – »Bist du traurig?«, fragte Theo den Papa mit skeptischem Blick. »Nein«, erwiderte der Superpädagoge beherrscht. »Kein bisschen.« Einige Sekunden überlegte Theo, wie er darauf reagieren sollte. Dann weinte er.
»Was ist los, Theo?«, fragte die Mama aufgeregt. Theo unter Tränen: »Der Papa hat überhaupt nicht geweint!« Und zum Papa: »Und die Mama hat auch überhaupt nicht geweint!« – »Oh ja, Theo«, sagte der Papa. »Wir haben heimlich geweint. Wir wollten es dir nur nicht

zeigen, damit wir dir die Laune nicht verderben.« – »Damit du dich nicht kränkst«, vervollständigte die Mama.

Bei solchen Worten mussten einem ja die Tränen kommen. Endlich sahen sie ein, dass sie alles falsch gemacht hatten. Endlich weinten sie. So wurde es doch noch ein schöner Abschied.

Die Grenze ist Theo dann eher passiert. – Ohne dass auch nur irgendetwas passierte. Und das war doch eine kleine Enttäuschung.

Aber so ist das eben oft mit Dingen, die einem vorweg als die große Sensation verkauft werden. Oma und Opa hatten prächtige grüne Reisepässe. Theo hatte man eigens für die Grenze einen Personalausweis ausgestellt. (Theo ist zwar hier nicht das Personal, aber vielleicht sehen das die Italiener anders, nämlich umgekehrt.)

Jedenfalls wusste er, dass er an der Grenze seinen Ausweis herzeigen würde müssen. Tat er es nicht, durfte er nämlich nicht über die Grenze. Aber er wollte unbedingt über die Grenze. Denn anders als über die Grenze gelangte man angeblich gar nicht nach Italien. Und dorthin wollte er erst recht. Denn Italien war ja der Urlaub. Und auf Urlaub wollte er erst recht unbedingt.

»In vier Stunden sind wir an der Grenze«, sagte die Oma bei der Abfahrt in der Josef-Ressel-Straße. Sie war so aufgeregt, dass sie gleich ein Hustenzuckerl in den Mund stecken musste und fast vergessen hätte, Theo eines anzubieten. Theo beschloss, bis zur magischen

Grenze kein Auge zuzutun. Die Oma musste ihm seinen Personalausweis aushändigen, damit er sich schon einmal mit ihm vertraut machen konnte.

»In drei Stunden sind wir an der Grenze«, verkündete der Opa in Niederösterreich. Und seine Hände krampften sich am Lenkrad fest. Theo schaute beim Fenster hinaus. Aber es war noch nichts von der Grenze zu erkennen.

»Nur noch zwei Stunden, und wir sind an der Grenze«, erhöhte die Oma in der Steiermark. Und wischte sich den Schweiß von der Stirn. (Die Klimaanlage war zwar vorhanden, aber ungesund – und blieb abgedreht.) Theo öffnete seinen Personalausweis und zeigte ihn der Oma. – Etwa hundertmal, dann musste sie wegen Halsverrenkungen aufgeben.

»Jetzt dauert es nur noch eine Stunde bis zur Grenze«, versprach der Opa in Kärnten. Das klang eher kraftlos. Vielleicht bekam es der Opa auch schon mit der Angst zu tun, bald seinen Pass herzeigen zu müssen. Theo war hellwach und presste seinen geöffneten Personalausweis gegen die Fensterscheibe. »Verkehrt«, rief die Oma. »Die Zollbeamten müssen ihn sehen können, nicht du.« Aber es war ja noch eine Stunde Zeit, an diesem kleinen Formfehler zu feilen.

Und dann kam die Grenze. »Da vorne ist sie!«, rief die Oma entzückt. »Wo?«, fragte Theo und streckte seinen Personalausweis beim Fenster hinaus. Draußen standen Männer in Uniformen und winkten, aber nicht von oben nach unten, sondern irgendwie komisch zur

Seite. Keiner machte Anstalten, sich für Theos Personalausweis zu interessieren. Der Wagen wurde zwar langsamer, blieb aber nicht stehen. »Personalausweis!«, schrie Theo den Männern verzweifelt nach. Aber da war es schon zu spät.

»Sie wollten unsere Ausweise gar nicht sehen«, sagte der Opa überraschend gefasst. »Na lustig«, erwiderte die Oma (und lachte tatsächlich). »Jetzt dürf ma nicht über die Grenze!«, klagte Theo – offensichtlich der Einzige im Fahrzeug, der über gewisse Grenzen hinausdenken konnte – und war fest entschlossen, nach dem ersten großen Grenz-Schock bitterlich zu weinen.

»Theo, wir sind schon über der Grenze«, behauptete da plötzlich die Oma. »Wo ist die Grenze?«, fragte Theo und sah sich im Auto um. »Da hinten war sie, wir haben sie schon passiert«, erklärte der Opa. Theo drehte sich um, konnte aber nichts erkennen, was nach Grenze aussah oder roch oder sich danach anfühlte.

Die Ereignisse begannen sich nun zu überschlagen. »Wir sind schon in Italien!«, sagte jetzt die Oma. »Wo ist Italien?«, fragte Theo und sah sich, schon ein wenig verbittert, um. »Da ist Italien, das alles ist Italien«, erwiderte der Opa. »Was alles?« – Theo zappelte ungeduldig. Er forderte dringend Daten, Zahlen und Fakten.

Der Reihe nach versuchte man ihm nun Folgendes als Italien zu verkaufen: die Luft. (Haha!) Den Boden. (War ganz normal.) Die Landschaft. (»Was ist eine Land-taft?«) Die Bäume. (Aufs Blatt genau so wie in Österreich.) Die Felder. (Für diese Felder fährt kein

normaler Mensch nach Italien.) Die Autos. (Lüge. – Das Auto vor ihnen war auch schon in Österreich vor ihnen. Die Oma musste gestehen, dass es ein deutsches Kennzeichen hatte, und der Opa fügte hinzu, dass es sich um ein französisches Modell handelte. Das Auto war also wirklich alles andere als italienisch.)
»Wo ist Italien?«, fragte Theo abschließend scharf und laut und fünfzehnmal. »Das alles ist Italien«, war der Großeltern letzte Weisheit zu diesem Thema. »Das alles« war Theo um vieles zu wenig. Von da an war Italien für ihn gestrichen. Und er freute sich schon auf Pippi-Ohne oder wie es hieß. Das musste einfach mehr hergeben. Denn dort sollte ja erst der eigentliche Urlaub beginnen.
»Da sind wir«, sagte die Oma. Das Camp hieß Capalonga. Der Opa brauchte ein Bier. »Trink Wasser, das ist gesünder!«, meinte Theo – und hielt die Hand auf. (Schätzungsweise zweitausend Lire von der Oma für jede dieser einstudierten Wortmeldungen.)
Sie standen erschöpft, aber doch glücklich am Ziel ihrer Reise und starrten in das germanische Schildermeer einer typisch adriatischen Wohnmobil-Landschaft. »Das ist unser Campingplatz«, verkündete die Oma feierlich. »Hier werden wir drei Wochen bleiben«, sprach der Opa und stieß den Spaten in den Boden. Und seine Augen waren feucht. (Pollenallergie.)
Theo stellten sich mehrere wichtige Fragen gleichzeitig. Erstens: Wo ist Pippi-Ohne? Zweitens: Wie lange sind drei Wochen? Drittens, und für diese Frage ent-

schied er sich letztendlich, weil sie an die Substanz der Grundbedürfnisse eines zivilisierten Mitteleuropäers ging: »Werden wir da wohnen?« – »Ja, Theo«, sagte die Oma. »Da ist unser Campingplatz, da bleiben wir.« Er hatte sich also nicht verhört.

Nun, aus heutiger Sicht kann gesagt werden: Der Campingurlaub war, nicht zuletzt dank der herausragenden Leistungen der Großeltern auf dem Gebiet der frühkindlichen Animation, eine feine Angelegenheit. Aber er hätte genauso gut im hauseigenen Garten in der Josef-Ressel-Straße stattfinden können, sieht man von einigen wenigen markanten Unterschieden ab. Diese gilt es im Folgenden herauszuarbeiten: Was haben die in Pippi-Ohne, was Theo in Wien-Penzing nicht hatte. Und (vor allem) umgekehrt.

Beginnen wir mit Italien, um dieses leidige Thema dann endgültig abzuschließen. Das Land selbst verhielt sich bis zuletzt unauffällig. Italiener gab es dort keine. »Alles Deutsche«, meinte der Opa. Theo zerkugelte sich und forderte: »Sag's noch einmal!« – Der Opa tat, wie ihm geheißen: »Alles Deutsche.« – »Noch einmal, noch einmal.« – »Alles Deutsche.« ... Das Spiel musste am frühen Nachmittag abgebrochen werden. – Die Deutschen schauten schon böse und begannen sich in kleinen Gruppen zu formieren.

Wo waren wir stehengeblieben? Ach ja, bei Italien. – Die Großeltern bildeten sich zweimal ein, Theo die italienische Sprache beibringen zu müssen (wenn es schon keine Italiener gab, mit denen man sie sprechen konnte). »Weißt du, was ›Guten Tag‹ auf Italienisch heißt?«, fragte die Oma. »Ja«, sagte Theo. »Na, was heißt es?«, fragte die Oma. – Theo: »Sag's du!« Oma: »Buongiorno.« Theo lachte. Oma: »Theo, was heißt ›Guten Tag‹ auf Italienisch?« Theo: »Sag's du!« Oma: »Buongiorno. Und jetzt du!« Theo: »Nein, sag's du!« Oma: »Buongiorno, buongiorno, buongiorno …«

Gleicher Ort, andere Zeit: »Weißt du, was ›Auf Wiedersehen‹ auf Italienisch heißt?«, fragte der Opa. »Ja«, sagte Theo. »Na, was heißt es?«, fragte der Opa. – Theo: »Sag's du!« Opa: »Arrivederci.«

Unglaublich! Theo war begeistert. Opa: »Theo, was heißt ›Auf Wiedersehen‹ auf Italienisch?« Theo: »Sag's du!« Opa: »Arrivederci. Und jetzt du!« Theo: »Nein, sag's du!« Opa: »Arrivederci, arrivederci, arrivederci …« Und aus dem Wohnwagen drang die unverkennbare Gesangsstimme der Oma: »Arrivederci Roma, da ram da rada rada!« – Theo kam sich erstmals vor wie in Italien.

Wir schreiten zum nächsten und vielleicht markantesten Unterschied zwischen Pippi-Ohne und Wien-Penzing: dem Meer. Theo sah es schon von weitem und fragte: »Ist das unser Twimmbecken?« – Die Großeltern gaben ausweichende bis ausufernde Antworten.

Neu war jedenfalls, dass es plötzlich erlaubt, wenn auch nicht möglich war, über den Beckenrand (den man gar nicht sah) hinauszuspritzen. Und dass auch wildfremde Menschen hineindurften, ohne den Opa zu fragen. »Alles Deutsche«, sagte dieser nur.

Eine gute Idee waren die sogenannten Wellen. Sie kamen immer aus derselben Richtung und warfen Theo regelmäßig um, was mächtigen Spaß machte. Noch um einiges lustiger war es, wenn die Wellen Opa umhauten. Oma hauten sie komischerweise nicht um, das war aber auch irgendwie lustig.

»Wenn die Wellen kommen, musst du den Mund zumachen«, empfahl die Oma Theo vor dessen Weltmeeres-Premiere. Gleich danach fragte sie: »Hast du den Mund zugemacht?« Theo schüttelte mit vollen Backen den Kopf. »Aber ich spuck's jetzt aus«, sagte er gleichzeitig mit der angekündigten Tätigkeit.

Vor dem Meer lag jede Menge Sand. Theo verliebte sich in ihn und beschloss, ihn mit nach Hause zu nehmen. Sand war viel praktischer als Gras. Man konnte damit Kuchen backen und denselbigen zertreten, wenn er nicht gut war. Und man konnte die Kuchenbrösel dem Opa fünfmal und der Oma »das erste und das letzte Mal« über den Rücken rieseln lassen.

Außerdem lebten im Sand interessantere Tiere als Käfer und Ameisen. Das heißt: Die Tiere lebten in den seltensten Fällen, nur noch ihre aufklappbaren Wohnhäuser waren vorhanden, oft in desolatem Zustand. »Was ist das?«, fragte Theo und nahm so ein Ding in die Hand. »Das ist eine Muschel«, sagte der Opa. »Was macht die da, die Mutel?«, fragte Theo. »Gar nichts mehr, die ist schon tot, die ist ausgetrocknet«, erwiderte der Opa.

»Tot« klang Theo in Anbetracht dieser friedlich harten

Schale, die sich so gut anfühlte, eindeutig zu brutal. »Ausgetrocknet« konnte nur ein Blödsinn sein, denn gleich daneben befand sich ja das Riesenschwimmbecken mit den Wellen. Das wäre so, als stünde Theo vor dreißig Kalbsleberstreichwurstbroten und fünfzig gelben Fruchtzwergen und würde dabei verhungern. Also baute er dem Opa noch eine goldene Brücke: »Ist die Mutel kaputt?« – »Ja, so kann man das auch sagen«, sprach der Großvater. »Die Muschel ist gewissermaßen kaputt.« – »Müss ma reparieren«, meinte Theo. – Und das war nicht bloß so dahingesagt: Die Muschel-Reparaturwerkstätte sollte zu einem der ehrgeizigsten Urlaubsprojekte Theos werden. Oma und Opa hatten bald alle Hände voll zu tun – alle Hände voll Muteln.

Im Sand lernte Theo neben Muscheln auch noch Jacqueline kennen. Sie war fünf und aus Deutschland. Opa sollte ihr zu Ehren und Theo zuliebe fünfmal »alles Deutsche« sagen. Aber er weigerte sich. – Das war ein bisschen unhöflich, fand Theo.

Die Begrüßung war herzlich. »Ich heiße Jacqueline«, sagte das Mädchen, machte einen Knicks und reichte Theo die Hand. Theo machte gar nichts und sagte gar nichts, denn sein Mund war offen und blieb auch so. Und seine Hände verschwanden hinter dem Rücken. »Sag ›Hallo Jacqueline‹!«, schlug die Oma vor. Theo schwieg. Das Mädchen wartete, die Oma gab nicht auf: »Sag ›Hallo Jacqueline, ich bin der Theo‹«, drängte sie. – »Sag's du!«, erwiderte Theo.

Nach dem netten Vorstellungsgespräch war die Zeit

reif zum Kuchenbacken. Jetzt kam Jacquelines wahrer Charakter zum Vorschein. »Theo, du holst mir Wasser!«, rief sie und zeigte mit dem Finger zum Meer. Theo gehorchte. (Immer noch besser, fünfzig Liter Wasser holen, als einmal »T-aklin« sagen zu müssen, dachte er.)

»Theo, noch mehr Wasser, und ein bisschen schneller!«, befahl das Mädchen. In diesem Ton ging es weiter. Nach dem fünften Transport machte Theo plötzlich Schwierigkeiten. »Jetzt hol' ich dir aber kein Wasser mehr«, sagte er und ließ die volle Gießkanne in den Kuchen plumpsen. Damit waren Spiel und Freundschaft beendet. Und Theo konnte nachträglich froh sein, Jacqueline nicht beim Namen genannt zu haben.

Den Hafen wollten die Großeltern Theo ursprünglich nur einmal zeigen. Doch es kam anders: Sie mussten Theo den Hafen täglich zweimal zeigen. Denn ohne Hafen am Abend konnte Theo nicht mehr einschlafen. Und ohne Hafen am Morgen wollte er nicht mehr aufstehen.

Somit sind wir beim gewichtigsten Unterschied zwischen Pippi-Ohne und Wien-Penzing angelangt. Dem Zweiten fehlte eindeutig der Hafen. Theo versprach sich zwar, nicht ohne Hafen nach Hause zu fahren. Aber wenn sie einmal »Du kleiner Scherzbold!« sagten, standen die Chancen erfahrungsgemäß schlecht.

Das Besondere am Hafen waren weder »Schau, die vielen Boote« noch »Schau, die vielen großen Boote«, noch »Schau, die vielen kleinen Boote«. Sondern ein bestimmtes Boot – das gelbe Boot. Theo sah es von weitem, sah es aus mittlerer Entfernung, sah es aus der Nähe, stand davor – und wusste, dass es für ihn bestimmt war. Die Großeltern bemerkten es nicht gleich. Sie sollten erst langsam auf die richtige Spur gelenkt werden.

»Was ist das?«, fragte Theo und zeigte irgendwohin. »Das ist ein Boot«, antwortete der Opa. »Und was ist das?«, fragte Theo und zeigte irgendwohin. »Das ist auch ein Boot.« Oder, eleganter: »Auch das ist ein Boot.« Und das? – Auch ein Boot! Und so weiter. Fünfzigmal.

Zweiter Durchgang: »Was macht das da?« – Ach Gott, was machen Boote im Hafen? Da konnten sich die Pädagogen wieder einmal so richtig austoben: »Sie schwimmen im Wasser«, »sie ruhen sich aus«, »sie warten auf ihre Besitzer«, »sie warten, bis sie wieder benützt werden«, »sie warten, bis sie auslaufen.« Theo: »Wo laufen sie hin?« – Okay, dann warten sie eben nicht, bis sie auslaufen.

Als die Konzentration der Großeltern nachließ, die Oma bereits mit dem Rücken zum Hafen stand und auch der Opa Tendenzen zeigte, sich vom Hafen zu verabschieden, fragte Theo: »Und was ist das?« (Es lag unmittelbar vor ihm.) – »Das ist auch ein Boot«, antwortete der Opa. »Ein gelbes Boot«, ergänzte Theo. »Ja, das ist ein besonders schönes Boot«, meinte die Oma, die eingesehen hatte, dass die Zeit noch nicht reif war, nach Hause zu gehen.

»Was hat das da?«, fragte Theo. Er wusste es bereits, er konnte es nur noch nicht fassen. »Das ist ein Lenkrad«, sagte der Opa. »Ein Lenkrad?«, fragte Theo in den höchsten Tönen der Entzückung. »Ja, ein Lenkrad, damit kann man das Boot steuern«, sprach der Großvater. »Ist das Boot ein Auto?«, fragte Theo.
Jetzt war er schon ganz nahe dran. So etwas Ähnliches, erklärte man ihm. »Es fährt aber nicht auf der Straße, sondern es reitet auf den Wellen.« – »Ist das Boot ein Pferd?«, fragte Theo. – Sie hatten es wieder einmal geschafft, ihn zu verwirren.
Genug der taktischen Herumrederei. Am besten, man probierte es einfach aus. Das gelbe Boot schrie förmlich danach, von Theo gelenkt zu werden. Er ging in die Hocke und kroch im Rückwärtsgang den Hafensteg entlang zum Meer.
»Was machst du da?«, fragte die Oma. »Einsteigen«, sagte Theo. »Theo, du kannst nicht einfach in ein fremdes Boot einsteigen«, meinte der Opa. »Oh ja!«, sagte Theo und kroch weiter.
»Theo, das Boot gehört anderen Leuten, es ist nicht unser Boot«, behauptete die Oma. »Oh ja!«, sagte Theo. (Zumindest sein Boot war es, ob es auch das der Großeltern war, blieb dahingestellt.) »Theo, das Boot gehört nicht uns«, wiederholte der Opa. »Oh ja«, sagte Theo schon einigermaßen entnervt. »Der Papa kauft's!«
Die Szene am Bootssteg eskalierte. Je länger sich die Großeltern weigerten, Theo in sein gelbes Boot zu heben, umso greller und höher wurden die gequälten

»Der Papa kauft's«-Schreie, bis sich der Klang von dem einer Hafensirene nicht mehr unterschied.
Um öffentlichen Aufruhr zu vermeiden, stieg der Opa schließlich unter Omas Rückendeckung ins gelbe Boot, hob Theo hinein, setzte ihn hinters Lenkrad und ließ ihn gestoppte dreißig Sekunden (zumindest im Geiste) die Weltmeere durchkreuzen. Nach einem der schärfsten »So, und jetzt ist Schluss!« seit Theos Geburt überlegte dieser, ob er noch eine zweite »Der Papa kauft's«-Serie anstarten sollte. Doch er verzichtete darauf und ließ sich widerstandslos aus seinem schwimmenden Pferde-Auto heben. Der Urlaub hatte ja gerade erst begonnen. Und das gelbe Boot ging wohl so schnell nicht unter.
Einen Großteil des Urlaubs verbrachte Theo am Campingplatz. Genauer: im Vorzelt des familieneigenen Wohnwagens. Genauer: in seinem auf dem Teppich des Vorzelts eingeparkten Theo-Volvo.
Im Urlaub sollte der Theo-Volvo sich auch von den heimischen Strapazen im Schatten erholen und ein bisschen ausspannen dürfen, so wie die Oma und der Opa das immer von sich behaupteten, wenn sie gerade nicht mit Theo spielen wollten. Wesentlicher Unterschied, der wieder einmal beweist, dass Autos heutzutage wie Menschen zweiter oder dritter Klasse behandelt werden: Nivea-Sonnencreme durfte Theo dafür kein zweites Mal verwenden, obwohl der Volvo nach der ersten Einreibung wirklich schön geglänzt hatte, mindestens so schön wie die Oma.

Wenn Theo im Cockpit des dösenden Boliden Gefahr lief, sich zu langweilen (da der Anblick der Nivea-Sonnencreme-behafteten, liegenden, lesenden und schlafenden Großeltern auch nicht gerade als anmutig zu bezeichnen war), besann er sich seines Theo-Volvo-Lenkrades, ließ zuerst einmal sachte seine Hände darübergleiten, erhöhte dann nach und nach das Tempo seiner kreis-, spiralen- oder ellipsenförmigen Bewegungen, schloss die Augen, um sich besser zu konzentrieren, und steigerte sich schließlich in tranceähnliche Lenk-Räusche, in denen er im Schnitt hundert Serpentinen pro Sekunde zurückzulegte, ehe er sich erschöpft, aber zufrieden zurücklehnte, bis ihm beim Anblick der kopfschüttelnden Großeltern wieder langweilig wurde. Dann wiederholte er die Lenk-Rausch-Übung. Auch so vergingen die Stunden. Und in den Pausen gab es entweder etwas zu essen. Oder Opa musste »alles Deutsche« sagen.

Am siebten Tage gingen sie nach Pippi-Ohne. Die Nivea-Creme war ausgegangen (Oma warf Theo einen ernsten Blick zu), und einige Lebensmittel fehlten. Als Theo davon erfuhr, entkamen ihm exakt zwei Jubelschreie. Der erste (euphorische) lautete: »Müss ma einkaufen.« Der zweite (ekstatische) hieß: »Gemma Billa einkaufen!«

Gleich darauf die Ernüchterung: »Theo, in Bibione gibt es keinen Billa«, meinte der Opa. Und die Oma nickte. (Theo setzte daraufhin seinen bittersten »Wenn-es-da-keinen-Billa-gibt-dann-fahren-wir-wieder-heim-

Blick« auf.) Wissen Sie, wie die Kaufhäuser dort hießen? – Gonad und Momoli – allen Ernstes! Lieber wollte sich Theo die Zunge abschneiden lassen, als auch nur ein einziges Mal »Gemma Momoli einkaufen!« zu sagen.
Etwa so wie die bibionischen Billas hießen, waren sie auch. Theo fand weder Fruchtzwerge noch Mandarinen, noch Streichwürste. Dafür gab es etwa hundert verschiedene Arten von Nudeln. Und was Theo schon die längste Zeit aufgefallen war: Jeder zweite Mensch und praktisch jedes Kind hielt ein Ding in der Hand und schlürfte daran, bis es verschwunden war. Und dann schleckten sie sich die Finger ab. »Das ist Gelati«, sagte Opa. »Telati?«, fragte Theo mäßig begeistert.
Zur Erklärung: Theo hasst Eis. Besser gesagt: Er hatte es noch nie vorher probiert. Es war ihm einfach zu kalt, und er konnte sich nicht vorstellen, was daran gut sein sollte. Er stufte die Eiseskälte sogar als bedrohlich ein. Aber bitte, weil die Großeltern schon gar so bettelten, probierte Theo eben einmal so ein »Telati«, das man ihm unter dem Vorwand, es sei Schokolade, unter die Nase rieb. – »Theo, bist du verrückt, doch nicht den ganzen Gupf auf einmal!«, schrie die Oma. – Hätte sie die Güte, solche Meldungen das nächste Mal vielleicht ein bisschen früher loszulassen!
Ausspucken ging nur noch zur Hälfte. Der Rest des kalten Breis arbeitete sich bereits die Gurgel hinunter. Theo stand minutenlang steif (vermutlich bereits eingefroren) da und versuchte in sich hineinzufühlen.

Dann fragte er mit frostiger Stimme: »Oma, was hab ich jetzt im Bauch?«
In Bibione gab es aber auch etwas, für das sich Theo sofort erwärmen konnte. Es war rot und hatte ein Lenkrad. Erraten: ein Ferrari. Man musste hinaufsteigen und konnte sich hineinsetzen. Theo hätte ihn auf der Stelle gegen seinen Theo-Volvo eingetauscht. Doch man konnte das Ding nicht wegbewegen. »Der ist einbetoniert«, meinte der Opa. Komisch sind sie schon, die Italiener – befestigen ihre Fahrzeuge auf dem Boden, statt mit ihnen zu fahren. Die Großeltern wollten wieder einmal besonders schlau sein und sagten: »Theo, das ist ein Automaten-Auto, da muss man eine Münze einwerfen, und dann fährt es.« – Und während sie dies sagten, warfen sie die Münze auch schon ein. (Wenn Pädagogen zu wissen vorgeben, wie etwas zu funktionieren hat, sind sie nicht zu bremsen.) Der Leidtragende war Theo. Denn plötzlich fing der Ferrari wild zu galoppieren an. Bevor er sich auch noch auf die Hinterreifen stellte und zu wiehern begann, ließ sich Theo plärrend aus dem Sattel heben.
Strafweise musste der Opa mit ihm eine halbe Stunde Motorrad fahren. Das Motorrad wäre beinahe nur ein normales Fahrrad gewesen. Zum Glück beherrschte Opa das Motorengeräusch; zugegeben, er brummte nicht gerade wie eine schwere Maschine, eher wie ein unter PS-Armut leidender Motorroller, doch für Italien genügte es.
Nach zehn Minuten wollte er allerdings bereits zu

brummen aufhören. Er sagte, in die Pedale zu treten und sich gleichzeitig die Seele aus dem Leibe zu brüllen, sei ein bisschen zu viel von ihm verlangt. Aber Theo setzte sich diesmal durch. Am Campingplatz fehlte dem Opa dann die Stimme, um »alles Deutsche« zu sagen. »Jetzt brauch' ich ein Bier« waren seine letzten Worte. »Trink Wasser, das ist gesünder«, sagte Theo. Und streckte der Oma die Hand entgegen.

Schließlich endete der Urlaub. Telefonisch. Am letzten Tag rief Theo auf Omas Empfehlung bei seinen Eltern an, um sich zurückzumelden. Das war die ideale Gelegenheit, die wichtigsten Ereignisse zusammenzufassen und die Gegenstände und Fahrzeuge beim Namen zu nennen, die aus Italien abgeholt und in die Josef-Ressel-Straße gebracht werden mussten. Wir versuchen nun das Ferngespräch ungekürzt und halbwegs wortgetreu wiederzugeben.

Der Papa: »Hallo?« – Rauschen. »Hallo?« – Rauschen. »Hallo, wer spricht?« – Niemand spricht, aber jemand schnauft. »Theo, bist das du?« – Rauschen. »Theeeeeooooooo!« – Theo (so laut, wie man in Italien schreien muss, um in Österreich gehört zu werden): »Na hallo, hallo, hallo!« – Theo musste Oma vorübergehend den Hörer überreichen, Papas Jubelkundgebungen waren unerträglich.

Papa (als er sich wieder unter Kontrolle hatte): »Theo, mein Schatz, wo bist du?« – Theo: »Bei der Post.« (Klang nach zwölftem Dienstjahr am selben Schalter.)

Papa (stürmisch): »Geht's dir gut? Ist alles in Ordnung? War der Urlaub schön? Gefällt dir Italien? Gefällt dir Bibione? Hast du viel erlebt? Warst du im Meer schwimmen? Hast du Sandburgen gebaut? ...« Theo: »Am Hafen gibt es ein gelbes Boot, das hat ein Lenkrad.« – Papa (mit geheucheltem Interesse): »Ehrlich? Ein gelbes Boot mit Lenkrad gibt es am Hafen? Und das gefällt dir so gut?« – Theo (trocken): »Ja!« Kurze Pause. Theo: »Es gehört mir.«

Papa (lacht): »Ach so, das gelbe Boot gehört also schon dir? Wer hat es dir denn gekauft?« – Theo: »Der Papa.« Die Oma reißt Theo den Hörer aus der Hand und glaubt dem Papa dringend etwas erklären zu müssen. Es fallen unschöne Begriffe wie »war stur«, »hat gebrüllt«, »war unnachgiebig«, »war ihm nicht auszureden«, »haben schon nicht mehr gewusst, was wir tun sollen« und »haben ihn gelassen«.

Theo erobert sich den Hörer zurück und sagt: »Das gelbe Boot gehört mir, der Papa hat's gekauft.« Papa: »Theo, wenn du wieder daheim bist, kriegst du ein großes gelbes Spielzeugboot, mit dem kannst du den ganzen Tag im Schwimmbecken herumfahren.« Die Leitung ist unterbrochen. Theo hat aufgehängt.

Eine Minute später meldet sich noch einmal die Großmutter und klärt einige Formalitäten. (Möglicherweise geht es um die Frage, wie das gelbe Boot am besten nach Österreich transportiert werden könnte.) Danach erkämpft sich Theo noch ein letztes Mal auf italienischem Boden den Telefonhörer.

Theo: »Papa?« Papa: »Ja, Theo, mein Schatz, willst du

mir noch etwas erzählen?« – Theo: »Papa?« Papa: »Ja, Theo, was gibt's denn noch?« Theo: »Papa?« Papa: »Komm, Theo, sag schon!« – Pause. Theo: »Alles Deut-te.«

Theo und die Kinder

Wir können nicht länger so tun, als gäbe es sie nicht. Theo versucht es zwar immer wieder, aber da spielen sie leider nicht mit. Im Gegenteil: Sie legen es darauf an, unentwegt zu beweisen, wie sehr es sie gibt. Sie haben das Talent, sich (auf Theos Kosten) in den Vordergrund zu spielen. Sie sind aufdringlich, unverschämt, laut und gemein. – Kinder! Musste das sein? War das wirklich notwendig? Gibt es nicht genügend Autos, Tiere, Dinge und andere Menschen auf dieser Welt? Und wenn schon unbedingt »Kind«: Gibt es nicht ohnehin Theo? Reicht das nicht? Wie idyllisch leer stünden die Spielplätze. In welch blendendem Zustand befänden sich Schaukeln, Rutschen und Kletterbäume. Wie herrlich frisch (und nie mehr wieder süßlichgelb) wäre das Wasser in den Kinderschwimmbecken. Wie reich wäre Theos Welt an intaktem, unverbrauchtem, speichellosem Spielzeug.

Schluss mit pädagogischer Betulichkeit, bemühter Nachsicht und vorgetäuschter Toleranz. Wir sind bei Theos Frage mit dem härtesten Kern angelangt: Wozu, bitte wozu sind kleine Kinder da? Wozu sind sie gut? Was haben sie, was Theo nicht hat? – Die richtige Antwort: nichts. Sie haben aber offenbar auch sehr wenig von dem, das Theo hat. Sonst würden sie nicht permanent versuchen, ihm die Dinge streitig zu machen oder überhaupt gleich wegzunehmen.

Nein, tut uns leid, er mag sie nicht. Theo mag keine kleinen Kinder. Und er mag sie wirklich nicht, und er bekennt sich dazu. – Er wird sich schon an sie gewöhnen, meinen die Pädagogen in ihrem Hang, immer alles zu beschönigen. Aber Theo will sich gar nicht an Kinder gewöhnen. Wozu? Was soll er mit ihnen anfangen? Was kriegt er von ihnen? Welchen Sinn hat es, sich anzupassen? Am Ende wird er noch genau so sein wie sie.

Wir werden in der Folge ein paar Typen von Kleinkindern kennenlernen, die Theo irgendwo im Freien untergekommen sind. Sie können dann für sich selbst entscheiden, ob da auch nur irgendeiner dabei war, auf den man nicht (zugunsten Theos) verzichten hätte können.

Bleiben wir zuvor aber noch kurz bei den Eltern. So billig sollen sie hier nicht davonkommen. Denn, bei aller würdigen Anerkennung ihrer Bemühungen auf Gebieten wie Ausrüstung, Verpflegung und Die-Welt-Erklären – was die Idee angeht, Kinder untereinander bekanntzumachen, spielen sie mitunter ein übles Spiel. Sie gefallen sich in der Rolle von Animateuren und Einfädlern, von Dolmetschern und Zwangsbeglückern.

Ihr Motiv ist unedel. Sie selbst wollen sich freispielen, wollen in Ruhe gelassen werden, wollen sich schonen. Sie haben Kinder in die Welt gesetzt – das ging noch leicht. Und jetzt, da sie erkannt haben, dass diese Kinder untrennbar mit Arbeit verbunden sind, wollen sie

sich diese unter dem Deckmantel der »sozialen Erziehung« wieder vom Halse schaffen.
Dabei sind sie permanent auf der Suche nach jemandem, der ihnen die Last der Beschäftigung mit ihren Kindern abnimmt. Da kommen ihnen Leute wie Theo natürlich wie gerufen. Sie sehen ihn – und setzen ihre Kinder auf ihn an. Sie hetzen sie förmlich auf ihn. Theo bleibt nur noch die Flucht. Doch sie gelingt nicht immer. Denn diese Mütter und (zunehmend mehr) Väter verfügen über ein ausgeklügeltes System von Redewendungen, mit denen sie Theo einzufangen und für ihre Kinder nutzbar und gefügig zu machen verstehen.
Schon von der Weite jubeln sie ihren Sprösslingen in den süßlichsten Tönen zu: »Schau, wer da kommt!« (Richtigerweise müsste es heißen: Schau, wer sich da umdreht und wegläuft!) Dann folgt der verhängnisvolle Hinweis: »Das ist auch ein Bub!« Oder (noch schlimmer): »Das ist ein Bub!« Oder (wertend): »Schau, da drüben ist ein lieber blonder Bub!«
Danach der Anfang vom dicken Ende: »Willst du nicht hingehen?« Die ewig infame Unterstellung: »Der Bub freut sich sicher!« Programmeröffnung: »Tut's schön miteinander spielen!« Erster Programmpunkt: »Zeig ihm deinen schönen Ball.« Oder, unverfroren: »Schau, der Bub hat einen schönen Ball.« Beunruhigende Andeutung eines open ends: »Wenn du Hunger hast – die Mama ist da drüben und liest ein bisschen.«
Mitunter wehren sich die anderen Kinder sogar ver-

bissen. Sie wollen gar nicht zu Theo. (Wahrscheinlich schaut er zu grimmig.) Doch die Eltern lassen sich diese Chance nicht mehr entgehen. Sie nehmen den Sprössling an der Hand, zerren ihn zu Theo, machen die beiden gegen ihren Willen miteinander bekannt.
Und dann wird so lange auf sie eingeredet und verkuppelt, bis ihnen gar nichts anderes mehr übrigbleibt, als miteinander zu spielen. Dann ziehen sie sich still und heimlich zurück, überlassen die Kleinen ihrem gemeinsamen Schicksal und diskutieren mit ihresgleichen, wie faszinierend es ist, Kinder großzuziehen.
Wenden wir uns nun also diesen faszinierend großgezogenen kleinen Kindern zu. Schauen wir uns an, was da auf offener Straße alles herum- und Theo in die Arme läuft, wenn der Tag lang ist – zu lang jedenfalls, um die Quälgeister ins Bett zu stecken, wo sie eigentlich hingehörten und wohl auch am besten aufgehoben wären, würde Theo meinen. Leider wird er diesbezüglich nicht um seine Meinung gebeten.
Typ eins: die Heulsusen. (Gibt es, seit Buben weich erzogen werden, vermehrt auch in männlicher Ausführung.) Sie verlieren den Mut, noch ehe sie wissen, wofür sie ihn gebrauchen hätten können. Sie gehen nie absichtlich auf Theo zu. (Sie würden absichtlich nicht einmal den leisesten Schritt in Richtung Theo setzen.) Sie stehen vielmehr aufgrund eines (unglücklichen) Zufalls plötzlich regungslos vor ihm, haben den Mund geöffnet, vergessen zu atmen und warten, bis etwas geschieht.

Es geschieht nichts (wodurch sie in Atemnot geraten). Denn Theo schlägt sie nun mit ihren eigenen Waffen. Auch er bewegt sich nicht, auch er hat den Mund geöffnet, auch er wartet, bis etwas geschieht. Der Unterschied: Er atmet dabei – zwar stockend und nicht sehr tief, aber er hat in jedem Fall den längeren Atem.
Die Konfrontation endet mit dem Geheule der jeweiligen Heulsuse – ein Triumph, der Theo zu billig ist, um gefeiert zu werden. Rasch ist eine Pädagogenhand zur Stelle und räumt die Memme zur Seite. Theo kann somit wieder zur Tagesordnung übergehen. Ein bisschen wundern muss er sich allerdings schon.
Typ zwei: die Quatschbasen. Auch sie sind Theo unabsichtlich unter die Augen geraten und dabei bedrohlich nahe gerückt. Auch sie haben panische Angst vor der Begegnung, treten aber die Flucht nach vorne an – und beginnen belanglose, zumeist unverständliche Laute von sich zu geben, die bestenfalls die Qualität von Worthülsen erreichen. Das klingt dann etwa so: »Da ha bi ma ro la die Oma hat g'sagt da is ein groooooooßer Huwawa hat sie g'sagt der Bub da so groooooß ha bi ma ro la Huwa …«
Theo hört sich das Gestammel eine Weile an, verfinstert dann den Blick und sagt: »Genug.« Manche Quatschbasen mutieren daraufhin zu Heulsusen und treten plärrend und »Mama« (Papa, Oma …) rufend ab. Manche quasseln ungehemmt weiter. Theo kontert mit dichter und schärfer werdenden »Genug«-Serien. Nützen auch diese nichts, dann beginnt er dezent zu

schluchzen. Natürlich nicht, weil er eine Heulsuse ist; eher aus Mitleid, dass sich ganz kleine Kinder schon derart gehen lassen können.

Typ drei: die Greifgeier. Noch sind wir bei den schüchternen, also harmloseren Gemütern. Aber langsam beginnt es Theo körperlich unangenehm zu werden. Denn da laufen Kinder in seiner Welt herum, die ihre Fremdenängste auf physische Art zu überspielen geneigt sind. – Sie grapschen. Und nicht irgendwohin! – Sie grapschen in Theos Gesicht herum, testen, ob die Nase tatsächlich eine Nase ist, prüfen, ob die Ohren auch gut sitzen oder vielleicht nur angeklebt sind, fingern an seinen Lippen herum und nehmen mit den Zeigefingern Anlauf auf die Augen.

Spätestens da grapscht Theo zurück – zugegeben, es ist mehr Klatschen als Grapschen. Aber die Greifgeier müssen offenbar erst seine fünf Finger im Gesicht spüren, ehe sie wissen, dass Theo echt ist. – Und dass er echt nicht daran interessiert ist, diese auf Körperkontakt aufgebaute Bekanntschaft länger als ein paar Sekunden zu pflegen.

Typ vier: die Gierhälse. Schreckliche Kinder! (Immer bereits mit einem Fuß im Kriminal.) Sie sehen in Theo ein Warenlager, das es zu plündern gilt. Sie zerren an seiner Jacke, um sie ihm vom Leibe zu reißen. Sie tasten seine Hosentaschen nach brauchbaren Gegenständen ab. Sie öffnen seine Fäuste auf der Suche nach Spielzeug oder Keksen.

Gegen Gierhälse ist Theo machtlos. Er lässt sich von

ihnen ohne Gegenwehr ausrauben. Die Empörung über den dreisten Übergriff raubt ihm die Kraft für rechtzeitige Hilfeschreie. Wenn Theos Alarmgeheule endlich losstartet, fehlt vom Täter zumeist schon jede Spur.

Allerdings versteht es Theo im Anschluss an den Beutezug stets blendend, in die Opferrolle hineinzuwachsen. So kommen die Pädagogen nicht umhin, ihm den materiellen Schaden umgehend zu ersetzen und auf diese Weise die tiefen seelischen Wunden zu lindern. Wurde ihm zum Beispiel ein Keks gestohlen, kriegt er als Entschädigung zwei neue Packungen. (Wenn er älter ist, wird er sich Gierhälse anheuern und vortäuschen, überfallen worden zu sein.)

Typ fünf: die Sturmläufer. – Nicht unbedingt die hellsten Köpfe. Sie sehen Theo von weitem und werden von ihren Pädagogen in oben ausgeführter Weise auf ihn angesetzt. Sie nehmen Anlauf, erreichen Theo, vergessen in der Aufregung zu bremsen, werfen Theo um, stolpern dabei selbst. Beide liegen am Boden, beide plärren. – Jetzt fragen wir Sie: Wozu gibt es solche Kinder?

Typ sechs: die Abfangjäger. – Sturmläufer kommen auch noch in bösartigerer Form vor. Es sind Kinder, die es nicht vertragen, wenn andere Kinder (zum Beispiel Theo) neben ihnen stehen. Sie fühlen sich wohler, wenn diese neben ihnen liegen. Also hauen sie andere Kinder (zum Beispiel Theo) um. Danach lachen sie, als wäre ihnen ein guter Scherz gelungen. Die liegenden Kinder dagegen (zum Beispiel Theo) weinen oft bitterlich. Meistens stürmt dann ein ähnlich bösartiger Pädagoge auf seinen kleinen Abfangjäger zu und gibt ihm eine Ohrfeige, offenbar, damit auch dieser weint. – Doch Theo weiß beim besten Willen nicht, wozu das alles gut sein soll.

Typ sieben: die Dreckschleudern. Diese Kinder sind weniger bösartig als ekelerregend, was für Theo noch um einiges schlimmer ist. (Denn für Theo beginnt Verunreinigung bereits dort, wo ein Pizzateig mit zarten Brauntönen aus dem Holzkohlengrill geholt wird. – Den entsprechenden Teller schiebt er mit der Bemerkung »tmutzig« angewidert zur Seite.)

Dreckschleudern nützen die Gelegenheit einer Begegnung mit Theo dazu, den Grind, der sich an ihren Händen und in ihren Gesichtern angereichert hat, umzuverteilen, um wieder Platz für neue Schmutzpartikel zu schaffen. Deshalb sind diese Kinder gleichermaßen fröhlich wie anschmiegsam.

Theos einziges Mittel der Verteidigung ist die Flucht. Gelingt sie nicht, schlittert er in tiefe Depressionen, aus denen ihn nur ein sofortiger Billa-Besuch oder irgendein Ding mit Lenkrad reißen kann.

Keiner kann aber behaupten, dass sich Theo keine Mühe mit kleinen Kindern geben würde. Er hat sich sogar schon mehrmals zu den letztklassigen aller in Wien vorkommenden Kisten herabgelassen – zu denen des Sandes. Es handelt sich dabei um abgegriffenes Secondhandpulver, das ungefähr das Gegenteil von jenem Strandsand darstellt, dem Theo in Bibione begegnet ist und den er mit nach Hause nehmen wollte. Der Wiener Kistensand ist kalt, dunkel, mehlig, modrig – und es gibt darin vielleicht Fliegen oder anderes Ungeziefer, aber sicher keine einzige Mutel. Dafür ist dort der Kindertyp »Dreckschleuder« würdig vertreten.

Theo hat sich Sandkisten nur seinen Betreuern zuliebe angesehen. Die zieht es – ausgerüstet mit Schaufeln und Eimern – magnetisch zu den schmutzigen Vierecken, in denen sich auch »Der Ben, der tut dir nix« und ähnliche Gestalten herumtreiben. Was die Erwachsenen daran finden und warum sie den stubenreinen Theo darin unbedingt Kuchen backen lassen wollen? – Wahrscheinlich sind es nostalgische Gefühle aus ihrer eigenen Kindheit. Damals waren die Zeiten eben schlechter, behaupten sie bei jeder sich bietenden unpassenden Gelegenheit. Vermutlich waren die damaligen Zeiten auch dreckiger.

Schon ohne Kinder sind Sandkisten unter Theos Grenzwerten der Verträglichkeit. Pro Kind nimmt seine persönliche Umweltbelastung dann aber rapide bis dramatisch zu. Um das gleich einmal klarzustellen: Theo befand sich natürlich noch nie innerhalb einer derartigen Sandkiste. Er stand höchstens einige Male am Rand einer solchen und verfolgte von außerhalb das Geschehen. Manchmal zu lang: Da schlug das Geschehen zurück und verfolgte Theo.

Wir wollen hier eine dieser sommerlichen Kistenszenen einfangen. Und beginnen mit den einführenden Worten des pädagogischen Sandplatzspezialisten: »Theo, schau, da drüben ist eine ganz tolle Sandkiste.« – Theo wirft einen halbschrägen Blick hinüber, dreht sich zum Schaufelträger und sagt: »Genug.«

Der Betreuer setzt nun auf Theos Einsicht und Mitgefühl: »Theo, bitte, spiel doch ein bisschen im Sand, der Onkel ist müde, der will sich eine Viertelstunde ausruhen!« – Soll er doch in der Nacht schlafen, wenn Theo schläft; jetzt wird Autoreparaturwerkstätte gespielt, sagt sich Theo und drückt dem Pädagogen, um das zu bekräftigen, einen blauen Ford Cabrio in die Hand.

Wir überspringen einige Dialogpassagen, in denen sich der Betreuer mit unterwürfigen Gesten und Bitten bis zur Peinlichkeit erniedrigte, und steigen dort ein, wo es ihm letztendlich doch gelungen ist, Theo an den Sandkistenrand zu hieven und sich selbst auf eine schattige Parkbank zurückzuziehen.

Theo weiß zwar nicht genau, was er dort soll. Aber es stört ihn nicht, einfach nur dazustehen und auf das vor ihm liegende Kuchen-Geschirr aufzupassen, besser gesagt, darauf achtzugeben, dass Schaufel und Gießkanne weiterhin frei von jedem Körnchen Sand bleiben.

Sie werden verstehen, dass das keine Tätigkeit ist, mit der man Stunden verbringt. Also sucht und findet Theo recht bald seinen Pädagogen – und unterbricht dessen kümmerlichen Schlafversuch mit den Worten,

nein, mit dem Wort: »Genug.« – Und sein harter Tonfall beinhaltet diesmal etwas beinahe Endgültiges.
Doch das Schicksal scheint dem Müden gnädig zu sein. Denn im Hintergrund hat eine Mutter mit zwei – ach Gott, es sind wirklich welche! – mit zwei Kindern die Sandkiste erreicht und ist stolz, ihnen mitteilen zu dürfen: »Schaut, da ist ein Bub! Geht ruhig zu ihm hin. Der Bub freut sich sicher. Tut's schön miteinander im Sand spielen! (Die Mama ist müde, die will sich eine Viertelstunde ausruhen …)«
Es kommt, wie es kommen musste. Es kommen die Kinder, nehmen Theo an der Hand, führen ihn zur Sandkiste, springen hinein, wühlen darin, machen sich »tmutzig« und warten, bis Theo nachkommt, um es ihnen gleichzutun. – Da können sie lange warten.
»Komm herein!«, fordert das Mädchen. »Ich bin der Theo«, erwidert derselbe, um Zeit zu gewinnen. »Und ich bin die Katja«, behauptet das Kind, setzt aber sofort nach: »Und jetzt komm endlich herein!« – »Und ich bin der Theo«, sagt Theo. (Vielleicht halten sie ihn für schwachsinnig und geben auf.)
»Theo, wir backen jetzt einen Kuchen«, meint der Bub. Ludig heißt er, oder so ähnlich. »Müss ma Kuchen backen«, erwidert Theo. (Nur jetzt keinen unnötigen Widerspruch.) »Komm her!«, ruft diesmal der Ludig und macht Anstalten, Theo vom Sandkistenrand ins Innere zu zerren. – »Müss ma Wasser holen!«, erwidert Theo und ergreift die Flucht. Katja fängt ihn ein und bringt ihn wieder zurück.

Ludig öffnet indes eine Plastikflasche, schüttet den Inhalt in einen Behälter, füllt Sand hinein und beginnt zu kneten – da haben wir den Schlamassel! »Theo, gib deine Gießkanne her!«, befiehlt Katja. Die hat sie also auch schon entdeckt. Theo ergreift sie hastig, versteckt sie hinter seinem Rücken und sagt: »Die ist kaputt!« – »Macht nichts«, meint der Bub. »Wir können sie trotzdem verwenden.«
»Müss ma reparieren«, entgegnet Theo. Das war überzeugend. Doch dazu fällt ihnen nichts Besseres ein, als ihm das Ding aus der Hand zu reißen und es mit ekelig klebrigem Sand zu füllen. Theo denkt nicht daran, (jetzt schon) zu weinen. Wenn sie die Gießkanne tatsächlich kaputtmachen oder nicht mehr zurückgeben, kauft ihm der Papa bestimmt drei neue.
Außerdem ist hiermit beschlossene Sache, dass sich Theo nie wieder einer Sandkiste auch nur nähern wird. Denn zu den Orten des Verbrechens kehren immer nur die Täter zurück – niemals die Opfer.
Doch langsam hebt sich Theos Laune: Unter den beiden Kindern in der Sandkiste ist ein offener Konflikt darüber ausgebrochen, wer aus dem Matsch den ersten Kuchen zaubern darf. Da man sich nicht einigen kann, bewirft man sich mit Kuchenstücken und steckt einander die Köpfe in den Sand. – Theo fühlt sich erstmals gut unterhalten.
Da dabei auch recht viel geschrien wird, erwacht die Mutter, schreitet energisch auf die Kiste zu und fragt: »Was ist jetzt schon wieder los?« – Die beiden Kinder

sind noch zu sehr mit Brüllen und Raufen beschäftigt. Also assistiert Theo – und berichtet in gespielter Aufgeregtheit direkt vom Schauplatz: »Ich bin der Theo. Und der Ludig hat der Katja meine Gießkanne weggenommen. Und dann hat sie die Katja dem Ludig weggenommen. Und dann haben sich die Katja und der Ludig tmutzig gemacht. Und dann hat die Katja geweint. Und dann ist die Mutter gekommen.« – Aber das müsste sie ohnehin selbst bemerkt haben.
Durch die Schrille des Theo-Reports ist auch der müde Betreuer wieder hellwach geworden und mahnt zum Aufbruch. Theo überlegt noch kurz, ob er seine inzwischen wieder frei zugängliche Gießkanne mitnehmen soll. Aber dazu müsste er in die Sandkiste steigen. – Lieber drei neue.

Theo im Gespräch

Theo gibt uns ein Interview. Es kommt noch besser: Er gibt uns mehrere Interviews. Er gibt uns wöchentliche, tägliche und (wenn wir schön bitten) sogar stündliche Interviews. Er gibt Interviews, so viele wir wollen. Und wann wir wollen. Und wo wir wollen. Und so lange wir wollen.

Und wenn wir »uns« sagen, so meinen wir »uns alle«. Tragen lässt sich Theo nicht von jedem Dahergelaufenen. Aber interviewen darf ihn die gesamte Menschheit, wenn sie nichts Besseres zu tun hat – und wenn ihr die Fragen dabei nicht ausgehen.

Wer weiß, wie mühsam etwa Journalisten zu Interviews gelangen, wie dankbar sie sind, wenn man ihnen welche gibt, wie hochgradig gleichgültig es ihnen dann schon ist, wer der Interviewpartner ist und was er zu sagen hat, dass sie sogar die Antwort »Das ist eine sehr interessante Frage« als erschöpfend gelten lassen, nur aus Dankbarkeit, die Person interviewt haben zu dürfen, wer dies alles weiß, der kann Theo gar nicht hoch genug anrechnen, wie wenig er sich ziert, wie allzeit bereit er uns Rede und Antwort steht.

»Theo, machen wir ein Interview?«, fragt der als Reporter tätig gewordene x-beliebige Pädagoge. »Mach ma Interview«, erwidert Theo. Manchmal geht gar von ihm selbst die Initiative aus. Dann sagt er: »Müss ma Interview machen!« Wahrscheinlich kann er mit ein paar wichtigen neuen (oder auch alten, aber bisher unterverkauften) Informationen aufwarten.

Theos unkompliziertes Verhalten im Gespräch, seine Unbekümmertheit in der von vielen Persönlichkeiten so gefürchteten Interviewsituation, hat natürlich Gründe. Für ihn ist ein Interview eben etwas völlig anderes als beispielsweise für einen Politiker. Wir wollen die wesentlichen Unterschiede hier kurz festhalten.

1. Theo hat keine Geheimnisse, und wenn, dann verrät er sie uns gern.

2. Er muss nichts schönfärben, denn es ist ohnehin alles schön, was er sagt, sonst würde er nicht darüber reden.

3. Er hat keine Angst, falsch interpretiert zu werden. Er kann eigentlich gar nicht falsch interpretiert werden. Sollen sie doch seine Antwort auslegen, wie sie wollen.

4. Es gibt keine Frage, die Theo nicht beantworten könnte oder wollte. Es gibt allerdings auch keine Frage, die er zweimal gleich beantworten würde. Das wäre ja langweilig. (Umgekehrt beantwortet er verschiedene Fragen gerne gleich, siehe Punkt 7.)

5. Theo liebt Fangfragen. Es macht Spaß, wenn sich der Fragende in seinen Antworten verfängt.

6. Interviews strengen Theo überhaupt nicht an. Er kann daneben gleichzeitig »Autofriedhof« spielen, von einem unterbeschäftigt aussehenden Pädagogen eine Einkaufsliste anfertigen lassen und dabei ein Leberstreichwurstbrot verzehren.

7. Theo mag Antworten, die gut ankommen. (Erste

Übereinstimmung mit dem Politiker.) Er mag sie allerdings manchmal so sehr, dass er nicht mehr davon wegkommt, egal, was man ihn in weiterer Folge fragt. Geschätzte achtzig Prozent der Interviews enden mit der Resignation des Interviewers, der auf zehn verschiedene Fragen ein und dieselbe Antwort erhalten hat. Wobei schon deshalb kein Ende solcher Serien abzusehen ist, weil sich Theo bei der Wiederholung seiner lustigen Antworten in zunehmendem Maße vergnügt.

8. Theo antwortet ehrlich (fast) immer, aber nicht immer ehrlich. (Zweite Übereinstimmung.) Ein Interview ist für ihn ein heiteres Frage-Antwort-Spiel mit auffallend großem Engagement des interviewenden Pädagogen und sympathisch großer Konzentration auf seine Person. Doch niemand kann Theo dazu nötigen, bei der Wahrheit zu bleiben oder überhaupt in deren Nähe zu gelangen.

9. Für Theo ist es recht und billig, auf jede Frage eine Antwort zu geben (oder sich zumindest eine Antwort zu denken). Da sich der Interviewer seine Fragen selbst aussuchen darf, pocht Theo bei den Antworten auf das gleiche Recht. Wie gut eine Antwort zur Frage passt, ist Theos persönlichem Geschmack überlassen. So geht das Spiel. Wer damit Probleme hat, der soll sich gefälligst einen anderen Interviewpartner suchen.

Im November 1996, einen Monat nach seinem zweiten Geburtstag, gab Theo ein erstes, vielbeachtetes Interview. Hier der vollständige Wortlaut:

Was bedeutet für dich Glück?

THEO: »Viel Glück.« (Kann auch Spiel-Glück geheißen haben.) »Und Gesundheit.« (Von der Mama eingesagt.)

Welche drei Dinge würdest du auf die Insel mitnehmen?

THEO (nachdem er sich die Frage fünfmal wiederholen hat lassen): »Auto.« (Also offenbar drei Autos.)

Welche Persönlichkeit der Geschichte schätzt du besonders?

THEO: »Onkel Dani.« (Vom Interviewer eingesagt.)

Was ist dein Lieblingsbuch?

Theo geht zum Bücherregal, holt »Das große bunte Volks- und Kinderliederbuch« und knallt es dem Interviewer wortlos auf den Tisch.

Was ist dein Lieblingsauto?

THEO (kramt in der Spielzeugkiste, zieht blind einen blauen Ford Escort hervor): »Papa-Auto.«

Was ist dein Lieblingstier?

THEO: »Kuckuck.«

Was ist dein Lieblingsgetränk?

THEO: »Weichselsaft.« (Stimmt zwar nicht, kam aber recht spontan.)

Was würdest du ändern, dürftest du einen Tag regieren?

Über diese Frage kann Theo sich nur wundern. Regiert er nicht jeden Tag?

Wohin gehst du am liebsten einkaufen?

THEO: »Billa einkaufen.«

Was wünschst du dir vom Christkind?
THEO: »Billa einkaufen.«
Wirklich?
Theo zerkugelt sich vor Lachen. Möglicherweise hat er das Interview nicht ganz ernst genommen.

Im Mai 1997, also ein halbes Jahr später, stellten wir Theo die gleichen Fragen noch einmal. So war es zumindest geplant. Hier die vier vorzeitig abgebrochenen Versuche und ein beinahe vollständiges Gespräch.

1. Der fragwürdige Versuch

Theo, was bedeutet für dich Glück?
THEO (klopft dem neben ihm sitzenden Papa auf den Oberschenkel): »Was bedeutet für mich Glück?«
PAPA: »Theo, du sollst antworten, nicht ich.«
THEO (zum Autor): »Der Papa weiß es nicht.«
Theo, welche drei Dinge würdest du auf die Insel mitnehmen?
THEO (rüttelt an Papas Bein): »Welche drei Dinge würde ich auf die Insel mitnehmen?«
PAPA: »Theo, nicht nachplappern, sondern antworten!«
THEO (zum Autor): »Der Papa weiß es nicht.«
Theo, welche Persönlichkeit der Geschichte schätzt du besonders?
THEO (drückt dem Papa den Ellbogen in die Hüfte):

»Welche Söhnlichkeit der Ge-tichte tätze ich besonders?«
PAPA: »Ist es mein Interview oder dein Interview?«
THEO (zum Autor): »Ist es das Interview vom Papa oder vom Theo?«
Theo, ich glaube, heute ist nicht dein Tag.
THEO: »Müss ma Interview machen!«

2. Der verschwiegene Versuch

Theo, was bedeutet für dich Glück?
Theo überlegt.
Theo, komm schon, was bedeutet für dich Glück?
Theo schmunzelt.
Theo, bitte, sag – was bedeutet für dich Glück? Das ist doch nicht so schwer.
Theo lacht.
Theeeooo, uuu-uuu, was bedeutet für dich Glüüühüüück?
Theo windet sich vor Lachen.
Komm schon, Theo, bitte, du weißt sicher ganz genau, was Glück für dich bedeutet. Sag es uns, sag es uns, sag es uns. Bitte, bitte, bitte!
Theo wirft sich auf den Boden und brüllt vor Lachen.
Okay, dann lassen wir es.
THEO (stürmisch): »Noch einmal!«

3. Der übertragene Versuch

Theo, was bedeutet für dich Glück?
THEO: »Sag's du.«
Theo, welche drei Dinge würdest du auf die Insel mitnehmen?
THEO: »Sag's du.«
Theo, welche Persönlichkeit der Geschichte schätzt du besonders?
THEO: »Sag's du.«
Hast du vielleicht auch noch eine andere Antwort auf Lager?
THEO: »Ja.«
Welche?
THEO: »Sag's du.«

4. Der kurze Versuch

Theo, was bedeutet für dich Glück?
THEO: »Genug.«

5. Das beinahe perfekte Interview

Ausgangssituation: Im Hintergrund lauert die Mama mit gezücktem Baby-Shampoo. Theo soll geduscht werden und vernimmt den dazugehörigen sadistischen Kommentar: »Komm, Theo, es ist so weit!« Er fühlt sich zwar wie üblich nicht angesprochen, aber die Mama verschärft den Ton – wie üblich. Die letzte Hoffnung ist jener verbissene Pädagoge mit Zettel und Bleistift, der sein ehrgeiziges Interviewprojekt vorantreiben will und wieder einmal beginnt, Theo Fragen zu stellen. – Offenbar endlich zum richtigen Zeitpunkt. Theo flüchtet ins Gespräch.

Theo, was bedeutet für dich Glück?
THEO: »Ich muss nicht Haare watten, hat die Mama g'sagt.« (Er meint wohl: nie mehr Haarewaschen.)
Theo, welche drei Dinge würdest du auf die Insel mitnehmen?
THEO: »Drei Inseln.« (Auf welche er dann neun Dinge mitnehmen könnte. Gar nicht so dumm.)
Theo, welche Persönlichkeit der Geschichte schätzt du besonders?
THEO: »Gutenachtgetichte.«
Okay, welche Persönlichkeit der Gutenachtgeschichte schätzt du besonders?
THEO: »Hacky und Dicky.« (Die befreundeten Zahnbakterien.)
Was ist dein Lieblingsbuch?
THEO: »Theo-Buch.«
Was ist dein Lieblingsauto?
THEO (lacht): »Na hallo, hallo, hallo!« (Heißt in diesem Fall: blöde Frage, der rote Ferrari natürlich.)
Was ist dein Lieblingstier?
THEO: »Ich muss nicht Haare watten, hat die Mama

g'sagt.« (Vielleicht wäre es die Nacktschnecke gewesen.)

Was ist dein Lieblingsgetränk?

MAMA: »Theo, komm jetzt, waschen gehen!«

THEO (zappelnd): »Apfelsaft und Orantensaft und Weichselsaft und Birnensaft und Orantensaft und Erdbeersaft und Orantensaft und Orantensaft und Apfelsaft und Weichselsaft …«

MAMA: »Theo, Schluss mit der Zeitschinderei!«

THEO: »Und Apfelsaft und Orantensaft und Mandarinensaft und Mandarinensaft und Mandarinensaft und Mandarinensaft …«

(Zur Mama:) Darf er noch drei Fragen beantworten?

THEO (krampft sich mit beiden Händen an der Tischplatte fest): »Müss ma Interview machen!«

MAMA: »Ausnahmsweise.«

Theo, was würdest du ändern, dürftest du einen Tag regieren?

THEO: »Tage ändern.« (Wahrscheinlich würde er Tage, an denen er nicht regieren darf, gegen ganz normale austauschen.)

Theo, wohin gehst du am liebsten einkaufen?

THEO: »Na hallo, hallo, hallo!« (Langsam müsste es ja schon bekannt sein.)

Hat zwar noch ein bisschen Zeit, aber was wünschst du dir vom Christkind?

THEO: »Ich muss nicht Haare watten, hat die Mama g'sagt.«

Wir danken für das Gespräch.

MAMA: »Theo, komm jetzt.«
THEO (weinerlich): »Müss ma Interview machen!«
GENUG.

Er fragt sich durch

Theo ist drei –
und liebt das Bahnhofsmilieu

Normalerweise stellt Theo die Fragen. Von seinen Antworten darf man deshalb nicht zu viel erwarten. Fragte man ihn vor wenigen Wochen: »Wie geht es dir?«, antwortete er: »Sag's du!«

Inzwischen hat er umgelernt. Fragt man ihn heute nach seinem Befinden, erwidert er: »Frag mich!« Klingt zwar wie vom pathetischen »Frag mich nicht!« der Erwachsenen abgeleitet, hat aber andere Bedeutungen. Etwa: Alle fragen mich das Gleiche, warum nicht auch du? Oder: Die Frage ist so blöd, dass man sie gar nicht oft genug gestellt bekommen kann. Oder: Ich gebe dir noch eine Chance, dir etwas Klügeres einfallen zu lassen. – Die Tatsache, dass Theo derzeit alle paar Minuten »Frag mich!« antwortet, zeugt von einer gewissen Unzufriedenheit mit dem Niveau der an ihn gerichteten Fragen.

Theo geht es übrigens gut. Tagsüber redet er. In der Nacht erholt er sich davon. Er wiegt jetzt 13,80 Kilo und wäre etwa 95 Zentimeter groß, würde er sich abmessen lassen. Seine Schuhgröße beträgt 25. (Wenn Sie ihm eine Freude machen wollen, kaufen Sie ihm 26er, die kann er im Januar auch noch tragen.)

Müssen wir Theo vorstellen? »Frag mich!«, würde er antworten. Oder: »Müss ma vorstellen!« – Aber nur, weil er »Müss ma« so gerne sagt. Tatsächlich kann er sich schwer vorstellen, dass ihn irgendwer noch nicht kennt. Sein Glück, Pech oder Schicksal: Er wurde gleichzeitig mit der Idee geboren, man könnte ihn vom Fleck weg porträtieren. Und unter uns: Es ist ihm völlig egal. Er würde uns seine jährliche Story für jeden drei Zentimeter kleinen, erbsengrünen Plastik-Opel-Kadett, Baujahr 1972, verkaufen, bei dem sich nicht einmal die Türen öffnen lassen. Er hat noch keine Ahnung, was seine Geschichten wert sind. Und das nützen wir beinhart aus. Er lässt sich vorerst noch widerstandslos mit Fruchtzwergen abspeisen.

Fernmündlich ist Theo derzeit unbezwingbar. Seine zweitgrößte Stärke ist die Lautstärke. Seine größte das Unterbrechen von soeben hergestellten Verbindungen, respektive das Beenden von Gesprächen mittendrin (mittels Weglegen des Hörers auf oder neben die Gabel). Manchmal mit dem Hinweis: »Ich hab' jetzt keine Zeit, ich muss spielen.« – Sollte selbst dafür die Zeit zu knapp sein, dann eben unangekündigt. Die merken das schon, wenn sich minutenlang keiner mehr meldet.

Als Auskunftsperson hat sich Theo bereits einen Namen gemacht. Jüngst wollte ein anonymer Anrufer die Eltern sprechen. Er erfuhr: »Der Papa liegt in der Badewanne, und die Mama ist auf der Baumgartner Höhe.« – Damit waren die Familienverhältnisse ausreichend beschrieben, Theo konnte also beruhigt auflegen. Der Fremde hat sich nie wieder gemeldet. (Theos Mutter

ist übrigens Ärztin an der psychiatrischen Station des Krankenhauses auf der Baumgartner Höhe. Und sein Vater hat die Badewanne bereits verlassen.)
Anrufer, die Theo beim Spielen unterbrechen zu können glauben, irren. »Hallo?«, fragte eine weibliche Stimme am Telefon. »Na hallo, hallo, hallo«, erwiderte Theo. »Wer ist denn da?«, fragte die Frau. »Hier ist der Westbahnhof«, erwiderte Theo selbstsicher. – Da die Frau nicht darauf einstieg, musste er deutlicher werden. »Vorsicht! Zurücktreten!«, schrie er. »Der Zug fährt auf Bahnsteig zwei ein!« – Noch ein paar charakteristische Geräusche, dann war die Verbindung unterbrochen. (Der Zug war angekommen, Theo, der Gepäckträger, wurde im Spielzimmer dringend benötigt.)
Der Wiener Westbahnhof hat es ihm angetan. Stellt man ausreichend Personal für ihn ab, kann er dort Tage verbringen. Er liebt zwar auch den Billa, nach wie vor, doch sein Verhältnis zu Kaufhäusern ist insgesamt kühler und sachlicher geworden. Die drei kategorischen Imperative aus Theos Billa-Philosophie des ablaufenden Jahres. – Erstens: »Alles, was ma haben, brauch ma nicht!« Zweitens: »Aber alles, was ma nicht haben, brauch ma schon!« Drittens: »Und alles was ma brauchen, müss ma kaufen!« Oft vergehen Minuten bis zur jeweiligen Pointe. Zum Beispiel: »Leberstreichwurstbrote brauch ma!«
Einkaufen – das ist was fürs Auge und für den Magen. Bahnhof – mehr was fürs Gemüt. Theo fühlt sich vom

Milieu angezogen. Er mag die Konzentration strenger Gerüche in den Hallen und Warteräumen. Ihn fasziniert die Lethargie der vermummten, in sich versunkenen Gestalten auf den Bänken und die Armut ihrer Tätigkeiten. Zu solchen Leuten hat er blindes Vertrauen, auf sie steuert er geradewegs zu.

»Was macht der Mann da?«, fragte er unlängst seinen Bahnhofsbegleiter. »Psssst, Theo!« – Theo (lauter): »Was macht der Mann da?« – »Der trinkt. Komm, wir gehen!« – Theo (stellt sich daneben hin): »Was trinkt der Mann da?« – »Ich weiß es nicht. Komm, wir gehen.« – Theo (lauter): »Was trinkt der Mann da?« – »Inländer-Rum! Komm, wir gehen.«

Theo: »Warum trinkt der Mann Inländer-Rum?« – »Weil er Durst hat. Komm, wir gehen.« – Theo (schnuppert): »Nach was riecht der Mann?« – »Nach Inländer-Rum. Komm, wir gehen.«

Zu spät. Der Mann hat Theo bemerkt und winkt ihn zu sich. (Bildete sich Theo zumindest ein.) »Hast du Durst?«, fragt er, sozusagen an der Quelle. Der Mann lacht. »Wo sind deine Zähne?«, will Theo bei der Gelegenheit wissen. Der Mann verstärkt sein Gelächter. Der Begleiter wird ungemütlich: »Theo, komm, wir gehen, und zwar sofort!« – »Deine Hose ist schmutzig«, fährt Theo fort. Hat voll eingeschlagen, der Mann windet sich vor Lachen. Der Begleiter wird immer unfreundlicher und zerrt Theo am Arm. »Müss ma Hose putzen!«, kann Theo noch anbringen. Dann wird er gewaltsam abgeschleppt.

Die echten Eisenbahnen interessieren Theo nur halb so sehr. Sagt sein Begleiter: »Schau Theo, da kommt ein Zug«, erwidert Theo gemeinhin »Genug!« und flüchtet in die Vorhalle. Ankommende Züge werden mit der Zeit einfach zu groß und zu laut und zeigen keine Anstalten, sich rechtzeitig einzubremsen.

Abfahrende Züge mag Theo lieber. Sie wecken in ihm Triumphgefühle, als hätte er selbst sie in die Flucht geschlagen. Um den Sieg auszukosten, fragt er: »Was macht der Zug da?« – »Der fährt ab«, heißt es dann zumeist. »Müss ma winken«, meint Theo abschätzig.

Analog zu den Zügen sind Theo abreisende Fahrgäste um vieles sympathischer als ankommende, die breitgefächert in großen Gruppen hastig auf ihn zuschreiten. Viel mehr schätzt Theo die stille Melancholie von Abschiedsszenen. »Was macht die Frau da?«, fragte er jüngst seinen pädagogischen Bahnhofsbegleiter. »Die weint.« – »Warum?« – »Weil sie traurig ist.« – »Warum ist sie traurig?« – »Weil ihr Freund fortfährt.« – »Warum fährt ihr Freund fort?« – »Theo, das weiß ich nicht.« (Wenn Theo etwas nicht verträgt, dann unbefriedigende Antworten.) »Warum fährt ihr Freund fort?« – »Theo, glaub mir, ich weiß es wirklich nicht.« – »Warum fährt ihr Freund fort?« – »Okay, Theo, er fährt aufs Land, er besucht dort seine Mutter.« (Pause, Theo grübelt.)

»Warum fährt die Frau nicht mit?« – »Theo, ich weiß es nicht, ich kenne diese Leute nicht!« – »Warum fährt die Frau nicht mit?« – »Theo, büüütte!« – »Warum fährt die Frau nicht mit?« – »Sie kann nicht, sie muss ihre Goldfische füttern.« (Er hat es nicht anders gewollt.)

»Wenn beide fortfahren, muss keiner weinen.« – »Richtig, Theo.« – »Oder beide bleiben da.« – »Richtig, Theo.« – »Oder die Frau fährt weg, und der Mann bleibt da.« – »Richtig, Theo.« – »Dann weint aber der Mann.« – »Möglicherweise, Theo.« – »Warum eigentlich?« (Gestatten Sie, dass wir uns an dieser Stelle ausblenden und den Bahnhof verlassen.)

Wie Theo seine freien Tage sonst noch verbringt? Mit »Würfeln«, »Memory« und »Schwarzer Peter« bei der Uroma. (Sie darf anfangen, er muss gewinnen.) Ferner beliebt: »Lustig essen« mit Opa. Theos Mund ist die Garage, Theos Magen der Parkplatz. Das Wurstbrot dient als Personenkraftfahrzeug und fährt langsam ein. Bei diesem Vorgang muss Opa (am Steuer) lautstark brummen. Hat Theo keine Lust auf Wurstbrot, brummt der Opa bis zu einer Stunde.

Im Unterhaltungssektor ist Theo rege tätig. Zum Beispiel kann er stündlich mit Vorführungen des im Türkei-Urlaub im Spätsommer trainierten Hotel-Tanzes von »Paradise-Sea-Beach« in Side aufwarten. Der Tanz lebt davon, dass Theo etwas vormacht, und alle machen es nach. (Versuchen Sie das einmal den Leuten an der Kasse bei Billa klarzumachen.)

Daheim singt er gern. So gern, dass er es nicht mehr für sich (und seine Umgebung) behalten konnte. Ende November lud man ihn endlich zu Probeaufnahmen fürs Radio ins Ö3-Studio ein. Dort gab er ein Lied von Wolfgang Ambros in seiner wochenlang minutiös bearbeiteten Theo-Fassung: »Am Freidog auf'd Nocht montier i die Schi auf mei Auto, und donn begib i mi ins Stubaitoi oder noch Zöll am See …« Bis zum Refrain kam er mühelos. Am Höhepunkt blieb er vor Begeisterung leider stecken: »Weu i wü Skiiiiiiii foahn, foahn, foahn, foahn, foahn, foahn, foahn …« Er merkte es erst, als man ihm das Mikrofon wegnahm.

Seine zweite hitverdächtige Nummer stammt aus dem Kindergarten. Es ist eine Art Dancefloor für Minimalisten, man braucht dazu aber mindestens beide Hände. Der Text lautet: »Wo ist der Daumen? Da ist sie. Da ist er. Guten Tag, wie geht es? Danke, bin zufrieden. Sie geht fort. Er geht fort.« Der Song setzt mit der Abhandlung über den Zeigefinger fort und endet an und für sich mit der Betrachtung des kleinen Fingers. Theo arbeitet derzeit aber an einer zehnstrophigen Fassung, die auch die Zehen miteinbezieht.

Ins Theater geht er nicht mehr. Einmal ließ er sich überreden. »Theo, wollen wir ins Kasperltheater gehen?«, fragte man ihn. »Frag mich«, erwiderte er. Erst beim fünften Mal antwortete er halblaut: »Ja.« – »Dort muss man aber leise sein«, hieß es. »Dann nicht«, sagte Theo.

Die Oma, eine Überredungskünstlerin, schaffte es schließlich doch. Das Stück war leider ein Reinfall: Eine Ente wurde von einem Teufel am Nordpol in einen Eiszapfen verwandelt. Die vielen Kinder kreischten und schrien. Theo meldete sich nur einmal zu Wort und rief: »Genug!« Da die auf der Bühne keine Anstalten machten aufzuhören, verließen Theo und Oma das Theater in der Pause.

Bilderbuchschauen – das ist nach wie vor eine feine Sache. Das beeindruckendste Werk, das Theo seit Wochen in Atem hält, heißt »Unsere Feuerwehr«. Es ist die Bibel der Verkehrsinfarkte: Was auf der Straße passieren kann, passiert. Jede Farbseite ist prall gefüllt mit ineinander verkeilten Fahrzeugen. Der Text ist an Dramatik kaum zu überbieten. Theo kann ihn selbstverständlich auswendig. Am liebsten hat er Seite fünf. Auf die Frage, was er dort sieht, antwortet er, mit zum Teil überschlagender Stimme: »Schon wieder ein Einsatz! Polizei und Kranwagen sind schon da.« Gerührt: »Ein Lastauto ist die Böschung hinuntergefahren. Diesel läuft aus.« Hoffnungsvoll: »Schnell wird ein Bindemittel darübergestreut. Es saugt den Diesel auf.« Mit erhobenem Zeigefinger: »So bleibt der Fluss sauber.« Glücksstrahlend: »Jetzt kann der Kranwagen das Lastauto herausziehen!«

Er spricht nicht mehr mit jedem

Theo ist vier –
und erduldet die Bremer Stadtmusikanten

Mit Theo ist alles in Ordnung. Er hat halt jetzt so eine Phase. Es ist eine Phase, in der alle paar Minuten jemand von Theo (und vor Theo und zu Theos Unterhaltung) behauptet: Er hat halt jetzt so eine Phase. Dank der Unabdingbarkeit der Phase kann Theo ungehindert tun, was er seit vier Jahren am allerliebsten tut – tun, was er will. Oder (und dieser Teil der Phase liegt ihm ganz besonders am Herzen): Er kann bequem *nicht* tun, was er *nicht* will.

Angenommen – und wir kommen gleich zum brutalsten Fallbeispiel des Jahres – angenommen, jemand will Theo porträtieren. Angenommen, dieser Jemand geht nun gewinnend lächelnd auf Theo zu und sagt: »Theo, es ist wieder einmal so weit. Wir machen jetzt ein ganz ein tolles neues Interview!« Theo zieht die rechte Augenbraue einen halben Millimeter Richtung Stirn, auf der sich eine fichtennadelgroße Falte bildet. »Theo, das geht ganz leicht. Du erzählst mir einfach, was du willst, einfach, was dir Spaß macht.« Theo kneift das linke Auge einen halben Millimeter weiter zu und hängt den rechten Schneidezahn über die Unterlippe.

Der Mann, der Theo porträtieren will, wird unruhig. »Theo, du kannst mir irgendwas erzählen.« Theo spitzt den Mund und klopft mit den Fingerkuppen rhythmisch auf den Küchentisch (wo er gerade eine Schüssel Weihnachtskekse in Arbeit hat). »Theo, du wirst uns doch nicht hängenlassen!«, sagt der Biograf. Endlich scheint ein Vorbote eines Lächelns über Theos Mundwinkel zu huschen.

»Theo, das kannst du nicht machen! Du schmeißt das ganze Projekt!« Jetzt lacht Theo laut. (Erstens liebt er verzweifelte Erwachsenengesichter, zweitens hat er zwar schon Bücher, Gläser und Teller geschmissen, aber noch nie ein Projekt.) »Theo, komm, gib dir einen Ruck, sei kein Unmensch, denk an deine vielen treuen Leser, die werden ganz, ganz traurig sein, wenn du ihnen nichts erzählst. Also bitte, bitte, bitte!«, bettelt der Interviewer. »Nein«, sagt Theo und schaut streng. (Er verabscheut devote Erwachsenengesten.)

»Warum nicht?« – »So nicht!«, erwidert Theo. – »Sag nicht ›so nicht‹!« – »Warum nicht?«, fragt Theo. (Endlich ein erfrischender Dialog.) – »›So nicht‹ sagen nur Erwachsene, wenn ihnen die Argumente ausgehen.« – »Sooo nicht!«, wiederholt Theo, um das Gegenteil zu beweisen. »Erzählst du mir was?«, fragt der Interviewer ein letztes Mal scharf. »Nein«, antwortet Theo ein letztes Mal schärfer. – Liebe Leser, was sollen wir tun? Er hat halt jetzt so eine Phase.

Nun gut, erzählen wir einmal von Theo, wozu wir ihn nicht unbedingt persönlich brauchen: Er wiegt 14,80 Kilo, ist derzeit exakt einen Meter groß (eignet sich also hervorragend zum Ausmessen von Wohnungen). In der Schuhgröße halten wir bei Nummer 27, an die

Kragenweite lässt er niemanden heran. Seine Schlafenszeiten sind geregelt, und zwar von ihm selbst. Sein Wortschatz ist vollständig, er kennt sogar einige Wörter zu viel. Seine Stimme ist flexibel genug, dass man ihm nur schwer einen Wunsch abschlagen kann. Lispeln: bei Bedarf. (Erfahrungsgemäß sitzt den Erwachsenen dann die Geldbörse lockerer.) Wiener Dialekt: vorhanden. (Mit »Do haut's obe« meint Theo: Es schneit heftig. Mit »Do haut's heit oba uantlich obe« meint er: Heute schneit es aber ziemlich heftig. Da »Do haut's obe«-Sätze immer einen Lacherfolg bei den Alten nach sich ziehen, verwendet Theo »Do haut's obe«-Sätze auch, wenn es gerade *nicht* heftig schneit.)
Theos Hobbys: Reiten (auf Opa), Springen (Opa und Oma), Rodeo (mit Onkel Michi), Segelfliegen (mit jedem, der Hände hat und drehfähig ist), Fischen (mit dem Löffel in der Suppe), Schlagzeug (mit dem Löffel statt der Suppe). Theo ist zwar nicht musikalisch, aber er hört gern Musik, zumindest seine eigene. Am liebsten, wenn sie bereits jemand mit den Worten »Theo, kannst du bitte endlich aufhören zu schreien!« interpretiert hat.
Seine Freizeit verbringt er, wenn es schön ist, am Gartenzaun. – Nicht die gesamte: Tante Erika, die Nachbarin, kann nämlich nicht länger als zwei Stunden übers Wetter plaudern. Die grundsätzlichen Gespräche, in die Theo die an der Bushaltestelle wartenden Fahrgäste nach dem Frühstück (bis zur Abenddämmerung) verwickelt hatte (Theo: »Was machst du da?«

Passant: »Ich warte auf den Bus.« Theo: »Warum?« Passant: »Weil ich in die Arbeit fahre.« Theo: »Warum?« Und so weiter), wurden ihm im Frühjahr zu langweilig. Seit Sommer spricht er also nur noch mit den Bus-Chauffeuren selbst. Theos Spezialität: die versteckte Anrede. – Theo versteckt sich im Gebüsch und spricht die Lenker an. Falsch: Er *schreit* sie an: »Hallo Busfahrer!« Einige sind daraufhin unfähig, die Fahrt fortzusetzen. Andere erholen sich schneller. Bevor sie losfahren, fährt Theo fort: »Wohin fährst du? Nach Mauerbach runter? Oder nach Hütteldorf rauf?« Theo hofft auf Hütteldorf. (Eines seiner Wörter des Jahres, vermutlich wegen des herrlich durch die Zunge zu schleudernden »l« zwischen Hütte und Dorf.)
Sagt der Fahrer: »Mauerbach«, fragt Theo enttäuscht: »Nicht nach Hütteldorf runter?« Sagt der Fahrer: »Hütteldorf«, tut Theo so, als hätte er ihn nicht verstanden und fragt: »Nach Hütteldorf runter?« Mauerbach-Fahrer dürfen sich aus dem Staub machen. Hütteldorf-Fahrern wünscht Theo entweder »Gute Fahrt!« oder »Gute Reise!«, je nach seiner spontanen Vorstellung, wie weit Hütteldorf von daheim entfernt sein mag.
Theo hatte dieses Jahr natürlich auch Urlaub. Eine Woche waren sie Ski fahren in Kärnten, die einen mehr, die anderen weniger. Theo besuchte zwar einen Skikurs, aber insgesamt nur eine Stunde lang. »Er war doch noch zu klein«, erzählt sein Vater. Theo wirft ihm einen vernichtenden Blick zu. Er hasst sowohl die Formulierung als auch ihre Bedeutung, als auch die Mit-

leidsmiene, die diejenigen aufsetzen, die so etwas von ihm behaupten.
Für eine Sommerwoche stieg die Familie im Kinderhotel Brennseehof ab. »Dort hab' ich einen Rucksack gekriegt«, berichtet Theo. (Er bricht hiermit erstmals sein Schweigen.) Besonders nett (und somit Frau des Jahres) war eine gewisse Tante Barbara, nicht nur wegen des klingenden Namens. Theo machte bei ihr den Kinderführerschein. Blöderweise zählt der auf Wiens Straßen wenig.
Mit den Großeltern ging es wieder nach Bibione ins Camp Capalonga. Dort lernte Theo italienisch Rad fahren (das heißt: mit Hilfsrädern und zwischen zwei Pizzamahlzeiten). Er ringt nach Luft und erzählt: »Da wollt' ich zuerst gar nicht Rad fahren. Und dann bin ich Rad g'fahren. Und dann hab ich's auf einmal können. Und dann hab ich g'sagt, ich geh' jetzt Rad fahren. Und dann bin ich Rad g'fahren. Aber zuerst, da wollt' ich gar nicht Rad fahren ...« Danke, Theo!
Schließlich wurden die Großeltern von den Eltern abgelöst, und man fuhr weiter in den Süden. In Ancona erwischten sie ein fürchterliches Quartier. Niemand konnte schlafen, niemand außer Theo. Er hat es gern eng und schwül, und bezüglich seines friedvollen Röchelns im Tiefschlaf erschüttern ihn höchstens die Reaktionen der Angehörigen. Am nächsten Tag beschloss man zu übersiedeln. Theo war dagegen. Er sagte: »Was man sich aussucht, dort muss man auch bleiben.« Aber diesmal setzte er sich (überraschend) nicht durch.

Neu in Theos Biografie ist der Kindergarten. Seit er dort ist, hört man von ihm Altersweisheiten wie: »Zu Fuß gehen ist gesund.« Oder: »McDonald's ist für die Leute, die nichts zu Hause haben.« Oder (schon ein bisschen systemkritisch): »Ich lerne erst, wenn ich erwachsen bin.« Oder (philosophisch): »Und dann hab' ich noch. Und dann hab' ich noch. Das frag' ich mich. Was hab' ich noch?« Oder (pragmatisch): »Der Jüngste beginnt.« (Gilt nicht nur für Spiele, sondern auch für Mehlspeisen.) Zudem hat er sich angewöhnt, in stürmischem Gelächter über sein sprachliches Geschick fünf Sachen gleichzeitig zu sagen. Für den Fall, dass er seine Umgebung damit akustisch oder intellektuell überfordert, rügt er den jeweiligen Gesprächspartner: »Hast du keine Ohren?« Denn wenn er was nicht ausstehen kann, dann ist es, nicht verstanden zu werden. Theo geht übrigens gern in den Kindergarten, sagen seine Eltern. »Und, Theo, stimmt das?« (Einen Versuch ist es wert, jetzt, wo alle so nett beisammensitzen.) »Gehst du gern in den Kindergarten?« – Theo schaut ernst und überlegt. Alles deutet auf ein Wiederaufleben seiner Phase hin. Da plötzlich sagt er: »Aufschreiben!« – Und es folgt ein zehnminütiges, konzentriert vorgetragenes Diktat. Hier die Höhepunkte:
»Im Kindergarten schmeckt mir am besten Kartoffeln und Spinat. Die Tante Heidi ist meine Lieblingstante. Ich bin der Freund vom Philipp.« (Musste auf Theos Anweisung durchgestrichen werden. Korrigierte Fassung:) »Ich bin dem Philipp sein Freund. Ich bin auch

dem Raphael sein Freund. Ich bin auch der Sabrina sein Freund. Ich bin auch …« (Theo hat viele Freunde.)
Das Diktat geht weiter: »Gestern hat eine Frau mit mir einen Sehtest gemacht, und die Frau hat immer Lukas zu mir gesagt. Ich heiß' aber nicht Lukas. Ich heiß' Theo!« Zwischenruf: »Du heißt mit dem zweiten Vornamen Lukas.« – »Aber nicht mit dem Vornamen!«, sagt Theo und bittet zurück zur Sache: »Aufschreiben! – Ich bin vom Christian nicht der Freund. Der Christian ist schlimm. Immer, wenn ich was zu ihm sag', dann haut er mich gleich.« – »Ehrlich, Theo? Das weiß ich ja noch gar nicht«, wirft seine Mutter ein. »Und was tust du dann?« – »Ich sag' nichts mehr zu ihm«, erwidert Theo und grinst verwegen.
Sie werden bemerkt haben: Theos Zunge hat sich mittlerweile gelöst, er ist auf den Geschmack gekommen. Er plaudert aus dem Leben. Er will seinen Fans nichts schuldig bleiben. Er weiß plötzlich wieder, was es heißt, populär zu sein. Er lässt seinen leibeigenen Schreiber nicht im Stich. Wir ziehen an einem Strang. Wir schreiten gemeinsam zum Höhepunkt des Porträts, zum unerlässlichen Reportageteil. – Das Puppentheater Stöberkiste gibt: die Bremer Stadtmusikanten. Action total. Abenteuer pur. Exotik durch und durch. Und Theo im Brennpunkt des Geschehens. Oder zumindest knapp dahinter. (In den ersten drei Reihen halten sich zu viele Kinder auf. Er sitzt lieber abseits, bei den Erwachsenen. Die wirken entspannter.)
Die musikalisch untermauerte Aufführung mit Stab-

marionetten ist, wie erwartet, grenzgenial. Leider wird Theo im entscheidenden Moment von einem schweren Schub seiner Phase erwischt. Gehen wir die Handlungsfäden der Reihe nach durch: Ein Esel zieht nach Bremen. – Theo schiebt die Unterlippe über die Oberlippe. Der Esel lernt einen Hund kennen, beide ziehen nach Bremen. – Theo reibt mit dem Mittelhandknochen des rechten Zeigefingers sein rechtes Auge.

Esel und Hund lernen eine Katze kennen, alle drei ziehen nach Bremen. »Gefällt's dir, Theo?«, fragt der zu diesem Zeitpunkt bereits von sentimentalen Gefühlen übermannte Begleiter. »Was?«, fragt Theo ein bisschen gereizt. Esel, Hund und Katze lernen einen Hahn kennen, alle vier ziehen nach Bremen. »Jetzt kommt's!«, verspricht der Begleiter. Theo reißt noch einmal beide Augen auf.

Die Tiere stoßen auf räuberische Hausbesetzer. Sie klettern übereinander, Hahn auf Katze auf Hund auf Esel (umgekehrt hätte es Theo vermutlich besser gefallen), und schlagen die Räuber in die Flucht. Die Kinder brüllen vor Aufregung und Begeisterung. Die Erwachsenen kriegen feuchte Augen. Theo senkt den Blick und spielt mit dem Nagelbett seines linken Zeigefingers. »Hast du gesehen, wie sich die Räuber gefürchtet haben?«, fragt der Begleiter. »Mhm«, erwidert Theo und ringt sich ein tapferes Lächeln ab. »War das nicht aufregend?« – »Mhm«, sagt Theo. »Krieg ich jetzt eine Wurstsemmel und einen Apfelsaft und eine Schaumrolle?«

Er feiert unter anderem sich

Theo ist fünf –
und beherrscht den passiven Widerstand

»Das war diesmal eine schwere Geburt, stimmt's, Theo?« – »Warum Geburt?«, fragt er. – »Das sagt man so, Theo.« Er setzt eines seiner 34 durchtrainierten Gesichter der Geringschätzung auf. (Jenes mit dem auf der Unterlippe eingehängten Schneidezahn.) »Ist wer geboren worden?« – »Nein, Theo.« – »Wer?« Er wählt einen seiner 34 angewandten durchdringenden Blicke. (Jenen mit den aufgerissenen Horst-Tappert-Augen; er hat niemals »Derrick« gesehen, er ist ein Naturtalent.) »Niemand ist geboren worden, Theo, echt nicht.« – »Oh ja«, sagt er. »Du hast es gesagt!« – »Ich hab's zwar gesagt, aber ich hab's nicht so gemeint, Theo.« – »Das Christkind?« – »Nein, niemand ist geboren worden, Theo.« – »Oh ja, das Christkind!«, sagt er. Seine Wangen färben sich pfirsichrot. Das ist eines von 34 sicheren Vorzeichen für hereinbrechende Ungemütlichkeit. Theo kann nämlich sehr, sehr ungemütlich werden, wenn er gerade Lust darauf hat. Er hat gerade Lust darauf. »Okay, Theo, das Christkind ist geboren worden.« Es war das Klügste. Widerstand ist zwecklos. (Außer Theos Widerstand.) Er lacht mitleidig. Dieser Sieg war ihm beinahe zu billig.

Wo waren wir? Ah ja, bei der »schweren Geburt«. Theo ist fünf Jahre alt und am Höhepunkt seiner Macht. Er lässt sich nicht mehr interviewen. Er beantwortet nur noch seine eigenen Fragen, oft allerdings, ohne näher darauf einzugehen. Er schiebt keine Zitate zur unentgeltlichen Volkserheiterung mehr heraus. Seine besten Geschichten teilt er nicht mit, seine schönsten Erlebnisse teilt er mit sich. Er selbst ist eine Frohnatur, aber er verträgt keine lachenden Gesichter neben sich. Er versteht jede Menge Spaß, aber ausschließlich seinen eigenen.

Im Leben eines jeden Menschen gibt es die Phase des schlechten Sprachwitzes. Alle müssen da durch. Viele bleiben stecken. Manche haben die Phase erst mit zwanzig oder dreißig, dafür dann für immer. Sie sagen »zum Bleistift« statt zum Beispiel (Lehrer). Oder »Kriminalwasser« statt Mineralwasser (Kellner). Oder »Prostata« statt Prost (Gäste). Oder »Andreas« statt anderes (Sachbearbeiter). Oder: »Schlepp-Top« statt Laptop (Jungmanager).

Theo hat diese Phase jetzt. Sie ist kurz, aber intensiv. Man sagt: »Theo, bitte schmier' dich nicht mit dem Kugelschreiber an!« Er schmiert sich mit dem Kugelschreiber an und sagt: »Kuckelscheiber, Kruchlscheiner, Kurchlschleier, Grudlschreiner …« Es kann Stunden dauern, zu »Kugelschreiber« fällt ihm genug ein, um parallel dazu die Ganzkörperbemalung ungestört zu Ende zu führen. Zwischen je zwei Wörtern biegt er sich vor Lachen, um die Wortkreationen zu feiern. Einwände wie: »Theo, bitte hör' auf, das nervt« veranlassen ihn zu »Gurgelreiber« oder »Grunzelsteiner«. Sagt man: »Theo, das ist irgendwie nicht mehr sehr lustig«, so zerwuzelt er sich allein schon über die Zitronengesichter der Personen, die das nicht lustig finden wollen.

Strenge Mienen in seiner unmittelbaren Umgebung mag er. Besonders gefällt ihm die Verwandlung, wenn also seine Betreuer immer unrunder werden, bis sie dann endlich fragen: »Theo, muss ich wirklich böse werden?« – Jawohl. Das ist Theos Anliegen. Es ist ein Spiel. Es heißt: »Wie weit kann ich gehen?« Irgendwann kommt dann: »Theo, jetzt reicht es!« Stimmt natürlich nicht. Oder: »Theo, hör sofort auf!« – Da fängt es erst richtig an. Und es folgen diese vielen schönen »Wenn-dann-Sätze«. (Wenn du nicht aufhörst, dann wirst du …) Das macht Spaß. Es gibt nichts Harmloseres als eine unendliche Serie gleichlautender Drohungen.

Theo hat den zivilen Ungehorsam entdeckt. Er will seine Grenzen spüren. So weit kommt er leider nie. Da sind die Pädagogen immer schon früher an ihren eigenen Grenzen angelangt. Sie hören sich Phrasen dreschen, die sie sich vor Theos Geburt niemals zugetraut hätten. (»Na wird's bald!«, »Brauchst du eine Sondereinladung?«, »Jetzt schlägt's aber dreizehn!«)

Irgendwann zucken sie aus, funkeln ihn an, werden laut, werden rot im Gesicht, nehmen ihm harmlose Schlaggegenstände wie ausgebeulte Suppenlöffel oder flachgequetschte Bananen weg, bauen brutal seine aufwendig errichteten Geräuschkulissen ab oder schicken ihn gar überhaupt gnadenlos ins Bett. Unerfreulichkeiten dieser Art muss er in Kauf nehmen. Schlimmeres kann ihm zum Glück nicht passieren. Sie lieben ihn doch alle. Und er mag sie ja auch ganz gern, mit all ihren Schwächen. Sie glauben halt manchmal, auf seine Kosten »konsequent« sein zu müssen.

Aber wo waren wir? Ah ja, bei der »schweren Geburt«. Theo trägt zu dieser Geschichte nichts bei. Er spielt lieber mit seinem 86. Lastkraftwagen. Dazu macht er Geräusche des täglichen Lebens auf vier Reifen: »Dschdschdsch« (Straßenlage). Und: »Wrum-wrum« (Motor). Und: »Ihihihi« (Bremsen). Und: »Wamm-rammphrrrrrrr!« (Massenkarambolage, überall Trümmer, Bücherregal entleert, Kleiderschrank entstellt, Teppich verwüstet – Bilder des Grauens.)

»Was soll ich schreiben, Theo?« – »Ich weiß nicht, dschdschdsch«, sagt er. »Wenn du mir nichts erzählst, kann ich nichts schreiben, Theo.« – »Schreib einfach was Lustiges, wrum-wrum!« – »Erzähl mir was Lustiges, Theo!« – »Schreib, was du schon einmal geschrieben hast, ihihihi.« – »Das kennen die Leute ja schon, Theo.« – »Aber nicht alle, wamm-ramm-phrrrrrr!« – Da hat er recht. Er wird vermutlich einmal Schriftsteller. Nein, Fernfahrer. »Ich bin der Fahrer, du bist der Container«, sagt er. Verstehen Sie langsam die Rollenaufteilung?

Es ist jammerschade, dass er nichts erzählt. Denn er hat im letzten Jahr so viel wie noch nie erlebt und zum Teil herausragende Leistungen vollbracht. Zum Bei-

spiel kann er bereits Blockflöte spielen. »Aber nur Apfel, Citrone, Dach und Gustav«, schränkt er ein.
Im März hat er in Salzburg Ski fahren gelernt, berichten seine Eltern. »Wahnsinn, Theo, hat's dir gefallen?« – »Ja«, murmelt er und setzt eines seiner 34 künstlichen Lächeln auf. (Jenes mit der angelhakenförmigen Falte unter der linken Wange.) Im Sommer hat er in Italien schwimmen gelernt. »Toll, Theo, und wie war das?« – »Weiß ich nicht mehr«, erwidert er. »Ist schon zu lange her.« Im Herbst war er bei einer Harley-Davidson-Ausstellung. – »Super, Theo, und war das toll?« – »Na sicher«, erwidert er gereizt. Wandern, Rad fahren, Boot fahren, Auto fahren, basteln, zeichnen, Finger mit dem Superkleber zusammenpicken, lesen, rechnen: alles kein Problem mehr für ihn, aber keines davon ein Thema. »Ich weiß, wie man ›Oma‹ schreibt«, sagt er in einer Minute des Erbarmens. »Ehrlich, Theo, wie denn?« – »Ein O, ein M und ein A«, erwidert er. »Ganz toll, Theo!« – Er taut auf.
»Ich weiß etwas Lustiges«, rückt Theo heraus. »Ich kenne einen Fliesenleger, der heißt Stanislaus.« (Pause) »Aber ich weiß nicht, ob er ein Fliesenleger ist.« – Nicht schlecht, kann man zitieren! Theo fährt fort, erstens mit dem Lastwagen, da kommt er aber gleich wieder zurück. Zweitens: »Ich kenne einen Philipp Brille. Aber er heißt gar nicht Brille.« (Das könnte eine Serie werden.) »Vielleicht hat er eine Brille, Theo.« (War doch ein kluger Einwurf, oder?) »Nein«, meint Theo. »›Philipp Brille‹ sagt die Heidi nur einfach so.« – Heidi

ist noch immer seine Lieblingskindergartentante. Das war eine gute Überleitung.
Ja, Theo geht eindeutig in den Kindergarten. Er verwendet die Wörter »voll«, »ur«, und »super« voll oft und ursuper unpassend. Er boxt ferner grundlos auf jede erreichbare Erwachsenen-Schulter. Erwidert der Geboxte: »Nicht, Theo, das tut ja weh!«, lässt er durch ein schmutziges Grinsen erkennen, dass das sein Ziel war.
»Wie gefällt es dir denn im Kindergarten, Theo?« – Er setzt eines seiner 34 gelangweilten Gesichter auf. (Jenes mit dem dreischichtig gerümpften linken Nasenflügel.) Diese Frage stellt einem heute also auch schon wirklich jeder. Klar gefällt es ihm gut, sonst würde er nicht hingehen. (Die nächste Frage lautet dann meistens: »Und freust du dich schon auf die Schule?« – Hilfe, bitte nicht!)
Seine Kindergartenfreunde heißen Philipp (Brille?), Raffael und Christof. Sie haben einen gemeinsamen großen Nachteil. »Sie spielen immer Räuber und Polizei«, sagt Theo. »Ich will aber nicht Räuber und Polizei spielen«, sagt er weinerlich. »Warum nicht, Theo?« – »Die drei sind immer die Polizei, und ich muss immer der Räuber sein«, klagt er. (Klingt zwar tragisch, könnte aber einmal einen hervorragenden Milderungsgrund vor Gericht darstellen.)
»Ich spiele lieber mit dem Laurenz Feuerwehr«, sagt er. Das klingt vernünftig. Jetzt strahlen seine blauen Augen. »Und wie geht das Spiel, Theo?« – »Der Laurenz

macht das Feuer, und ich lösche es. Dann mach' ich das Feuer, und der Laurenz löscht es. Dann macht der Laurenz das Feuer, und …« – »Ich glaub', ich hab's verstanden, Theo.« – »Und ich lösche es, und dann mach' ich das Feuer …« – »Ein tolles Spiel, Theo!« (Auch das könnte einmal einen hervorragenden Milderungsgrund vor Gericht darstellen.)

Wozu Theo praktisch immer etwas zu sagen hat: zum Essen. Bietet man ihm etwas an, sagt er: »Nein.« Sagt man: »Theo, das ist nicht für dich«, erwidert er: »Oh ja!« Ist es salzig, rückt es zur Seite. Ist es süß, ist es gegessen. Im Restaurant studiert er nicht die Speisekarte, sondern die Menschen, die diese studieren. (Nie sieht er konzentriertere Blicke von Erwachsenen; so viel Andacht sollten sie ihm einmal zuteilwerden lassen.) Klappen sie die Karte endlich zu, fragt er, schon ein bisschen gekränkt: »So, und was soll ich jetzt essen?«

Sein Vertrauen in Küchen, deren Köche er nicht persönlich eingeschult hat, ist leicht zu erschüttern. Im Hotelrestaurant Schweighofer in Friedersbach im Waldviertel (fragen Sie nicht, wo genau das ist; wir haben für Theo einen ruhigen Speiseort abseits des Hauptdurchzugsverkehrs gesucht, damit er sich Auto-Imitations-Geräusche sparen kann) fragt er mich besorgt: »Onkel Dani, was isst du da?« – »Hirsch, Theo.« Er beugt sich über meinen Teller und behauptet: »Nein, das ist kein Hirsch.« – »Doch, ehrlich, Theo.« – »Hirsche sind größer«, meint er. – »Es ist ja auch kein ganzer Hirsch, nur ein Stück davon, Theo.« – »Der Hirsch ist tot, stimmt's?«, fragt er nach eingehender Beobachtung moralinsauer. – »Richtig, Theo.« Nur jetzt keine Ethik-Diskussion! Er beugt sich noch einmal über den Teller, konzentriert sich auf den Braten und sagt: »Das ist kein Hirsch!« – »Und wie das ein Hirsch ist, Theo!« – »Ein Hirsch hat ein Geweih«, sagt er. – »Dieser nicht mehr, Theo.«

Er lebt für den Fußball

Theo ist sechs –
und trägt die Nummer 6 von Mauerbach

Theo ist reif. Er ist jetzt sechsmal älter als ein Säugling, dreimal so alt wie ein Baby und doppelt so alt wie ein Kleinkind. Kurzum: Er ist reif. Schulreif? Nein, reifer: Er steigt erst nächste Herbstsaison in den Unterricht ein und macht sich heuer ein schönes gemütliches Vorschuljahr, ganz im Zeichen des F... (Moment noch!)

Das Erfreuliche aus der Sicht des Autors: Man kann mit Theo reden wie mit einem Erwachsenen. Er hört zu wie ein Erwachsener. (Mit einem halben, abgewandten Ohr.) Er hört weg wie ein Erwachsener. (Mit eineinhalb zugewandten Ohren.) Er schweigt wie ein Erwachsener. (Am liebsten, wenn er gefragt wird.) Er runzelt die Stirn wie ein Erwachsener. Er leidet darunter, dass ihn neuerdings Gott und die Welt zum Dialog auffordern. Manchmal erbarmt er sich und spricht ein paar Worte.

Unlängst frage ich: »Theo, weißt du schon, was du einmal werden willst?« Er sagt: »Nein. Du?« Ich erwidere: »Ich muss es nicht wissen. Ich bin schon was.« In seinem schiefen Blick sind Anflüge von Respekt erkennbar. »Was bist du?«, fragt er. »Ein Schreiber«, erwidere ich. – »Ah so.« Er seufzt lautlos und blinzelt mir aufmunternd zu. »Ich bin auch schon was«, sagt er dann.

Der Satz kommt eher nebensächlich daher, Theo will mich nicht verletzen. »Was denn?«, frage ich. »Fußballer«, erwidert er. Er sagt es so bescheiden wie möglich.

So. Jetzt ist endlich jenes Wort gefallen, ohne das diese Geschichte exakt an dieser Stelle beendet wäre. Der Fußball ist im Frühjahr 2000 in Theos Leben gerollt, mit einer Dynamik und einem Drall, die alle anderen Themen vermutlich über Jahre hinaus ins Out katapultierten. Wer sich nicht für Fußball interessiert, hat zwei Möglichkeiten: Entweder er vergisst Theo. Oder er lässt sich von ihm bekehren.

Theo hat vier Zugänge zum Fußball. Sein mit Abstand spektakulärster heißt: SC Mauerbach. Dort spielt er in der U-8. (Unter acht; keine neue U-Bahn.) Er ist der jüngste und blondeste Spieler. Die schillernde Nummer 6. Der Mittelfeldmotor. Der Sturmtank. Die Verteidiger(not)bremse. Technisch noch ein ungeschliffenes Rohjuwel, aber ein unermüdlicher Rackerer, der gern Ball und Gegner laufen lässt. Am liebsten läuft er freilich selbst.

Im Herbst hat seine Karriere beim SC Mauerbach begonnen. Da er in der Nähe wohnt, genießt er Heimvorteil. Über die Transfersumme gibt es nur Gerüchte. (Seine Eltern sagen, dass es ganz schön ins Geld geht, ihn ständig zu den auswärtigen Fußballplätzen zu transferieren.) Er hat jedenfalls bereits sieben schwere Turniere in den Beinen. Die Ergebnisse entsprachen voll der Erwartung des Trainers. Der sagte gleich am

Anfang: »Kinder, wir sind eine junge, unroutinierte Mannschaft, wir werden eine Zeitlang alles verlieren, stellt euch darauf ein.« Diese Taktik ging voll auf. Mauerbach gegen Königstetten – 1:8. Mauerbach gegen Langenrohr – 1:6. Tulbing gegen Mauerbach – 5:0. Und so weiter. »Es ist wichtig, dass Theo auch das Verlieren lernt«, sagt seine Mama. Weiß sie überhaupt, was sie da sagt? Theo, wie geschaffen für den Sieg, wirft ihr einen abgrundtief verächtlichen Blick zu.

Aber: SC Mauerbach U-8 ist eine mental starke Mannschaft. Nach sechs Niederlagen gelang ein sensationeller 1:0-Kantersieg gegen Gablitz. Torschütze: beinahe Theo. Er machte nur wenige Meter entfernt die Räume eng. Frage nach dem Spiel: »Theo, ist es nicht ein schönes Gefühl zu gewinnen?« Theos Antwort: »Ja, aber nur für den Sieger.« So reden Profis.

Sein zweiter Zugang zum Fußball ist der ausführliche Spielbericht, die mündliche Reportage, die nachträgliche Analyse. Das geht so: Theo tänzelt um seine auserwählten Zuhörer. Puls: 180. Kopf: rot. Luft: knapp. Stimme: hoch, überschlagend. Und dann die 13. Minute: »Da kommt der Ball soooo auf mich zu, und ich geh' mit dem Kopf soooo hin, und der Raffael kommt soooo gelaufen, und ich nehm' den Ball soooo herunter und geh' mit dem Fuß soooo hin, und der Ball springt soooo weg, und ich renn' soooo nach …« Dann folgt der Bericht von der 14. Minute. Zwischenrufe sind unerwünscht. Manchmal versuchen es die Eltern mit der Brechstange: »Theo, aus! Das hat keinen Sinn, wenn du das erzählst. Man hat nichts davon, wenn man nicht dabei war.« Theo zuckt mit den Schultern: selber schuld, wäre man eben dabei gewesen. 15. Minute: »Der Ball kommt soooo hergeflogen, und ich geh' soooo hin …«

Theos dritter Zugang zum Fußball: Er liest Zeitung. *Kronen Zeitung*! (Seine Eltern legen Wert auf die Einschränkung: »Nur am Sonntag.«) Sein Interesse ist einseitig und suchtartig. Er liest ausschließlich Fußballergebnisse, Mannschaftsaufstellungen und Tabellen. Er verschlingt sie. Er lernt sie auswendig. Er kennt den österreichischen Fußball nach der Zeitungspapierform von der Max-Bundesliga bis ins tiefste Unterhaus.

Daran knüpft sich das große Theo'sche Fußballratespiel, dessen Höhepunkt im Sommer erreicht war. Da spielte er es täglich vom Aufwachen bis in den Schlaf. Jeweils ein Kandidat genügte. Bei Übermüdung und Konzentrationsproblemen musste er ausgewechselt werden. (Der Kandidat, nicht Theo, der ging immer über die volle Distanz.) Beispiel: »Bei welcher Mannschaft spielt Kurusovic?« Kandidat: »Roter Stern Belgrad?« Theo: »Bregenz!« (Du Null!) Oder, etwas anspruchsvoller: »Kennst du einen Spieler von GFZ Großfeld?« Antwort: »Ich kenn' nur die Großfeldsiedlung. Haben die eine Mannschaft?« Theo: »Krainz, Blasanovic …« Oder, noch etwas anspruchsvoller: »Wer hat fünf Tore geschossen?« Kandidat: »Die Austria?« Theo: »Akagündüz, Ambrosius, Brunmayr, Lässig, Pamic …« Anschlussfrage: »Wo spielt Pamic?«

Fangfrage: »Wie viele Tore hat er geschossen?« (…) Um acht Uhr abends muss er schlafen gehen. (Nicht Pamic, sondern Theo, zum Glück.)
Sein vierter Zugang zum Fußball ist ein religiöser. Mit einem anderen Wort: Rapid. Wenn er das Wort hört, leuchten seine Augen grün-weiß. Er liebt diese Mannschaft. Sie ihn auch, sonst wäre sie nicht auf dem ersten Tabellenplatz. »Warum ausgerechnet Rapid, Theo? Ist dir nichts Originelleres eingefallen?«, frage ich systemkritisch. »Rapid ist der Winterkönig«, erwidert Theo. (Also ranghöher als der Weihnachtsmann.) Es ist aber nicht so, dass Theo nur zu *einem* siegreichen Team hilft. Bei der Fußball-Europameisterschft sympathisierte er gleichzeitig mit Holland, Frankreich, Portugal und Italien. Wenn sie gegeneinander antraten, wartete er auf das Endergebnis, danach entschied er, zu wem er geholfen hatte. »Wenn du groß bist, willst du dann einmal bei Rapid spielen?«, frage ich ihn. (Das sind Fragen, auf die Buben oft ein Leben lang vergeblich warten, Theo ist wirklich ein Glückspilz.) »Ja, schon«, erwidert er enttäuschend nüchtern, »aber nur, wenn Rapid dann noch in der Max-Bundesliga ist.« Mit dieser Einstellung schafft er es garantiert bis in die deutsche Nationalmannschaft. (Wenn die dann noch spielt.)
Und was gab es sonst noch in diesem Jahr? Hier eine kleine Meldungsübersicht. Januar: Die Eltern übersiedeln ins neue Haus. Theo kommt nicht nur mit, er erhält auch noch einen Fußballplatz im Freien (Gar-

ten) mit Tribüne für Publikum (Autobushaltestelle) und eine winterfeste Fußballhalle (Wohnzimmer) mit ziemlich labilen Torstangen (Bücherregal).

Februar: Skiurlaub in Going am Wilden Kaiser. »Wie war's, Theo?«, frage ich. Er rümpft die Nase. »Viel zu viele Holländer.« – »Was hast du gegen Holländer?« – Nichts, aber sie sollen das nächste Mal deutsch reden, meint er. (Theo war der einzige Nichtholländer im Skikurs; selbst der Skilehrer war Holländer und sprach holländisch.) »Die haben immer ›Ankerlift‹ statt ›Schlepplift‹ g'sagt«, wundert sich Theo noch heute. »Aber ein Anker ist im Wasser, nicht im Schnee.« (Sein Finger an der Schläfe könnte heißen: Die spinnen, die Holländer.)

März, April, Mai: wenig Aufregung, normaler Kindergartenalltag. »Hast du dort Freunde, Theo?«, frage ich. »Na sicher, was glaubst du?«, erwidert er. »Äh, und hast du auch Freund*innen*?« (Nur jetzt kein verräterisches Grinsen.) »Mädchen?«, fragt Theo. Genau das hatte ich gemeint: echte Mädchen. »Schon«, sagt er, »aber die Mädchen (Pause), die Mädchen (Pause), die Määäääädchen ...« – Er macht's spannend. »Was ist mit den Mädchen, Theo?« – »Die Mädchen wollen immer (Pause) ...« – Nur das eine? Spuck's aus, Theo! – »Fangen spielen«, sagt er befreit. »Die laufen immer ins Spielfeld, und dann nehmen s' mich an der Hand und laufen mit mir wieder raus.« Aha: Theo-Kidnapping auf dem Fußballplatz, hemmt natürlich auf unangenehmste Weise den Spielfluss.

Juni: Fußball-Europameisterschaft. Theo entdeckt sie im hauseignen Fernsehgerät und kippt vollständig in beides hinein, ins Gerät und in den Fußball. In den Pausen führt er seinen Lederball in den Garten aus und spielt dort die wichtigsten Szenen nach. Dazu kommentiert er. Anrainerbeschwerden bleiben wie durch ein Wunder aus.
Juli, August: Theos Papa bricht sich beim Training (mit Theo und Fußball natürlich) das Bein und fällt für die restliche Saison aus. Strafweise muss er Theo von nun an bei 35 Grad im Sitzen den Ball zuwerfen, bis der Sommer endlich vergeht (und Theo beim SC Mauerbach landet). September: dreißig Tage Fußball live, Theo und ORF führen abwechselnd, ergänzend und überschneidend durchs Programm. Oktober: Theos sechster Geburtstag. Er feiert ihn im Kreise seiner engsten familiären Fans bis tief in den November hinein und erzählt täglich seine besten Geschichten: »Einmal, da kommt der Ball sooooo hergeflogen, und ich geh' mit dem Kopf sooooo hin, und der Philipp rennt sooooo auf mich zu …«

Er kann nur der Sieger sein

Theo ist sieben – und frönt dem türkischen Kartenspiel

Haben (auch) Sie den Eindruck, dass dieses Jahr doppelt so schnell vergeht wie das Jahr davor? Dann sind (auch) Sie auf dem richtigen Weg – in den verdienten Ruhestand.

Theo empfiehlt Ihnen: täglich drei Stunden mit den Fingern über die Tastatur einer Playstation trippeln und dabei die Sinnesorgane in den zugehörigen Monitor hineinhängen lassen. Das fördert die Durchblutung, und man kriegt diesen Röntgenblick, der einem die Augen auch in härtesten Zeiten (den sogenannten Schlafensgehzeiten) wie von alleine offen lässt. Das hält die Jungen jung – und die Alten wach.

Das Problem: Theo selbst darf sich den Computer höchstens eine Stunde pro Tag gefügig machen. Auf der Suche nach tauglichen Alternativen zeigt (auch) er erste Ansätze, ins Pensionsalter vorzurücken: Er spielt Karten. Er ist süchtig danach. Aber nicht, dass Sie glauben, »Schwarzer Peter«, »Quartett« oder ähnliche Familienspiele, mit denen Kleinkinder in den Siebzigern und Achtzigern pädagogisch gequält wurden, wären angesagt. Wir sind echte Wirtshaus-Zocker geworden, wir spielen »das Türkische«, wann, wo, bei wem und so lange es Karten gibt. (Nein. Sagen Sie bitte nicht, dass Sie das göttliche »Türkische« nicht kennen. Theo, stell dir vor, da gibt es tatsächlich noch Leute, die »das Türkische« nicht kennen! Okay, irgendwann erklären wir ihnen die Regeln.)

»Das Türkische« ist derart sensationell spannend, dass Theo im Spielfluss sogar mit der angenehmen Tradition bricht, das Gegenteil von einem Quatschkopf zu sein. Sie müssen wissen: Theo ist mit seinen sieben Jahren ein bewundernswert besonnenes, ruhiges Kind, das wirklich nur spricht, wenn es *nicht* gefragt wird. Im Zuge einer Runde »Türkischem« flattern ihm allerdings die Nerven wie die Flügel von in der Luft stehenden Bussarden. Sieg und Niederlage sitzen so eng beisammen wie Theo und seine Mitspieler. Kurzum: Theo gewinnt immer. Und sollte er einmal ernsthaft Gefahr laufen, nicht zu gewinnen, ist das Spiel auch schon vorbei, beziehungsweise hat es gar nicht stattgefunden – entscheidet Theo jeweils am grünen Tisch, oder besser: mit grünem Gesicht am Tisch.

Bei Nervenflattern und austarierendem Zappeln kommentiert Theo unentwegt das Spielgeschehen, meistens nur für sich selbst. Es sind dies seine ausdrucksstärksten Zitate des Jahres 2001, tiefphilosophisch und hochpolitisch zugleich. Zum Beispiel: »Die Könige sind schon alle g'fallen.« Oder: »Wer die besten Karten hat, gewinnt.« Oder: »Die Damen werd' ich mir behalten.« Oder: »Nächste Runde mach' ich mit euch Schluss.« Oder: »Jetzt werde ich alle Asse auf einmal hinlegen.«

Am schönsten ist das Kartenspiel für Theo unmittel-

bar danach. Die herkömmliche Siegerehrung ist ihm allerdings zu unspektakulär. Also schließt sich in etwa folgendes Gespräch an. Theo: »Wer hat gewonnen?« Einer aus der Verliererrunde: »Du, Theo.« Theo: »Wer ist der Sieger?« – »Du, Theo.« Theo: »Wer hat die wenigsten Schlechtpunkte?« – »Du, Theo.« Theo: »Wie viele Schlechtpunkte hab' ich?« – »48 Punkte.« Theo: »Und wer ist der Zweite?« – »Die Tante Lisi.« Theo: »Wie viele Punkte hat die Tante Lisi?« – »112 Punkte.« (Eine Minute Pause, Theo verlangt Kugelschreiber und Papier und rechnet.) Theo: »Die Tante Lisi hat 64 Schlechtpunkte mehr als ich.« – »Ja, so ist es, Theo.« Theo: »Wer ist Letzter geworden?« – »Die Mama.« – »Wie viele Schlechtpunkte hat die Mama?« – »246.« (Theo schmunzelt verschämt.) Theo: »Und wie viele Schlechtpunkte hab' ich?« – »48.« Theo: »Und die Mama?« (Er hat's nicht richtig verstanden.) – »246.«
Theo wirft seiner Mutter einen grauenvoll mitleidigen Blick zu. Theo (laut): »246 Schlechtpunkte?« – »Ja, 246.« (Eine Minute Pause, Theo schreibt und rechnet.) Theo: »Die Mama hat 198 Schlechtpunkte mehr als ich!« (…) Das Gespräch endet, wenn alle außer Theo den Spieltisch verlassen haben.
Wenn Sie aufmerksam gelesen haben, wird Ihnen aufgefallen sein, dass Theo bereits subtrahieren kann. Das hat auch einen Grund. Er geht nämlich in die Schule. Schon seit dreieinhalb Monaten – und wie es aussieht, könnte es länger werden. Denn er fühlt sich dort nach eigenen Angaben wohl. Sehr wohl. Sehr, sehr wohl.

Sehr, sehr, sehr wohl. – Schöpfen Sie schon einen Verdacht? – Gut, ich frage ihn: »Theo? Sag aber nicht, dass du ein Streber bist!« Er lächelt. Ich: »Theeeo? Einmal ganz ehrlich – bist du der Beste in der Klasse?« Theo (verlegen): »Nein, nur der Weiteste.« (Geht er in eine Skisprungschule?) Höflichkeitshalber erwähnt er auch noch seine werte Klassenkollegin Lena, die dürfte ebenfalls recht weit sein. Außerdem ist sie blond.

Kompliment an die Volksschule auf dem Penzinger Mondweg: Dort lässt man die Kinder beim Lernen ihr eigenes, persönliches Tempo an den Tag legen. Nur absoluter Stillstand wird nicht gern gesehen. Das Gegenteil ist erfreulicherweise erlaubt: So kommt es, dass Theo auf die derzeit brisante Frage: »Theo, weißt du, was ein Euro ist?« mit der Antwort: »Dreizehnkommasiebensechsnulldrei Schilling« aufhorchen lässt. Um zu beweisen, dass das kein Zufall war, gibt er gleich freiwillig zu: »Und zwei Euro sind Siebenundzwanzigkommafünfzweinullsechs Schilling.« – Horrorszenarien tun sich auf: Wenn das so weitergeht, wird der Mensch bald den Computer ersetzen.

Zum Glück hat Theo auch eine kleine Schwäche. Und zwar ist es der Ups-Unterricht. Ups ist ein M(…), und die Ups-Lehrerin unterrichtet es. Mehr dürfen wir hier nicht verraten. Vor dem Interview hat Theo seine Eltern bekniet, das Thema Ups auszulassen. Denn wenn die Ups-Lehrerin erfährt, dass Theo das Upsen immer weniger Spaß macht, weil er es der Ups-Lehrerin anscheinend niemals recht-upsen kann (so viel Upsen er daheim auch geübt haben mag), dann würde sich die Spaßlosigkeit im Ups-Unterricht vermutlich noch verstärken. Kleiner Trost: Vom Upsen wird die Welt ohnehin nicht besser. Und Theo sowieso nicht.

Viel erfreulicher ist das Thema Fußball. Bei seiner Stammelf, dem lokal berühmten SC Mauerbach, hat Theo als Mittelfeldmotor der U-8-Mannschaft schon sein fixes Trikot (mit der Nummer 6) erwirtschaftet und sich in die Herzen seiner Fans gespielt. Noch lieber als im Freien spielt er in der Halle. »Die ist zwar klein, aber man kann die Oma sehen«, berichtet er. (Und die Oma ist zweifellos Theos treuestes Groupie.) Nicht weniger als sieben Turniere hat Theo in diesem Jahr bereits in den Beinen, und dabei hat er vier Bilderbuchtreffer erzielt. Frage: »Theo, was war dein schönstes Tor, erinnerst du dich?« Theo (ernst): »Ja.« – »Und wie war das?« Theo (müde): »Ich hab einfach nur geschossen, und er war drin.« – Schöner hätte es Andi Herzog auch nicht formulieren können. »Willst du's dir anschauen?«, fragt Theo ein wenig überraschend. – Drei seiner Tore gibt es nämlich nun auch auf Video, wenngleich im Fachhandel noch nicht erhältlich. »Das erste Tor hat die Mama leider nicht aufgenommen, weil sie so aufgeregt war«, erklärt Theo.

Wie es mit Theo und dem Fußball weitergehen soll? – Er sagt: »Wenn ich erwachsen bin, geh' ich vielleicht zu Rapid.« – Sofern Rapid nicht zu ihm kommt.

Zuletzt eine bereits oft gestellte Frage, die Theos Reifezustand messen sollte, weshalb er sie noch nie seriös beantwortet hat: »Welche drei Dinge würdest du auf die Insel mitnehmen?« Theo (ohne zu überlegen): »Einen Schlauch, eine Gießkanne und ein Fahrrad.« – Denkpause. »Warum?« Theo: »Den Schlauch, dass ich mich duschen kann. Und die Gießkanne, dass ich Wasser holen kann.« Denkpause. »Und das Fahrrad?« Theo, mitleidig: »Zum Fahrradfahren.« Ah ja. Klar. Wir Alten denken manchmal einfach zu kompliziert.

Er merkt sich viel zu viel

Theo ist acht –
und besitzt zweieinhalb Meerschweinchen

Bei Theo zu Hause hat es soeben einen Vorfall gegeben. Nein, nicht das blaue Auge. Dieses geht auf einen kleinen Betriebsunfall in der Schule zurück. Aus unerklärlichen Gründen ist Theo die Tischkante entgegengekommen. Aber das muss man jetzt nicht an die große Glocke hängen. Wer nicht genügend austeilt, sollte wenigstens einstecken können. Also kein Wort mehr vom natürlichen Lidschatten.

Das Ereignis daheim ist um vieles brisanter. »Weißt, was passiert ist?« – Theo überfällt mich gleich an der Tür. Seine Stimme kreischt in hohen Lagen. Die Zahnspange klappert. Die Ohren leuchten wie rote Warntafeln. Ich sage: »Keine Ahnung.« Damit gelingt es mir, die Situation ein wenig zu entspannen. – Theo nimmt mich an der Hand und führt mich in sein Zimmer. Dort erkenne ich das volle Ausmaß eines kleinen Naturwunders.

Aber von vorne: Theo hat zum achten Geburtstag im Oktober zwei Meerschweinchen bekommen. Na ja, durch diese Phase muss jeder von uns einmal durch. (Alle Kinder, die ein Haustier wollen, aber keines haben dürfen, kriegen zum Trost ein Meerschweinchen.) »Ich will ein Meerschweinchen«, hat es ursprünglich geheißen. »Kommt nicht in Frage«, war die Antwort der Eltern. Theo: »Gut, dann zwei.« – Darum also zwei. Sie heißen Micky und Mausi, eines schwarz-weiß, das andere weiß-schwarz, scheinbar Spiegelbilder voneinander, die vor ihrem gegenseitigen Anblick jedes Mal derart erschrecken, dass sie praktisch durchgehend zittern. Angeblich sind Micky und Mausi Schwestern, jedenfalls weibliche Meersäue. Sonst kämen sie, wenn ihnen langweilig ist, vielleicht auf blöde Ideen. Und einem Meerschweinchen ist 24 Stunden am Tag langweilig. Übrigens: Wenn einem Meerschweinchen langweilig ist, frisst oder schläft es. Im konkreten Fall dürfte sich Micky eher aufs Schlafen verlegen, während Mausi mehr dem Fressen frönt. Zuletzt war sie schon ziemlich rund.

Als Nachteil dieser Anschaffung erwies sich, dass Theo jetzt alle paar Tage den Käfig ausmisten müsste – beinahe. (Nur knapp machen es dann doch Mama oder Papa.) Außerdem wird er von Gott und der Welt auf seine Meerschweinchen angesprochen. Viele fragen einfach nur: »Hast du sie lieb?« Theo quält sich stets ein gutherziges »Ja, schon« ab. Im Grunde dürften sie ihm ziemlich egal sein, was auf Gegenseitigkeit beruht. (Einem Meerschweinchen ist 24 Stunden am Tag alles egal.) Manche – und jetzt wird es mühsam – wollen von Theo unentwegt die neuesten Abenteuer mit Micky und Mausi überliefert bekommen. Das Aufregendste, was Theo bisher zu erzählen hatte, lautet: »Also, sie fressen Gurken, Karotten, Löwenzahn, Petersilie, Äpfel, Trockenfutter, Heu … Hab' ich schon Gur-

ken gesagt?« – So spannend sind Meerschweinchen, normalerweise.
Und jetzt halten Sie sich fest! Theo und ich gehen die Treppe hinauf, wir betreten das Zimmer, beugen uns über den Käfig. Und was sehen wir? Micky, schlank wie immer. Mausi, sichtlich abgemagert. Und: ein Neugeborenes. Jawohl, ein winzig kleines Meerferkel.
Liegt einfach so herum und tut, als wäre nichts. Wie sich Theo das erklären kann? – »Vielleicht sind sie lesbisch gewesen.« Zweite, wahrscheinlichere Variante: Micky ist ein Männchen. Dann wird's bald eng im Käfig. Dritte (und wahrscheinlichste) Variante: Mausi war schon vorher trächtig. Dann muss es in der Tierhandlung geschehen sein. – Hoffentlich ist der Vater kein Marder oder Iltis. Jedenfalls erhält das Kleine vorerst keinen Namen. Man weiß ja nicht, für welches Geschlecht es sich entscheidet. Ungünstig wäre: männlich. Sie werden ahnen, warum.
Genug jetzt vom Biologischen. Wenn wir Theos herausragendste Leistung des Jahres 2002 nennen und krönen sollen, dann ist es die seines Gedächtnisses. Der Bub dürfte ein paar Festplatten verschluckt haben. Sein Kopf hat unerschöpfliche Speicherkapazitäten. Nur die Löschtaste hängt ein bisschen. Theo kann einfach nichts vergessen. Er merkt sich alles, egal, ob wichtig oder unwichtig. Geht man mit ihm an Baustellen vorbei, dann sagt er uns, was dort errichtet und wann genau fertiggestellt wird, welcher Kran an welchem Tag wie lange wo im Einsatz war und mit welchem

Finger der Kranführer in welcher Nase gebohrt hat. Beim Spaziergang im Wald kann man von Theo hören: »Wann kommen wir zur Oberrettensteiner Höhle und zur Wiesenbachmühle?« Wir: »Hm? Welche Höhle? Welche Mühle? Nie davon gehört.« Theo: »Das ist aber dort auf dem Baum g'standen!« Es stellt sich heraus, dass Theo zwei Stunden vorher auf einem Übersichtsschild sämtliche Namen irgendwelcher Wanderziele in der Umgebung gesehen und im Kopf gespeichert hat.

In diesem Sinne ist das Thema Schule mit wenigen Worten abzuhandeln. Theo geht in die 2b und erfasst alles, was man ihm anbietet. Besonders glücklich macht ihn Rechnen, beim Spiel mit Zahlen läuft er zur Höchstform auf. Hin und wieder, wenn er gerade intensiv daran denkt, glaubt man, in seinen hellblauen Augen Kommastellen schimmern zu sehen. Die Rechenaufgaben sind ihm nie zu schwierig und selten umfangreich genug. Er zeigt sich voll motiviert und sagt: »Ich geb' so viel, wie's geht.« (Keine Angst, wird schon noch anders kommen.)

Zeichnen müsste dafür nicht unbedingt sein, auch Singen wäre vernachlässigbar. Schreiben? »Geht so.« Religion gefällt ihm, da gibt es immer ganz gute Geschichten über den lieben Gott. Ob ihm vielleicht eine kleine Botschaft vom sympathischen Reli-Lehrer einfällt? Theo: »Ja, zu Weihnachten soll man nett sein, aber das ist jetzt nicht so wichtig.«

Nach der Schule holt ihn der Hort-Bus ab und bringt ihn nach … (Darf ich nicht verraten, Datenschutz.)

»Theo, erzähl dem Onkel Dani doch vom Hort-Essen!«, schlägt seine Mama vor. Theo wird verlegen. »Es gibt Fischstäbchen«, sagt er. Täglich? – Nein, leider nicht. »Sag, dass dir das Essen nicht schmeckt«, drängt die Mama. »Nein, das sag' ich nicht, sonst schreibt er's auf, und die lesen das dann«, erwidert Theo. »Soll er's doch schreiben, dann wird das Essen vielleicht besser«, meint die Mama. Theo weigert sich. »Was gibt's denn dort, was dir nicht schmeckt?«, frage ich pädagogisch feinfühlig. »Reis«, erwidert er. Das war eine ausweichende Antwort. Mein Verdacht: Theo steckt mit den Hort-Köchen unter einer Decke. Vermutlich bestechen sie ihn mit Fischstäbchen.

Spaß macht ihm mittlerweile das Flötenspiel. »Er braucht jemanden, der ihm beim Üben den Takt angibt«, hatte die Lehrerin vor einigen Wochen angemerkt. Das macht jetzt Theos Opa, überaus erfolgreich übrigens. Vorerst ist die Anwesenheit des Großvaters bei den Flötenstunden in der Volkshochschule aber noch nicht erforderlich.

In der Freizeit spielt Theo am liebsten – richtig. Was soll sich daran geändert haben? Einmal Fußball, immer Fußball. Mit dem SC Mauerbach blickt der Mittelfeldtank, der Mann mit der Nummer 6 der U-9 (unter neun Jahre), auf eine erfolgreiche Saison zurück.

Am Anfang schienen Theos Mauerbacher unbezwingbar zu sein. 7:1 gegen die trägen Tulbinger, 8:2 gegen die laschen Langenleberner. Der dritte Gegner hieß St. Andrä, jenes St. Andrä, welches gegen Langenlebern

0:11 untergegangen war. Theo wollte erst gar nicht antreten. Seine vernichtende Schlussrechnung: Wenn Mauerbach gegen Langenlebern 8:2 gewinnt und Langenlebern St. Andrä mit 11:0 abfertigt, dann wird Mauerbach gegen St. Andrä exakt mit 19:2 erfolgreich sein. – Tatsächlich mussten sich die etwas überheblich agierenden Mauerbacher mit einem Remis zufriedengeben, das Spiel endete 3:3. Theos Beschwerde bei der FIFA ist anhängig.

Vom Fußballplatz rührt auch Theos Naheverhältnis zum guten Wiener Kabarett her. Teamkollege M., der später Profifußballer werden soll, hat einmal im eigenen Strafraum unnötig einen Ball verloren. Daraufhin schrie M.s emotionalisierte Mama mit überschlagender Stimme vom Zuschauerrang aufs Spielfeld: »Heast, wennst des no amoi mochst, dann schick' i di töpfern!« Das ist einer von Theos Lieblingssätzen. Manchmal zitiert er ihn fünfmal pro Stunde.

Neben Fußball und guter Literatur (»Die drei Fragezeichen«, »Fünf Freunde«, »Alfred der Bär und Samuel der Hund steigen aus dem Pappkarton«) zählt auch schönes Reisen zu seinen Hobbys. In den Semesterferien war Ski fahren angesagt, und zwar in … (Darf ich nicht verraten, Datenschutz, Theo ist diesmal besonders streng.) »Schreib einfach ›in Österreich‹«, rät er mir. Im Sommer war er zwei Wochen in Kroatien baden. Angeblich hat er dort auch einige Abenteuer erlebt. Verraten will er sie uns nicht …

Theos Zahlenverliebtheit beschränkt sich übrigens

nicht nur aufs Rechnen und Studieren von Fußballtabellen, sie hat auch einiges mit Geld zu tun. »Er ist ein bissl ein Dagobert Duck«, verrät seine Mama. »Er hat schon mehr als 900 Euro zusammengespart.« Theo präzisiert: »930 Euro! 105 daheim, 824,86 am Sparbuch.« Sein Blick wird ernst: »Aber da sind erst drei Euro Zinsen drauf.«

Theo kann gar nicht früh genug beginnen, Geld zu verdienen. Werktags täglich um fünf vor sieben geht es los, da fängt das »Guten-Morgen-Spiel« an. Bis halb acht müssen sieben Tätigkeiten durchgeführt sein. Für Waschen, Zähneputzen, Haarebürsten, Anziehen, Bettmachen, Pyjamazusammenlegen und Frühstücken innerhalb der Zeit wird je ein Punkt vergeben. Insgesamt kann Theo 35 Punkte pro Woche erreichen. Schafft er die 30-Punkte-Hürde, gibt es einen Euro Trinkgeld. Das ergibt immerhin 4,50 Euro im Monat. Besser als nichts. Manche Menschen müssen täglich aufstehen und Zähne putzen und kriegen angeblich überhaupt nichts dafür.

Den Weihnachtsabend wird Theo diesmal im wunderschönen und vermutlich tief verschneiten Waldviertel verbringen. (Bei Tante Lisi und Onkel Dani, wenn Sie's genau wissen wollen.) Eventuell steht vorher ein Ausflug auf die Burgruine Schauenstein auf dem Programm. Bei Theos letztem Besuch im Sommer hat er an Ort und Stelle legendär gefragt: »Tante Lisi, wie alt ist die Burg? So alt wie du?« (Die Burg ist aus dem 12. Jahrhundert.)

Was das Christkind betrifft, hat es schon im März ein paar Abschiedstränen gegeben. Das wird Theo jetzt zwar nicht gerne lesen, aber das Gespräch verlief etwa so. Theo: »Papa, gibt's das Christkind überhaupt?« Papa: »Jjjja, also na ja, also eigentlich nein.« Theo: »Ich hab's vermutet.« Papa: »Einmal musst du's ja erfahren.« Theo: »Dann gibt's wahrscheinlich den Osterhasen und den Nikolaus auch nicht.« Papa: »Bist du sehr enttäuscht?« Theo: »Nein.« (Dann kamen die Tränen.) Theo (zornig): »Ihr habt's mich die ganze Zeit an der Nase herumgeführt, euch glaub ich nichts mehr!« Papa: »Wir haben's damals auch geglaubt, als wir noch klein waren.« Theo: »Was kann ich da dafür?« – Zur Strafe hat Theo seinen Eltern in diesem Jahr eine extrem lange Wunschliste überreicht. Das soll ruhig ordentlich ins Geld gehen, damit sie spüren, was es heißt, ihn anzuschwindeln.

Theo fixiert indes wieder meinen Kugelschreiber. »Dass es das Christkind nicht gibt, darfst aber nicht schreiben«, sagt er. »Was ist, wenn das die kleinen Kinder lesen?«

Er braucht Harry Potter nicht

Theo ist neun –
und sinniert über Urlaube und Urzeitkrebse

Irgendwer hatte die glorreiche Idee, man könnte einmal die Rollen vertauschen. Nicht ich porträtiere Theo, sondern er mich. Gleichsam als Revanche für die Porträts, die er seit seiner Geburt unzensuriert über sich ergehen lassen musste.

Offiziell war ich davon begeistert, denn ich ging davon aus, dass es bei der Idee bleiben würde. Einen Erwachsenen zu porträtieren, müsste auf der Hobbyliste eines aufgeweckten Neunjährigen ungefähr an 998. von 1000 Stellen rangieren, dachte ich, geschlagen vielleicht von Zähneputzen und Schlafengehen. Konkret *mich* zu porträtieren, müsste für Theo, der sich bereits mit globalen Dingen wie Akkordeon, Rapid und Urzeitkrebsen beschäftigt, etwa so spannend sein, wie einer Silbertanne beim Wachsen zuzusehen und diesen Vorgang in Worte zu kleiden. Tatsächlich reagierte Theo auf mein herbstliches Ansinnen: »Du, was hältst du davon, dass *du* mir mal die Fragen stellst und *ich* dir die Antworten gebe?« mit einem melancholisch-zerknirschten »Mhm«, womit der Fall erledigt schien.

Doch einen Monat später geschah es: Theo fuchtelte mit zwei Doppelbögen vollgeschriebener A4-Blätter herum, zappelte aufgeregt und sagte: »Fang ma gleich an!« Er hatte gut zwei Dutzend Fragen ausgearbeitet, und er war wild entschlossen, jede einzelne an mich zu richten. Ich bedankte mich und wollte die Zettel verschwinden lassen. Aber er bestand auf einem Live-Interview, vor Zeugen. Wenigstens dagegen berief ich erfolgreich.

Hier nur ein paar Auszüge aus dem umfangreichen Katalog. Theos Frage eins an mich: »Was kannst du am besten?« Ich: »Da muss ich nachdenken.« Theo: »Nein, ich darf auch nie nachdenken!« Ich: »Also gut, was ich am besten kann? – Fragen stellen! Und was kannst du am besten?« Theo: »Ich stell' die Fragen!« (Schade, er ist zu intelligent für solche Fallen.) Frage sieben: »Zu welchem Land hilfst du bei der Fußball-EM?« Ich: »Wer spielt aller mit?« Theo: »Sag mir, zu wem du hilfst, und ich sag' dir, ob sie mitspielen.« Frage neunzehn: »Jetzt kommt eine schwere Frage«, kündigt Theo an. Pause, er räuspert sich. – »Wie stehst du zum neuen Asylgesetz?« Wieder Pause, ich muss mich erst sammeln. »Theo, das ist aber jetzt nicht dein Ernst. Wie kommst du auf so was?«, frage ich. Die Eltern schwören, nichts damit zu tun zu haben. Theo triumphiert: »Hab' ich aus der Zeitung. Ich hab' gewusst, dass das schwer ist!«

Frage zwanzig: »Wer ist dein Lieblingsinterviewpartner?« Endlich eine leichte Frage: »Aber Theo, du natürlich, dann lange, lange nichts, und dann wieder du.« – Das war meisterlich, Theo wirkt vor Rührung angeschlagen. Es dauert trotzdem noch einige Stunden, bis ich ihn so weit habe, etwas von sich zu erzählen.

Über die Schule können wir uns wieder kurzfassen. Die Einserreihen im Zeugnis täuschen: Theo ist kein Streber, beteuert er. Er ist nur vermutlich der einzige Schüler der Welt, der von Lehrern dazu angehalten wird, *weniger* Hausübungen zu machen. Was soll er tun? Sie gehen ihm halt so leicht von der Hand. Nur Basteln hasst er. (Bravo, ganz der Onkel.) Und auch ohne Musik könnte er leben. Außer er ist selbst am Akkordeon. Um falsche Klänge zu übertönen, singt er dazu. Um falschen Gesang zu überspielen, haut er in die Tasten. Im Wechselspiel der Überlagerungen bringt er es auf beträchtliche Lautstärken.

Als Kurzzeittherapie gegen die Qual der schulischen Unterforderung hat ihm seine Cousine Tamara amerikanische Urzeitkrebse, sogenannte Triopse, geschenkt. Das waren spannende neunzig Tage. Theo hat die Tiere im Aquarium nicht aus den Augen gelassen – und umgekehrt, wobei die Triopse im Vorteil waren. »Die haben drei Augen«, erzählt Theo. »Aber ein Aug' haben sie im Inneren.« Um dieses beneidet sie Theo besonders. »Wenn das die Menschen auch hätten, könnten sie ihre eigenen Krankheiten sehen«, sagt er.

Über Triopse weiß Theo mittlerweile alles. Sie atmen mit den Beinen. (Woraus sich die niedrige Lebenserwartung erklären könnte.) Sie fressen Fischfutter, Karotten (von den Meerschweinchen) und grüne tote Fliegenlarven, sind also so richtige Appetitspatzen. Im Handel erhältlich sind sie im praktischen Set mit Solarbatterie, Schlauch und Sauerstoff. Zuerst sieht man

nur kleine Kugeln, aber irgendwann legen die Krebse ihren Panzer ab. Im konkreten Fall ereignete sich folgendes Familiendrama: Vier Stück schlüpften, nur zwei überlebten. Freunde wurden sie nie. Im Gegenteil: »Der eine hat den anderen aufg'fressen«, berichtet Theo mit weit aufgerissenen Augen. Möglicherweise ist der Vielfraß daran erstickt. Nach drei Monaten waren jedenfalls alle tot. »Bist du traurig, Theo?«, frage ich. – »Nein, ich hab' sie eh ein bisserl grauslich g'funden.«
Von den dämonischen Tiefen des Aquariums nun in die heilige Pfarre am Wolfersberg: Im Juni feierte Theo Erstkommunion. Es war ergreifend. Kaum einer hielt die Kerze wackerer in die Höhe als er, obwohl ihm beinahe die Augen zufielen. »Ich bin heut' schon um sechs Uhr früh aufg'wacht«, verriet er damals am Rande der Feierlichkeiten. »Weil du so aufgeregt warst?«, fragten wir. »Nein, weil der Wecker geläutet hat«, erwiderte Theo.
Im Sommer wurde dann so richtig Urlaub gemacht. Nach dem Camping-Klassiker mit den Großeltern in Bibione und einem Abenteueraufenthalt in Kärnten stachen sie dank Papas Segelschein mit der Yacht »Sirius« bei Biograd in die kroatische See. »Habt ihr viel gesehen?«, frage ich. »Nein«, erwidert Theo, »der Skipper hat immer nur ›Look at this!‹ g'sagt, aber er hat nie erklären können, was.« (›Look at this‹ waren nämlich seine einzigen englischen Worte – immerhin drei mehr als seine deutschen.)
Zur Abrundung im Sinne des Fußballs besuchte Theo

dann noch zwei Sommertrainingslager. Die Arbeit fruchtete, im Herbst wurde die derzeit unbestrittene Nummer eins vom Penzinger Bierhäuslberg und Mittelfeldmotor der U-9-Elitemannschaft vom SC Mauerbach zum »besten Spieler« derselben gekürt.

»Willst du einmal Fußballer werden?«, frage ich ihn wieder einmal, denn billiger kann man kein Ja aus seinem Mund ernten. Aber diesmal sagt er überraschend: »Ja, vielleicht.« – »Vielleicht? Was sonst?«, setze ich nach. »Entweder Fußballer oder Radiologe oder Notar«, erwidert Theo. »Warum um Himmels willen Notar?«, frage ich. – »Weil man da einfach nur einen Stempel machen muss und verlangen kann, was man will«, erklärt mir Theo.

»Und warum spielst du mit dem Gedanken, Radiologe zu werden?«, frage ich. Theo überlegt nicht lange: »Weil man da nur Ultraschallbilder macht, und weil's lustig ist.« – Radiologe aus Humorgründen? Das ist eher neu. Theo drückt ein bisschen herum, das war offenbar noch nicht die volle Wahrheit. Ich bohre weiter und entlocke ihm schließlich: »Okay, weil man pro Befund dreißig Euro kriegt.« Ich setze ein ernstes Gesicht auf und frage mit eindringlicher, aber sanfter Stimme: »Theo, ist Geld wirklich so wichtig?« Theo erwidert: »Na sicher, sonst kann man sich nichts kaufen.«

Bewusst antimaterialistisch stelle ich Theo noch eine abschließende Frage: »Theo, wünschst du dir eigentlich noch einen kleinen Bruder?« – »Nein!« – Das war eine recht schrille Protestnote. Vielleicht sind meine

Fragen einfach zu bieder. »Aber wieso nicht? Den könntest du dann immer verhauen«, sage ich pädagogisch schwarz. »So was tut man nicht«, weist mich Theo zurecht. »Oder willst du vielleicht lieber eine kleine Schwester?«, frage ich. – »Nein!« – Das kam noch schärfer. »Ich verstehe, auf die müsstest du dann immer aufpassen«, sage ich. Darauf Theo: »Die würde ich dauernd verhauen!« Er lächelt verschmitzt. Politisch korrekt ist er nicht. Aber er geht fast jeden Sonntag unaufgefordert und gern in die Kirche. Außerdem liest er lieber Thomas Brezina als Harry Potter. Er ist schon ein außergewöhnliches Kind. Da kann man echt stolz sein als Onkel.

Er will Chinesisch reden

Theo ist zehn –
und widerspricht den Ergebnissen der PISA-Studie

Theo merkt gleich, dass er in diesem Jahr mit anderen Augen von mir betrachtet wird als sonst. Mit PISA-Augen sozusagen. Für mich ist Theo nämlich der zwingende Beweis, dass es um diese österreichische Jugend im Geiste nicht schlechter bestellt sein kann als um jede andere in den Jahrzehnten davor. Die Frage ist zunächst nur: Wird Theo – erst seit wenigen Wochen zweistellig im Alter – dem psychischen Druck eines stundenlangen und gnadenlosen Interviews auch diesmal wieder standhalten können?

Na ja, zunächst bemüht er sich um Druckausgleich. Er drückt mir seinen neuen grünen Plastikteller plus Stab in die Hand, um sich davon zu überzeugen, dass es mir nicht, aber so gar nicht, aber so überhaupt nicht gelingt, Stock und Scheibe auch nur in die Nähe eines Balanceaktes zu bringen. »Mach dir nix draus, ich hab auch eine Weile braucht, bis ich's gekonnt hab«, sagt er, reißt mir das Gerät aus der Hand, schwingt die Scheibe hoch, lässt sie mühelos kreisen. – Jetzt hat *er* ihn, den gütigen, gar ein bisschen mitleidigen PISA-Blick. – Das war gemein.

Da gehe ich bildungspolitisch gleich einmal aufs Ganze: »Theo, sagt dir der Ausdruck ›PISA-Studie‹ etwas?« Theo (gelangweilt): »Ja, darüber reden sie dau-

ernd im Radio, wie schlecht die österreichischen Schüler sind.« – »Und, Theo, sind sie es?« (Sie sehen, das Gespräch bewegt sich bereits auf beträchtlich hohem Niveau.) Theo: »Weiß ich nicht. Du, ich muss jetzt kurz nachschauen, wie's beim Slalom steht.«
Mit der Linken balanciert er weiter die Scheibe, mit der Rechten bedient er den Bildschirm fern. Nach wenigen Sekunden wird klar – man erkennt es an der Totengräberstimme des Kommentators: Kein Österreicher hat Chancen auf einen Sieg. Im Gegenteil: Bode Miller aus Übersee wird wieder gewinnen. »Na geh«, seufzt Theo und schleudert die grüne Scheibe Richtung Universum. Ich: »Wieso, freust du dich nicht für Bode Miller?« (Jetzt wird sein kosmosoziales Gewissen geprüft.) Theo: »Nein, ich helf' zu den Österreichern!«
Um jetzt aber doch wieder auf »PISA« zurückzukommen, vertiefe ich mich in Theos Deutschhausübungsheft und mache Notizen. »Was schreibst du da?«, fragt er mich. – »Eh nix, schau ruhig weiter Slalom«, erwidere ich. (Damit hat Bode Miller keinen Auftrag mehr, Theo ist nun voll bei der Sache.) Es ist wirklich erstaunlich, was in diesem Heft steht. Vor allem die rot hervorstechenden Schlussbemerkungen der Lehrerin – davon hätten wir zu unserer Zeit nicht einmal zu träumen gewagt: »Ausgezeichnet, Theo!« »Sehr ausführlich und sehr gut nacherzählt!« »Die Beschreibung ist dir ganz toll gelungen! Wunderbar!« – Überschwänglich schwärmt sich die Lehrkraft durch seine

Lektionen. »Darf ich aus deinem Hausaufgabenheft zitieren?«, frage ich. »Zum Beispiel, wie du deinen Schulfreund Claus beschreibst? Ich schreibe eh nur seinen Vornamen, damit man nicht weiß, wer er ist.« Theo: »Kannst ruhig ›Claus Fischer‹ schreiben. Fischer heißt sowieso jeder Dritte in Österreich.« (Na gut, medienrechtlich bin ich jedenfalls abgesichert.) Zu Claus Fischer fiel Theo unter anderem ein: »Wie jeder österreichische Gleichaltrige ist er hauptberuflich Schüler.« – Nicht schlecht für einen Autor, der erst in neun Jahren Zutritt zu heimischen Spielkasinos haben wird, oder? Und dann erst der Schlusssatz der Beschreibung! Da steht: »Und ich glaube, dass er noch viel erleben wird.« Genial. Dieses offene und doch so lebensbejahende Ende, wo man sich insgeheim schon auf Teil zwei mit Claus Fischers brandneuen Abenteuern freut. Hier merkt man sehr schön den literaturpositivistischen Ansatz von Theos großem Vorbild Thomas Brezina.

Fast noch feiner gelingt die Beschreibung zum Thema: »Meine Mama«. Da spart Theo nicht mit überraschenden Details wie: »Sie ist nach wie vor mit meinem Vater verheiratet, der drei Tage früher das Licht der Welt erblickt hatte.« Zwischen den Zeilen lässt er erkennen, dass er die Familie von innen heraus ganz gut kontrolliert: »Zurzeit bin ich ihr einziges Kind und werde es mit großer Wahrscheinlichkeit auch für immer bleiben.« In wirklich heiklen Angelegenheiten hält er sich diplomatisch bedeckt: »Ihre Statur ist nicht so leicht festzulegen, man kann schlank dazu sagen, ich weiß es aber nicht genau.« Stark wieder das Finale, da weiß Theo einfach, was Lehrerinnen und Mütter gerne lesen: »Ich finde, dass sie sehr nett ist, und ich würde sie auch nie gegen eine andere Mama tauschen.« Bravo, Theo, gut gemacht, die bleibt dir!

Inzwischen ist ihm in seiner linken Hand langweilig geworden, die Rechte war dank Bode Miller ohnehin unterbeschäftigt. Also musste ein neues Gerät her. Es besteht aus zwei Stäben, an denen eine Schnur befestigt ist, auf welcher Theo einen Zylinder tanzen lässt, der wie durch ein Wunder nicht herunterfällt. »Willst es auch einmal probieren?«, fragt er schadenfröhlich. »Und nächstes Jahr kommst du ins Gymnasium. In welches eigentlich?«, setze ich lieber unsere spannende Unterhaltung fort. »Ist mir wurscht«, sagt Theo. (Glaube ich ihm nicht: Er will nur cool sein.) Am Tag der offenen Tür musste er unbedingt wissen, ob es auch Schulen gibt, an denen Chinesisch unterrichtet wird, das wäre unbedingt etwas für ihn, erzählt sein Papa. »Chinesisch?«, frage ich. »Na sicher, jeder vierte Mensch spricht Chinesisch«, behauptet Theo. Ehrlich? Also ich kenne kaum wen. »Jeder vierte Mensch auf der Welt *ist* Chinese«, belehrt mich Theo. Eine Schulvorentscheidung ist übrigens bereits gefallen: Theo wird wahrscheinlich an einem öffentlichen Gymnasium mit Unterrichtssprache Englisch landen. Damit er ein bisschen Deutsch verlernt. (Damit ihn die Fußballer auf den heimischen Feldern wieder verstehen.)

Profifußballer will er übrigens nicht mehr werden, obwohl er in der U-11 vom SC Mauerbach weiterhin das Mittelfeld spielgestaltet. Theo blickt auf eine vollkommen verpatzte Saison zurück. Das heißt: Er blickt nur zurück, wenn man ihn daran erinnert, was er einem ziemlich übelnimmt. So viel dürfen wir verraten: letzter Tabellenplatz. Gegen die einstigen Gänseblümchenpflücker von Tulbing setzte es eine schon gar nicht mehr bittere, sondern bereits amüsante Niederlage in der Höhe von 0:19. Gerne hätte ich Theo gefragt, ob er wenigstens ein Eigentor geschossen hat, aber ich brauchte ihn ja noch.

Nun ein heißes Thema: Absolut keine Probleme hat Theo im Umgang mit Mädchen. Oder anders: Er hat absolut keinen Umgang mit ihnen. Er kennt sie fast nur noch vom Hörensagen. Und einige sitzen bei ihm in der Klasse. All seine engen Freunde sind tapfere, sportliche, jederzeit wettkampfbereite junge Männer. »Was stört dich so an den Mädchen?«, frage ich. – Gar nichts stört ihn, die haben einfach andere Interessen (als Kräftemessen in der Pause). »Die interessieren sich nur für Pferde, Reiten und Tierschutz«, beschwert sich Theo. Manche Mädels in seiner Klasse mag er aber schon recht gern. »Die den Mund halten, sind mir die liebsten«, verrät er uns. – »Also Theo!«, empört sich sein Papa, um nicht in Verruf zu geraten, der ideologische Ziehvater solchen Gedankenguts zu sein.

Reden wir lieber von Theos Meerschweinchen. Die haben heuer einiges durchgemacht. Im Sommer, wo sie im Garten in einem salatbehangenen und karotinhältigen Luxusgehege stationär untergebracht waren, ereignete sich eine vom Menschen lange unentdeckt gebliebene Naturkatastrophe, eine Art Minimure mit anschließender Kleintierareal-Überschwemmung. Jedenfalls dürfte es Micky förmlich in die Wildnis hinausgespült haben. Plötzlich war sie nicht mehr da, nur eine Schlammspur blieb zurück. Vielleicht wüsste Ben, der Münsterländer vom Nachbargarten, mehr zu diesem Thema. Aber ersparen wir uns die unerquicklichen Nachforschungen. Micky wurde, zu Theos raschem Trost, postwendend durch den braungefleckten Neuankauf Niki ersetzt. Der hinterbliebenen Micky-Schwester Mausi dürfte die Veränderung gar nicht aufgefallen sein. Meersäue können Schicksalsschläge und Trennungsschmerzen offenbar ganz gut verarbeiten. »Das war jedenfalls das letzte neue Meerschweinchen«, sagt die Mama. Theo nickt, er sieht das anscheinend auch so. Eigentlich wünscht er sich ja eine Katze.

So, schon lange nicht mehr über die PISA-Studie sinniert: Theo kennt jede Hauptstadt jedes Landes dieser Welt. (Wenn Sie's nicht glauben, richten wir eine Konferenzschaltung ein, und Sie können ihn abprüfen.) Er kennt ferner jeden noch so unwichtigen Wiener Stadtrat, und da gibt es einige. »Und, Theo«, frage ich, »wer ist zum Beispiel Elfriede Jelinek?« Theo (gelangweilt): »Die Literaturnobelpreisträgerin, die wohnt da gleich ums Eck, am Sonnenweg oder Jupiterweg.« Fairerweise räumt er ein: »Ich kenne sie aber nicht, und

ich hab auch noch nichts von ihr gelesen, es soll aber sehr kompliziert sein.« – Das war er Thomas Brezina schuldig.
Inzwischen hat Theo sein Rollbalanciergerät aus den Händen gelegt und auf dem Parkettboden im Wohnzimmer einen kleinen Slalomkurs gesteckt, den er nun mit der Stoppuhr in der Hand ein paarmal abläuft, um seinen eigenen Bestzeiten nachzujagen. Kurzum: Er hat einen ausgeprägten Bewegungs- und Betätigungsdrang, bestätigen die Eltern, gezeichnet von den Folgen. Reden allein ermattet ihn bald. Zuhören ohne irgendwas ist für ihn beinahe unerträglich. Da fühlt er sich unterfordert.
Mit seiner Ziehharmonika ist er nach wie vor im Reinen, sie selbst kann sich nicht wehren. Bei Onkel Michi war er unlängst im familiären Rahmen Karaoke singen. Von den tiefen Tönen erwischte er meistens zwei, drei, aber immer die gleichen, die hohen ließ er von vornherein aus. Keiner hat je behauptet, dass Theo Musiker werden sollte. Seine einzige wirkliche Schulschwäche ist die Handarbeit, vulgo Basteln und Zeichnen. Mit Wasserfarben zu hantieren, heißt für ihn »sich die Finger schmutzig machen«. Das verabscheut er, das kann auch keine Kunst sein.
»Können wir nicht endlich von was anderem als von der Schule reden?«, fragt Theo. Okay, wie wäre es zum Beispiel mit der Mode. – »Was ziehst du am liebsten an?«, frage ich. Das weiß er sofort: »Rapid-Dress und Pyjama.« – »Rapid ist dein Leben, gell?«, frage ich. »Ja,

fast«, gesteht er. Seine Lieblingsspeisen, um auch das zu erledigen, sind derzeit Linsen, Eierspeise, Brote mit Margarine und Salz – und dazu Leitungswasser. Da fragt man sich, wozu seine Eltern überhaupt noch arbeiten gehen.

»Erzähl dem Onkel Dani noch von der Projektwoche in der Steiermark«, schlägt sein Papa vor. Ja, das wäre aufregend! Ich frage: »Was war das für ein Projekt?« Theo (mit halb geschlossenen Augen, er pausiert gerade beim Wohnzimmerslalom): »Das war so ein Projekt halt, so ein Projekt für Kinder, ein Kinderprojekt, weißt eh.« – Aha, gut, kommen wir langsam zum Ende.

Also noch eine allerletzte Frage an Theo, auf die ich mich schon den ganzen Abend freue: »Theo, wie fühlt man sich so als Zehnjähriger, ist das nicht etwas ganz Besonderes?« – »Nein«, sagt er und setzt schon wieder diesen mitleidigen PISA-Blick auf: »Irgendwann muss ja jeder einmal zehn Jahre alt werden.« – Frau Bildungsministerin, ich glaube, wir können zufrieden sein.

Er kennt die Welt von A bis Z

Theo ist elf –
und ignoriert das Internet

Von der ersten Frage hängt viel ab. Ich eröffne mit: »Was gibt es Neues, Theo?« – »Nichts«, sagt er, ohne lange nachzudenken, vermutlich sogar, *um* nicht nachzudenken. Er ist ehrlich, kompromisslos, unbestechlich. Theo gibt keine Gefälligkeitsinterviews. Er ist elf Jahre alt, und da sagt er selbst zu Themen, die ihm zusagen, nie mehr als das, was ihm gerade zusagt, dazu zu sagen. In diesem Fall, an diesem Tag, zu dieser Stunde: nichts. Weil er höflich ist, in Worten: »Nichts.«

Er hat aber noch eine bessere Antwort parat, eine auf alle stereotypen Befindlichkeitsfragen, die sich nicht mit »Nichts« beantworten lassen. Zum Beispiel: »Theo, wie geht es dir?« Da sagt er: »Halb, halb.« Oder: »Theo, wie war dein Jahr?« – »Halb, halb.« Und: »Wie ist es in der neuen Schule?« – »Halb, halb.« Diplomatischer kann man die großen Wahrheiten, die von den immer gleichen plumpen Fragen unterwandert werden, nicht in zwei gerechte Antwortteile teilen. Ich bin echt stolz, sein Onkel zu sein.

Um uns eine erschöpfende Nichts-Serie zu ersparen und Theos wortkarge Halb-halb-Wahrheiten auf ein Minimum zu reduzieren, versuchen wir sein Jahr 2005 mithilfe von Stichwörtern einzufangen. Ich lege ihm eine Themenliste vor, Buchstabe für Buchstabe, von

A bis Z. Alle Sportkanäle sind verdunkelt, der Fernseher ist abgedreht, Markus Rogan gerade noch rechtzeitig an einer zweiten Medaille vorbeigeschwommen. Theos Verfassung stellt ein vielversprechendes Mittelding aus motiviert und konzentriert (auf sich) dar. Also beginnen wir mit »A«.

AUSTRIA. Theo: »Erstens eine feindliche Wiener Fußballmannschaft, die bald kein Geld mehr hat«, was Theos Laune sichtlich hebt. »Und zweitens ein schönes Land, aber auf Englisch.« Mit anderen Worten: halb, halb.

BIERHÄUSLBERG. Uiii. Da senkt sich sein Blutdruck radikal. Sein Gesicht erinnert frappant an Bill Murray in »Und täglich grüßt das Murmeltier«. Bierhäuslberg? Okay, dort wohnt er zwar mitsamt Eltern, Meerschweinchen, Ziehharmonika und Fußbällen, aber was tut das hier zur Sache? »Machen wir ›B‹ später«, schlägt Theo vor.

CALIFORNIA. Assoziiert er ihn oder assoziiert er ihn nicht? – Natürlich, er assoziiert ihn: Arnold Schwarzenegger. Und verzeiht er ihm? – Niemals. Er sagt: »Das Beste an ihm war das Schwarzenegger-Stadion.«

DEUTSCHLAND. »Da waren doch die Wahlen, und die Merkel ist Kanzlerin geworden.« (Dass man sich so etwas merken kann!) »Und sie haben eine urleichte WM-Gruppe.« (Fußball, was sonst.)

EU-ERWEITERUNG. Zehn Länder seien dazugekommen, berichtet Theo. Er beginnt die Namen aufzulisten. Bevor er auch die Mannschaftsaufstellungen be-

kanntgeben kann, stoppe ich ihn: »Wir sind nicht hier, um deine Gedächtnisleistung zu überprüfen.« Nein? Das enttäuscht ihn jetzt ein bisschen.
FREUNDE. »Braucht man«, fällt ihm ein. »Wozu?«, frage ich. »Zum Helfen.« – »Dass sie einem helfen, oder dass man ihnen hilft?«, setze ich nach. – »Halb, halb«.
GYMNASIUM. Das Hauptthema des Abends (und der nächsten acht Jahre). Theos Koordinaten: dreieinhalb Monate BRG 14, 1a. Erste Bilanz: Alles ist anders. Jede Stunde kommt ein neuer Lehrer daher. (Zumindest an den ersten Tagen war das so.) Da man für jeden Lehrer ein Unterrichtsfach gefunden hat, sitzt Theo jetzt täglich sechs Stunden im Klassenzimmer. Damit er daheim nicht aufhört zu sitzen, kriegt er schöne Belastungspakte voller Hausübungen mit. In sechs Gegenständen hat er EAA: Englisch als Arbeitssprache. Gratulation, muss mächtig Spaß machen, Mathe-Vokabeln zu lernen! Wenigstens gezeichnet und geturnt wird noch in der Heimatsprache. »Und Deutsch wird auch auf Deutsch unterrichtet«, erklärt er. Aha! Das sind die Augenblicke, wo man weiß, warum man nie aufhören darf, diesen Mann zu interviewen. Theos Lieblingslehrer lehrt übrigens Religion, wie jeder Lieblingslehrer. »Und deine Noten?« – »Halb, halb«, sagt er. Im Falle Theo: Einser und Zweier, billiger gibt er es noch nicht.
HELDEN. »Hab ich keine!« Das kam flott. Helden hat man auch nicht, ein Held *ist* man. – Theo freut sich über das Kompliment.

INTERNET. Zu »I« ist dir nichts Besseres eingefallen?«, fragt er. Okay, lassen wir es, es kommen ja noch andere Buchstaben.
JUBILÄUMSJAHR. Das ist ein gefundenes Fressen für unseren Bildungsbürger: »Zehn Jahre ist Österreich bei der EU, fünfzig Jahre Staatsvertrag, sechzig Jahre Zweite Republik.« Das hat er nachgeschlagen. Und: »107 Jahre SK Rapid!« Das weiß man, da zählt man mit.
KABARETT. Bravo! Er lacht. Er mag es, wenn sich Menschen für ihn abmühen, lustig zu sein. Das Lustigste, was Theo je zu Ohren gekommen ist, stammt aus der Reihe »Ö3-Callboy«. Es war der fingierte Anruf der russischen Regierung bei einem Bauern im Marchfeld, dem mitgeteilt werden musste, dass man sich auf russischer Seite ein bisschen verrechnet habe und dass die Raumstation »Mir« um fünf Uhr früh in seinem Acker einschlagen werde, was einen Krater von 40 bis 45 Meter nach sich ziehen würde. Mit etwas Pech werde »Mir« auch das Wohnhaus des Niederösterreichers erwischen, er sollte also zur Sicherheit das Weite suchen oder zumindest einen Sturzhelm aufsetzen. »Und wer zahlt den Schaden?«, schrie der Landwirt ins Telefon. »Vielleicht Mirrrr«, erwiderte der Russe. (Theo beherrscht den vollständigen Dialog auswendig, mit russischem Akzent.)
LIEBLINGSSENDUNG. Ganz klar: »›Malcolm mittendrin‹.« Passt! Hätte Theo »Wir sind die Fans« (Peter Rapp, DJ Ötzi) gesagt, Sie hätten es niemals erfahren.

MÄDCHEN. »Hm.« Pause. »Hm.« Pause. Kein »Hm« mehr. Noch eine Pause. Dann sagt Theo: »Dazu fällt mir ehrlich gesagt kaum etwas ein.« Und das Wenige verschweigt er lieber. Das nehme ich ihm sehr, sehr, sehr übel!

NOTEN. Endlich wieder was Sachliches. Schule hatten wir aber schon. »Oder meinst du Musiknoten?«, fragt Theo.

ORANGE. Dazu schweigt er. Ist offenbar nicht seine Farbe.

POLITIK. Hierfür ernte ich harsche Kritik. »Zu umfangreich! Außerdem darf ich eh noch nicht wählen.«

QUIZ. Auf »SAT.1« gibt es eine Sendung namens »Clever«, die liebt er. Da erfährt man, ob und wie sich die Raumtemperatur ändert, wenn ein Kühlschrank offen ist – und ähnliche Dinge fürs Leben. (Lösung: Bei offenem Kühlschrank steigt die Raumtemperatur. Bitte fragen Sie Theo, warum.)

RAUFEN. »Raufen?« Da tut er so, als wüsste er nicht, was das ist. »Was machst du in den Pausen?«, frage ich. »Da gehe ich in die Aula«, erwidert er burgtheaterdirektorenhaft. (»Sind dort auch Mädchen?« – Nein, ich frage es nicht.)

SUDOKU. »Kennst du das?« – Theo schaut mich verächtlich an. Das bedeutet: längst vor dir. Vermutlich übersetzen sie solche Zahlenrätsel im Mathe-Unterricht ins Englische. Ob er mir den Trick daran erklären kann? Kann er. »Du musst immer schauen, wo eine Zahl oft vorkommt und in welchem Kasten sie noch fehlt, und dort setzt du sie dann ein, aber nur, wenn sie nirgendwo anders hinpasst.« Aha, ich glaube, jetzt hab ich's verstanden.

TASCHENGELD. Oh je, ein Reizthema, Theos Miene verfinstert sich. Ich frage: »Wie viel kriegst du?« Er zögert. »Das ist ein Eingriff in mein Privatleben«, sagt er. Ich: »Komm schon.« Er: »Vier Euro pro Woche.« Ich lüge und sage: »Ganz schön viel!« Theo relativiert: »Ich muss es immer einfordern, sonst krieg ich's nie. Und der Papa hat überhaupt nie ein Geld dabei, der will immer in Raten zahlen.« – »Geld ist aber auch nicht alles«, tröste ich.

URLAUB. Eine Woche Südtirol, eine Woche Segeln bei Krk, zwei Wochen Breitenbrunn, eine Woche Fußballtrainingslager Lindabrunn. (Wenn das der Trainer liest, weiß er, dass sein Training für Libero Theo unter »Urlaub« fällt.)

VOGELGRIPPE. »So arg ist das nicht«, glaubt Theo. Aber bei Krankheiten kennt er sich kaum aus, er ist praktisch immer gesund. »Weil du so viel an der frischen Luft bist?«, frage ich, als wäre ich sein Urgroßvater. »Nein, weil ich kein Obst und kein Gemüse esse«, erwidert er. »Alle sagen, das ist gesund, stimmt aber gar nicht.«

WIRBELSTURM. »Rita« kennt er, »Katrina« regt ihn heute noch auf. »In New Orleans haben Polizisten auf Plünderer geschossen«, berichtet er aufgeregt. »Warum?«, fragt er sich. »Wäre doch eh alles verfault.« Ich nicke.

X-MAS. Da lässt er sich lieber überraschen.

YPSILON. »Wie wäre es mit ›Yes‹ gewesen?«, fragt Theo spöttisch. Ich (müde): »Okay, Yes, was fällt dir dazu ein?« – »Nichts«, erwidert er.

ZUKUNFT. »Zukunft?«, fragt er und rümpft die Nase. »Ja, Zukunft!«, sage ich kompromisslos. »Zukunft hat Zeit«, meint Theo. »Machen wir's nächstes Jahr!«

Er bewegt sich nie genug

Theo ist zwölf –
und lehnt Gespräche über Mädchen ab

Für Theo war es wieder einmal ein gelungenes Jahr. Mit den großen drei »Auf« der Alltagswidrigkeiten – Aufstehen, Aufräumen, Aufgaben machen – kommt er gut zurecht. Die Schule nervt ihn vergleichsweise wenig. Hin und wieder verpatzt er eine Mathe-Schularbeit. Da steht dann unten »Gut« statt »Sehr gut«, wie man es von Theo eigentlich gewohnt ist. Er selbst hat sich jedenfalls so sehr daran gewöhnt, dass ihn so ein karges »Gut« kurzzeitig in Weltuntergangsstimmung versetzen kann. Ach, es ist schon ein Phänomen mit diesen Vorzugsschülern. Die ahnen gar nicht, wie befriedigend »Genügend« sein kann, wie viel besser als »Sehr gut« man sich fühlt, wenn eine Arbeit einmal völlig überraschend positiv bewertet wurde.

Um die üblen Dinge rasch abzuhaken – ein paar Worte zu Theos Gesundheit. Wenn er, wie glücklicherweise fast immer, gesund ist, ist er gesünder als die meisten seiner Mitbürger. Wenn er krank ist, ist er so gut wie tot. Leider bemerkt das keiner. Erst vor ein paar Tagen hat der vermutlich brutalste Grippevirenstamm alle Mitglieder versammelt und einstimmig beschlossen, Theo heimzusuchen. Das ergab: Kopfweh, Halsweh, Fieber. Wie reagierten die Eltern? Sie gaben ihm ein mickriges Pulver, verordneten ihm Bettruhe und sagten, so schlimm sei es nicht, er werde durchkommen. Damit ließ er sich nicht abspeisen, er kämpfte um das Recht des Patienten auf medizinische Grundversorgung. »Ich will zu einem Arzt!«, wimmerte er. »Theo, ich bin Ärztin!«, versicherte die Mutter. »Zu einem anständigen Arzt!«, bettelte Theo, »einem, der mich ernst nimmt, wenn ich krank bin!«

Schlecht behandelt wird Theo mitunter auch beim Spielen. »Zug um Zug« war immerhin zum Spiel des Jahres gewählt worden. Es kann vom Erfinder nicht geplant gewesen sein, dass sich da Spieldilettanten wie Onkel Michi durchsetzen und Menschen mit Spürsinn, Überblick und strategischen Fähigkeiten (wie Theo) weniger Punkte zusammenkriegen. Theo ist wirklich kein schlechter Verlierer, aber wenn ein Brettspiel nicht begreift und sich nicht danach richtet, dass Theo es einfach besser können muss als unkonzentrierte Erwachsene, die sich dazu auch noch den Kopf mit alkoholischen Getränken eintrüben, dann bedarf es schon einmal einer (alle Spielfiguren) wegwischenden Handbewegung quer über das Brett. Dann muss eben neu angefangen werden, bis der wahre Sieger ermittelt ist: Theo.

Um die Unannehmlichkeiten 2007 abzuschließen: Mädchen. Ja, Theo ist in die teuflische Und-was-machen-die-Mädchen-Phase geraten. (Die etwa bis ins Alter von 25 andauern wird.) Es geht dabei keineswegs darum, was die Mädchen wirklich machen, das ist Theo nämlich so was von dermaßen egal, wie er es gar nicht formulieren könnte, würde er Zeit dafür opfern. Jeder Mensch mittleren Alters, der mit Theo ein paar Worte wechselt, wühlt plötzlich in seinem Privatleben, maßt sich an, seine versteckten Leidenschaften zu erkennen, und fragt unverschämt offen und immer aufs Neue: »Na, Theo, und was machen die Mädchen?« – Dazu infantiles Grinsen und geheimnisumwittertes Augengezwinkere. Was haben sie nur alle mit den Mädchen? Theo hat noch nichts Spannendes an ihnen entdecken können. Buben führen ihr Leben (Sport und Abenteuer), Mädchen führen ihr Leben (Pferdefotos und »Starmania«). Es gibt keinen Grund, diese beiden Welten krampfhaft zusammenzuführen. Deshalb hat sich Theo eine Antwort zurechtgelegt, die das Thema schon im Ansatz beendet. Was die Mädchen machen? – »Da musst du die Mädchen fragen.«

Kommen wir zu Erfreulicherem. Zum Beispiel zum jährlichen Theo-Porträt.

Frühzeitig machte ich den ersten Schritt und schrieb Theo folgende E-Mail: »Lieber Theo, hast du schon eine Ahnung, worüber wir diesmal berichten wollen?« Einen Tag später erbarmte er sich und antwortete: »Ich habe darüber nachgedacht, was ›wir‹ für eine neue Geschichte schreiben könnten, viel ist mir noch nicht eingefallen. (Ich dachte übrigens, das ist deine Arbeit!) Wir könnten ein paar Leute aus meiner Umgebung zu meiner Person befragen. (Die Mama will unbedingt die Bibliothekarin aus meiner Bibliothek.) Die Fragen musst aber du dir ausdenken! Die andere Hälfte könn-

ten wir mit einem ganz normalen Interview mit mir füllen. Liebe Grüße, Theo.«
Okay, die Bibliothekarin hab ich natürlich sofort besucht, damit die Mama stolz sein kann: Linzer Straße 309, die kleinste Bücherei Wiens. Die entzückende Leiterin hat beim Namen Theo gleich leuchtende Augen bekommen. Er ist einer ihrer Lieblinge. Natürlich, Theo hat das im Blut, ein Liebling zu sein. (Daher auch die berechtigte Frage, was die Mädchen machen.)
»Theo war einer der Bravsten«, sagt die Bibliothekarin. Unmengen an Kinderliteratur habe er verschlungen, ganz still sei er im Eck gesessen und habe geschmökert, während herkömmliche Schüler die Regale leerten und Büchermassaker veranstalteten.
Nach so viel Lob war ein relativierendes Gespräch mit Theos siebzehnjähriger Cousine Nadine, einer begnadeten Menschenbeobachterin, notwendig. Was Nadine an Theo beeindruckt? »Dass man in diesem Alter schon so gscheit sein kann.« Und was ihr an ihm am meisten auf den Geist geht? Da muss sie lange nachdenken. (Ehrlich, Theo!) »Na ja, er ist manchmal ein bisschen unhöflich.« Konkret: Wenn man ihn anspricht, heißt das noch lange nicht, dass er sich angesprochen fühlt. Er hört einfach weg. Und wenn er nicht weghören kann, dann schaut er eben weg. Und wenn er nicht wegschauen kann, dann geht er eben weg. Kurzum: Er redet zwar mit jedem, aber nicht immer – und auch nicht immer öfter, sondern genau dann, wann er will.
»Nadine, ein paar Worte zu Theos Musikalität?« – (Sie

schmunzelt.) »Darüber sollten wir vielleicht ein andermal reden.« Nein, so schlimm ist es nicht: Wenn er sich wo anhalten kann, zum Beispiel an seiner Ziehharmonika, dann trifft er auch die Töne, oft sogar auf Anhieb die richtigen.

Ein Blick in die Zukunft: »Nadine, wie stellst du dir Theo vor, wenn er fünfzig Jahre alt ist?« – »Körperlich fit«, schätzt sie, »geistig rege, ehrgeizig. Wahrscheinlich Geschäftsmann, der schon viel Geld gemacht hat. Ordentlicher Lebenswandel, kein Suchtmensch.« Einzige Gefahr, dass er auf die schiefe Bahn geraten könnte: »Wenn er die Fußballkarriere einschlägt.« (Frechheit, eigentlich. Mauerbach-Mittelfeldmotor Theo, beweise es deiner Cousine!)

Ob Nadine zuletzt vielleicht noch ein besonderes Geschehnis rund um Theo einfällt? – Da bleibt sie gleich beim Fußball und erinnert an ein aufgeheiztes Familienturnier im Hochsommer 2005. Gegen Ende kam es zum Eklat. Theos Vater, an sich Psychologe, aber diesmal leider Schiedsrichter, zeigte nach einer Stocherei im Strafraum seinem eigenen Sohn Theo vor den Augen der verdutzten Fans die rote Karte. Theo stürmte auf ihn zu, sah ihm ins Gesicht, verabreichte ihm ein paar Blicke des Inhalts »Du bist nicht mehr mein Vater«, drehte sich um und spielte weiter, als wäre nichts gewesen.

Ich selbst möchte zu Theo eine erstaunliche Begebenheit anfügen, die sich im Februar auf einer zünftigen Hütte in den prächtigen Bergen der Alta Badia in Südtirol zutrug, wo wir gemeinsam Skiurlaub zelebrierten – die einen lieber in geheizten Räumen, der andere (Theo) ausschließlich auf der Piste, vom Morgengrauen bis zum Einbruch der Dunkelheit. Nach dieser Woche musste Skibesessenheit neu definiert werden. Am liebsten wäre Theo in voller Ausrüstung und mit angeschnallten Skiern schlafen gegangen, um in der Früh nicht kostbare Zehntelsekunden Fahrzeit zu versäumen. Auf besagter Hütte nun bahrten wir zu Mittag unsere müden Knochen auf. Nur einer rebellierte: Theo. Er könne und wolle nicht einfach so sinnlos dasitzen und Spaghetti essen, während draußen die Gondeln und Sessellifte herumschwirrten, meinte er. »Wenn du dich unbedingt bewegen willst, dann dreh ein paar Runden um die Hütte«, sprach da die Mutter. Zwischenfrage: Was denken Sie, wenn Sie solche Sätze hören? – Richtig, es ist der Humor von Erwachsenen, die Kinder mit völlig hirnrissigen Alternativen zu verordneten Tätigkeiten (in diesem Fall zur Mittagspause in der Skihütte) nötigen wollen. Was aber machte Theo? Sein Mund krümmte sich nach unten, sein Blick verdunkelte sich. »Gut!«, sagte er mit Todesverachtung, verließ die Hütte, schnallte seine Skier an und begann das Gebäude zu umkreisen, einmal, zweimal, dreimal. Immer, wenn er beim Fenster vorbeikam, sahen wir ihn, keuchend, mit hochrotem Gesicht, aber bereit, die Herausforderung des Schicksals anzunehmen. Das löste eine Welle des Mitleids aus. An den Nachbartischen wurde bereits gemurmelt, kinderfreundliche Italiener schielten argwöhnisch zu uns herüber. Nach einer halben Stunde – Theo muss etwa in Runde 65 gewesen sein – beendeten wir das grausame Spiel, erlösten Theo und gingen mit ihm Ski fahren, bis in die tiefe Nacht.

Was machen die Mädchen?

Hallo Theo, wie geht's dir?
THEO: »Gut. Und dir?«
Auch gut, danke. Aber bleiben wir bei dir. Theo, angenommen, man würde dich allein auf eine einsame Insel versetzen. Welche drei Dinge würdest du mitnehmen?
THEO: »Handy, Essen und ein Boot, um zurückzufahren.«
Nein, Theo, Boot gibt es keines.
THEO: »Und womit versetzt man mich dann auf die Insel?«
Okay, lassen wir's. Eine andere klassische Frage: Was bedeutet für dich Glück?
THEO: »Von dir nachträglich ein Geburtstagsgeschenk zu bekommen.«
Oh je, hab' ich vergessen! Du kriegst es zu Weihnachten, versprochen!
THEO: »Aber nicht statt dem Weihnachtsgeschenk!«
Theo, deine Lieblinge des Jahres: Lieblingsbuch, Lieblingsspeise, Lieblingsgetränk, Lieblingssendung.
THEO: »›Komm, süßer Tod‹ von Wolf Haas, gegrillte

Goldbrasse, Leitungswasser, ›Malcolm mittendrin‹ und ›Simpsons‹.«

Wofür würdest du dein gesamtes Taschengeld ausgeben?

THEO: »Für gar nichts, ich hab' meine Eltern.«

Hast du eine Frage, die noch nicht gestellt ist, die du aber gerne beantworten würdest?

THEO: »Ja: ›Was hältst du von Rapid?‹«

Gut: Was hältst du von Rapid?

THEO: »Der achte Platz ist zwar nicht das Gelbe vom Ei, aber besser als die Austria.«

Theo, noch eine letzte Frage, die uns alle brennend interessiert: Was machen die Mädchen?

THEO: »Da musst du die Mädchen fragen.«

Oktober 2007

Theo ist dreizehn und sowohl körperlich als auch geistig ziemlich gut drauf. Wenn Ihnen einmal ein Name nicht einfällt, der in den Nachrichten der vergangenen fünf Tage genannt wurde, fragen Sie am besten ihn. Kann ruhig ein aserbaidschanischer Politiker aus der dritten Reihe sein, Theo merkt sich alle. Wenn man seinen Kopf von außen betrachtet, wundert man sich, wo da dieses Monstergedächtnis Platz haben kann.
Wenn Sie ihn sehen wollen, dann kommen Sie bitte zu einem Heimspiel des SC Mauerbach. Die Chancen, dass aus Theo ein Fußballer wird, sind jedenfalls intakt. Die Schule packt er locker nebenbei. (Würde ich jetzt behaupten, er sei ein Musterschüler, müsste ich nachträglich wohl eine Entgegnung schreiben: Wahr ist vielmehr – Theo ist ein ganz normaler guter Schüler.)
So. Wir werden uns jetzt aus der Öffentlichkeit zurückziehen. (Oder besser: ich ihn.) Das liegt weniger an Theo als an mir. Meinen Ehrgeiz hat er längst befriedigt. Als Porträt-Theo hat er sich verselbstständigt. Der echte Theo ist seiner Kunstfigur entschlüpft. Er ist viel geheimnisvoller, als man glauben möchte. Er ist viel zu ernst und tiefgründig, um ewig als Showmaster in der Auslage zu stehen. Er ist zu einmalig, um hier als personifizierte Zeitmessmaschine in Pension zu gehen. Er hat eine Persönlichkeit entwickelt, eine Privat-

persönlichkeit, die hier weder in noch zwischen den Zeilen etwas zu suchen hat. Zu viele Menschen gehen uns mit ihrer medialen Präsenz und Dominanz auf die Nerven. Theo wird nicht zu ihnen gehören. Wenn er etwas zu sagen hat, wird er sich melden. Wenn ich es übermitteln darf, dann werde ich es gerne tun.

Er nimmt Interview-Revanche

Theo ist vierzehn – und befragt Daniel Glattauer zum Schriftstellerdasein

Hallo Onkel, ich fang einfach an zu fragen, ja?
GLATTAUER: »Ja, Theo, gute Idee!«
Wie bist du zum Schreiben gekommen?
GLATTAUER: »Das Schreiben ist zu mir gekommen – als rettende Idee. Ich war drei Jahre älter als du und heillos, nein, nicht in den Fußball vernarrt, sondern in Susi verliebt. Mündlich hab' ich es irgendwie nicht gut rübergebracht. Also hab' ich ihr ein Gedicht geschrieben. Schlimmer noch: Ich hab' das Gedicht bei einer Lesung in der Schule vorgetragen, ich habe ihr also öffentlich meine Verliebtheit erklärt. Die Anfangsbuchstaben jeder Strophe haben, von oben nach unten gelesen, das Wort ›Susi‹ ergeben. Sonst war das Gedicht leider eher schwach.« (Texte, mit denen man zu viel will, werden erfahrungsgemäß nie gut.) »Und Susi ist natürlich in den Boden versunken vor Scham. Aus Susi und mir ist nichts geworden, dafür aus dem Schreiben und mir!«
Was bist du eigentlich? Ein Journalist oder ein Schriftsteller?
GLATTAUER: »Sagen wir: ein Schreiber. Das ist der Überbegriff. Das andere sind Berufs- und Berufungsbezeichnungen. Wenn ich einen Zeitungsbericht schreibe, bin ich Journalist. Wenn ich einen Roman

schreibe, bin ich Schriftsteller. Wenn ich Tagebuch schreibe, bin ich Tagebuchschreiber.«

Du schreibst noch Tagebuch?

GLATTAUER: »Aber nein, das war nur wegen des Vergleichs. Ich will mich jedenfalls nicht über einen bestimmten Job definieren. Ich finde es verdächtig, wenn wer ständig nach außen kehrt, welche berufliche oder schöpferische Tätigkeit er ausübt. Wenn ich mich am Abend mit Freunden treffe, bin ich weder Schriftsteller noch Journalist.«

Was bist du dann am Abend?

GLATTAUER: »Eine Privatperson.«

Weintrinker.

GLATTAUER: »Gut beobachtet, Theo!«

Oder Frauenversteher.

GLATTAUER: »Theo, wenn man ein Interview macht, spöttelt man nicht, sondern stellt Fragen. Das sind journalistische Grundsätze.«

»Gut gegen Nordwind« ist ein Frauenversteher-Buch, sagt Onkel Michi. Trotzdem ist es ein Erfolg. Wie viel verdient man damit?

GLATTAUER: »Beim Hardcover, über den Daumen gerechnet, zwei Euro pro verkauftes Exemplar. Ein Euro für die Steuer, ein Euro bleibt mir.«

Dann musst du schon ganz schön reich geworden sein. Warum hast du noch immer deinen uralten Fiat?

GLATTAUER: »Weil er noch immer fährt. Und mit dem Reichtum bei einem Romanschreiber ist das so eine Sache. Bleibt der Erfolg aus, bleibt das Geld aus.«

Darum hast du einfach eine Fortsetzung von »Gut gegen Nordwind« geschrieben?

GLATTAUER: »Nein, das war nicht der Grund. Ehrlich nicht! Es wäre auch dumm, einen Bucherfolg strecken und dehnen zu wollen. Wenn der neue Roman, ›Alle sieben Wellen‹ hinter ›Gut gegen Nordwind‹ zurückbleibt und sich wie ein lauer Aufguss liest, dann werde ich das bitter büßen, dann werden die Kritiker über mich herfallen.«

Also warum hast du dann eine Fortsetzung geschrieben?

GLATTAUER: »Weil ich ein halbes Jahr lang täglich von allen Seiten gehört beziehungsweise in der Mailbox gelesen habe, dass die Geschichte meiner Romanfiguren Emmi und Leo nicht so enden darf, wie sie im ›Nordwind‹ endete. Der zweite Grund: Mir taugt die E-Mail-Form, ich wollte noch einmal so schreiben dürfen. Für mich ist es faszinierend, mich abwechselnd, oft in Sekundenintervallen, von einer Person in eine zweite zu versetzen, von der Leo-Rolle in die der Emmi zu schlüpfen. Plötzlich hatte ich eine Idee, dann habe ich mir drei Monate Zeit gegeben, um zu probieren, ob ich einen Übergang schaffe und in die Fortsetzungsgeschichte finde.«

Hast du hineingefunden?

GLATTAUER: »Ja, habe ich. Und ich habe auch wieder hinausgefunden. Deshalb gibt es jetzt ›Alle sieben Wellen‹.«

Wirst du traurig sein, wenn das Buch ein Misserfolg wird?

GLATTAUER: »Das klingt so, als würdest du damit rechnen.«
Wirst du traurig sein?
GLATTAUER: »Theo, ich weiß, dass du mit dieser Liebesgeschichte nicht viel anfangen kannst. Du bist auch nicht das Zielpublikum.«
Wirst du traurig sein?
GLATTAUER: »Ja, das kannst du annehmen. Meine ganze Umgebung wird unter meiner Mieselsucht leiden. Ganz besonders du, Theo.«
Aber im Fußball kann man auch nicht immer nur gewinnen.
GLATTAUER: »Ich weiß.« (Ich bin seit dem sechsten Lebensjahr Wiener-Sportklub-Anhänger, derzeit Regionalliga Ost.)
Weißt du, wem du es verdankst, dass du Schriftsteller geworden bist?
GLATTAUER: »Ja, Theo. Dir natürlich!«
In der Schule werden deine Bücher schon im Deutschunterricht verwendet. Würdest du sie als Weltliteratur bezeichnen?
GLATTAUER: »Nein, Theo. Ich hab' wahrscheinlich nicht das Zeug dazu, etwas literarisch Einmaliges zu schaffen und neue Maßstäbe zu setzen. Es ist auch gar nicht mein Anliegen. Für mich ist Schreiben eine Dienstleistung für Gleichgesinnte, für Menschen, die ähnlich ticken und ähnliche Ansprüche, Sorgen und Freuden haben wie ich – und da gibt es zum Glück viele. Ich erzähle gerne Geschichten, die die Lesenden

selbst betreffen, in denen sie sich erkennen, die ihre eigenen Gefühle widerspiegeln oder gar wecken. Mir ist es ein Bedürfnis, Lesenden aus der Seele zu schreiben, sie zu unterhalten und in Spannung zu versetzen, sie zum Lachen und zum Weinen …«

Danke, Onkel Dani, ich hab's schon verstanden. Letzte Frage: Wer wird Weltcupsieger?

GLATTAUER: »Was für ein Weltcup?«

Skiweltcup, was sonst? Also, wer gewinnt den Herrenweltcup?

GLATTAUER: »Bode Miller?«

Der ist schon abgeschlagen.

GLATTAUER: »Dann der, der gerade führt. Der hat das größte Selbstvertrauen.«

Okay, hören wir auf.

GLATTAUER: »Journalistisch heißt das: ›Danke fürs Gespräch‹!«

Gerne!

Inhalt